二〇一九年十二月增訂新版

爾雅出版社印行

中華民國在臺灣
七十年文學大小事瑣記

大人走了，小孩老了

——1949–2018

隱地 著

十歲來臺的一個少年
老天要他用眼睛記錄文學的一點一滴
八十二歲的他
仍是大地上——緊握紙筆的記錄者

隱地
二〇一八・十・十三

代序
記錄者留言

記得一九六五年前後，文星書店正火紅的開在衡陽路十五號，樓上是《文星雜誌》編輯部，那時發行人蕭孟能（一九二〇—二〇〇四）計畫在「文星叢刊」系列中，放進一套九冊「青年作品」，他見我在《自由青年》雜誌上每月品評當代作家作品，希望我為他開一組名單，並幫他蒐集作品，由於這種原因，不時地，我需要到文星二樓編輯室去見他，每次到了樓上報出姓名，以及我想見的人，總有一位中年人——後來才得知他姓錢，是孟能先生的私人秘書，他會請我在會客室外稍坐等候，因孟能先生正在和別的客人談話。

看來，孟能先生是一個忙碌的人，他要不停地接見各種想見他的人。我估計每個人的談話時間都在一刻鐘和半個小時之間，輪到我時，他會告訴我，進行中的九本書，編輯作業進行到了何種程度，我們每個人交出來準備放在書背上的照片，看來都不甚理想，因此他特地約了龍思良（一九三七—二〇一二）帶我們到愛國西路的「自由之家」草坪前，一一為我們拍照。

突然說起這段往事，無非是想說，啊，那真是一個出版狂熱的年代。書店為了出版一本書，負責人來來往往地和相關人士見面，詳談，等到書出版後，立即在報上刊登廣告，還經常是第一版左右橫跨的三全批，只要新書一出，好像全臺灣的人都知道了，然後，我們的書，還會出現在書店的玻璃櫥窗裡，書的旁邊，還有一籃雞蛋，雞蛋邊上，放著一張照片和一行題字——播種者胡適寫的「要怎麼收穫就怎麼栽」。

幾天前孟能先生還出現在我的夢裡。他正像醫生一般，一個一個輪流和要見他的人說話，而我，正在會客室外排隊等著見他。

既往矣。當年為我們出書的蕭孟能先生早已作古；而和我一起出書的九個人中，趙雲（一九三三—二〇一四）和邵僩（一九三四—二〇一六），先後告別人間，剩下七位，當年任教於北一女的江玲去了美國，就像斷線風箏，而當年寫〈拉東那莫畢利〉的舒凡（梁光明），時年二十三歲，他的象牙色顏面，看來多汁潤滑，我從來不曾看過男生會有那麼好的光滑皮膚，難怪三毛（一九四一—一九九一）一看到他，就要把電話號碼寫在他的手心裡。仍記得文星為舒凡出版《出走》前後，三毛總跟進跟出，跟在舒凡身後，原來她負有任務，為舒凡的新書調配封面顏色，啊，那些在風中，兩人牽手走在街角的畫面，怎麼至今我仍揮之不去。

舒凡於一九六九年，出版第二本短篇小說集《行過曠野》（大業書店）即退出文壇，至於康芸薇、劉靜娟、曉風、楊牧和我，偶爾在臺北某時某地會突然相遇。還記得，當年剛從美國躍下噴射機的青壯詩人余光中（一九二八—二〇一七），孟能先生就急著拿出剛出版的九本新書，要他說說感想，余稱我們「幾枚青青的名字」。他還打趣地說：「讓我佩上新的番號，做第十位前衛武士吧。」

現在，「青青名字」中的一位，他要作一個記錄者。記錄——

逝去的光陰留下了難忘的故事；
難忘的故事留住了逝去的光陰。

於是我寫，從一九四九寫到二〇一八，七十年的文壇點點滴滴，只要記得的，我要全部寫下來——「大江東去，浪淘盡，千古風流人物……」人去了，人走了，人飛了，但至少至少，我要留下你的名字，是的，「只要你的名字」，你不在，我在，有我在，就不會忘記你的名字。是的，你的名字，我們的名字，老祖宗的名字……老祖宗老早都已不在，但我們仍然牢牢記得住他們的名字……

〈七十年文壇大小事瑣記〉當然遺漏了許許多多名字，還好，文人不只我一位，我們還有許許多多文人，許許多多記錄者，每人寫下自己記得的，就會有更多名字留下來。

文人大半有個性，更多頗為難搞之人，經常氣呼呼，就像我書中一篇〈一口氣〉，有時無名火起，心中就是充滿不爽，有人不爽藏在心裡，有人把不爽表達出來，文人靠的就是這股敏感文思；人當然會變，許多年前在我心裡羨慕著的欽佩著的，後來有機會接觸發現自己還不如和他們保持距離，相反的，也有許多文友，生前對他頗有意見，但後來接近其作品，越發覺得自己的錯估，於是，原先感覺不好的變好了，原先有好感的，後來反而沒感覺了，人啊，誰曉得人的內心深處如何變幻著，但好作品不變，只要有誰寫下好作品，讓人越讀越糾心，只要真寫出好作品，你還擔心什麼？怕留不住一個名字？想走進歷史之門？剛好手邊留著詩人魯蛟（張騰蛟）的一首詩，詩名正是〈歷史之門〉：

歷史之門恆久開著
就是不易進去
有人想扁起身子往裡面鑽
卻被眼尖的守門人
一腳踢了出來

所以，「只要留下你的名字」，應當修正為「只要寫下有創意的經典作品」，留下經得起後人考驗的作品，人，就儘管飛到天外去吧！

更讓我關心的可能是我們居住著的城，或鄉鎮大街小巷，是否紙本書店真的完全消失？作夢一場，以為書的百貨公司出現，從此書們有了亮麗的位置，隔了一甲子，反而覺得，還是重慶南路一間間看似簡陋卻極豐富的簡樸書店有內涵，想起了齊邦媛老師的話，那時她剛從臺大退休，還沒寫出轟動的《巨流河》，她說，退休後她最希望坐個小板凳，在書店前幫人賣書，她喜歡看人安靜的站在書店前閱讀——啊，六十年前，我們不都是站在重慶南路書店裡閱讀的孩子，怎麼可能，百把家書店竟然都不見了，沿著街道兩邊，那些掛滿雜誌的書報攤也消失了，眼前是一個所謂新的文明城市，只有銀行、旅館、咖啡館和三C產品專賣店……除三民等少數三、兩家，紙本書店看來就要絕跡了！

我們這些當年的小孩如今確實老了，老得已經不太理解我們活著的世界，在揮揮手說再見之前，我這個記錄者想把自己見過的、看到的一一寫下來，讓在「新城」裡溜達的新品種人類，偶爾也到「舊城」回味回味老人類留下的背影和氣味吧……

——原載二〇一九年元月三十日《聯合報》聯合副刊

大人走了，小孩老了

——七十年文學大小事瑣記

隱地

輯二　只要你的名字

輯三　紙筆年代

輯一

1949中國人大災難　七十年

1949中國人大災難 七十年

大人走了，小孩老了

翻閱二〇〇七年國立臺灣文學館出版，封德屏主編三大冊《２００７臺灣作家作品目錄》，二千五百位作家中，幾乎有三分之一在簡介中都附了這麼一句：「一九四九年前後來臺」，一九四九年到底是什麼奇怪的年月，那一年突然大量人口從中國大陸四面八方來到了臺灣，到底為什麼？噢，原來，一九四五年九月九日，日本在南京中央軍校大禮堂向中國戰區代表何應欽（一八九〇—一九八七）將軍投降不久，毛澤東（一八九三—一九七六）領導的共產黨，早已確立以武力奪取政權的方式，與國民黨發生邊打邊談的「合作、分裂」式的內戰，自一九四六至四九，四年的國共內戰，共產黨逐步佔領東北、天津、北京、南京、上海、廣州……一九四九年十月一日，毛澤東在天安門正式宣告「中華人民共和國」成立，蔣介石（一八八六—一九七五）領導的中華民國退據臺灣，自此一個中國隔海對峙，大陸的「中華人民共和國」和臺灣的「中華民國」，遙遙對望！大陸成為鐵幕，逃到臺灣的中國軍民，自稱「自由中國」，蔣介石和毛澤東，兩個十九世紀誕生的人，熱戰冷戰，冷戰熱戰，互為最大敵人，就因他們兩人的一生纏鬥，把所有中國人都捲入災難，生離死別，妻離子散，家破人亡，且兩岸人民自此斷絕了一切往來。

有人通過香港或海外關係，和家人通了一封信，如果被查到，亦可被判刑，甚至捉進牢裡丟了命。

那是多麼讓中國人傷心的一年，割肺剖心，都不足以形容自己心底的蒼涼和悲苦。

一九四九年是中國人徹底改變命運的一年。有人從地主、富豪……一夕變為赤貧，也有窮人大翻身，你上我下，財產重新大分配，人的角色，也都在這一年變了樣，好像玩大風吹，所有的位置大變動、大翻盤；此外，一九四九年，每個人都要作一次痛苦的選擇——逃離中國大陸或留在中國大陸。

當然，身為中國人，特別是一般小老百姓，都活得很無奈，八年對日抗戰，能活下來就不簡單了，那還有什麼選擇權，一切聽天由命，能逃出去的，多少還是有辦法之人，但再有辦法的人，逃難逃到後來，身上就算帶著袁大頭或黃金，一路逃一路花，等到了目的地也所剩無多，能一家大小留下活命，都算僥倖……

當年帶孩子來臺的大人，如今都已走了，包括蔣總統自己，而跟隨他遷徙到臺灣的兩百萬軍民，百分之九十五以上也都走了，而彼時跟著來臺的七歲、八歲、九歲、十歲的孩子也都老了，就算抱在懷裡的嬰兒，今年也居然是七十老翁或老嫗。

我想起六〇年代曉風曾寫過一篇〈我們的城〉，她說：「……在武昌街的水門汀上，趺坐著周夢蝶。在廈門街的巷子裡，隱居著余光中。到吳興街去，你可以遇見司馬中原和趙滋蕃。往內湖去，你會找著朱西甯。走向植物園，楊英風多藤蘿的牆上那隻巨眼式的燈便照著你。轉向士林，藍蔭鼎「鼎廬」的花木便親切的俯視你……我們何其幸運可以在熙攘的街上遇著穿花衫的席德進。」所有曉風提到的名字，除了一個還在說鬼故事的司馬爺爺，已經全不在人間！

是的，大人走了，小孩老了！那是一九四九年啊，你算算看，現在是二〇一八年，整整七十年過去了，這七十年的天變地化，你能告訴我，這世界改變到底有多大啊？

說到周夢蝶，我又想起詩人向明在《詩的偏見》一書中引的一首夢公的詩〈我要〉

我要
把身上的衣服全部脫下

把心上的衣服全部脫下
散髮跣足
攲立於「伊甸園之東」
祇有哀慟與我相對沉默的地方
讓年年月月日日嗚嗚咽咽
亂箭似的時間的急雨
刮洗斑斑血的記憶

向明說，根據他自己和夢公交往數十年，夢公從不曾向人表示「我要」這種意圖和呼喊，他向來是個沒有聲音的人。他深知自己是永遠長不高大的侏儒，雖和任何「人」一樣有各種欲望和「我要」的衝動，但他和絕大多數的老兵一樣，孤苦無依，囊空如洗，深知所有「我要」都是非分之想，所以就永不向他人伸手說「我要」。奇的是，居然他留下了這樣一首不為人知的詩，發表於一九五七年五月二十四日《公論報》副刊「藍星詩周刊」上。

這首詩從「散髮跣足……」以及讓「亂箭似的時間的急雨／刮洗斑斑血的記憶」便可看出一九四九那年的翻天覆地大動亂，弄得「一代人」家破人亡，流離失所所造成的精神痛苦，所以夢公要脫下那些不堪記憶，甚至他經常坐在武昌街明星咖啡館前的書攤一整天不言不語……

一九四九年的故事何止只有像周夢蝶這樣失去家園、失落青春，最後成為一位別人心目中的奇異「詩僧」，現在如果我們肯往前追憶，在生命過程中，都曾遇到過不少怪異老人，覺得他們喜怒無常，有時甚至不近情理……啊，原來，他們都是有歷史的人，是時代動亂的犧牲者，他們之中，雖然有些人又爬了起來，走出一番自我成就，有人卻一輩子走不出來，最後甚至瘋了、死了，有時死也死不透，正如另一位老詩人——沙牧寫的一首詩：

夜漫漫日茫茫
……
啊什麼正在
一刀刀地殺你
嘆世界如此廣漠而狹隘
……
狠狠踢垂死的地球也踢不出一絲聲息

人類一波波來，一波波走。一百年後，如今活著的人，幾乎將全部消失於地球。一百年後活著的是另一波完全不同的新人類，甚至是取而代之的ＡＩ智慧機器人。人類五千年甚至更久遠的歷史文化，以前每隔三、五百年，就算換了一個朝代，人們衣食住行的生活變化總是大同小異，日出而作，日落而息，不管誰統治誰，反正吃飯、睡覺，小老百姓生活在自己的省城，不，甚至只是生活在自己的鄉鎮、自己的村落，有人一輩子也沒去過京城，至於所謂外國或國外更是天馬行空，沒有飛機的年代，能到多少地方？坐著馬車、騎著駱駝，又能行走多遠？所謂小小的世界，就是自己的家鄉。吃喝玩樂之外，了不起參加過幾次廟會，抬頭望望月亮，然後說一段嫦娥奔月的故事……一直要到富蘭克林（一七〇六—一七九〇）從天空捉到了電，愛迪生（一八四七—一九三一）發明了電燈；以後電話、電報、電唱機、電熨斗、電影、電動馬達……發明家不停地發明新產品，讓世界突然從黑白變成彩色，一切都不一樣了，等到萊特兄弟（兄一八六七—一九一二／弟一八七一—一九四八）發明飛機，人們突然覺得自己彷彿長了翅膀可以上天入地，整個地球竟然成了宇宙村，只要有錢，朝發夕至，到異國找朋友，到異國吃美食都不再是夢想，而電腦、手機發明之後，人類生活更加彷彿三級跳，傳統大崩解，幾千年傳下來的倫理道德，在傳播媒體全盤綜藝化之後，無形之中已逐漸被摧毀。

都說活到老，學到老，可今日千變萬化的社會，你要怎麼學？是的，「學無止境」，這對古人說來的至理名言，如果今日你也要照著去做，那可真會把人累死，因為所有的學理、學說都在改變，新的程式不斷發明，剛發明的機器，沒過多久，已全部落伍，你剛學會一種新的操作技能，突然又要面對被「釜底抽薪」的窘境，另一種完全不同的機器早已取而代之，學到後來，你仍然是一個落伍之人。

競爭者永遠跑在你的前面。所以啊，這就是為何我們的前後左右，有這麼多鬱鬱寡歡之人，有這麼多憂鬱病患者；更嚴重的，都市每個角落，到處都是神經病和精神病——其實這樣說，別人一定會來指責你，說你錯了，現在應說成「精神官能症」……反正，我們已活在一個這樣不對那樣也不對的社會裡，社會上全是專家、學者、博士，他們發出許許多多別人不懂的語言，當你這樣說，他就那樣說，當你那樣說，他又改成這樣說，所謂專家，他的看法和絕大多數的人都不一樣，弄到後來，原先感覺自己是對的人，也不再願意發聲了。

啊，原來我們已經活在民粹的年代。

十九世紀末，是人類精神文明——無論藝術、音樂、戲劇、文學都登臨絕頂的年代，進入二十世紀，人們再也無法向前超越，美的追求到了極限，聰明的現代人知道無論自已如何努力向前攀爬，仍然無法超過老祖宗的智慧結晶，加上一次和二次世界大戰加諸於人類的挫敗，讓徹底失望的人們一反常態，於是反其道而行——開始胡搞、瞎搞，假新潮之名，行破壞之實，甚至以醜為美，打著現代主義的旗號，以異化的心態站到傳統的對立面，之後的「後現代」，越發變本加厲，正如畫家何懷碩所說：

> 現在你去「當代藝術館」一看，瞠目結舌，不曉得是什麼，只能自認無知。新潮流藝術成為主流以後，藝術質變，價值空虛、規範毀棄……

我不由得又要想起李敖。一九三五年出生的他，從小就是一個反叛少年，年輕時候就批評中國傳統文化，主張全盤西化，被視為威權年代思想異端者，他一生提倡民主自由，但由於不尊重「法統」和倫理，正歪一齊打，打到後來民粹主義抬頭，一發不可收拾。

李敖無疑是民粹主義的祖師爺。

在他前面還有一個毛澤東，一生以鬥為樂，鬥天鬥地，三反五反，把一個古老的中國，鬥得幾乎翻了過來——毛澤東的基本論點有三：與天鬥，其樂無窮；與地鬥，其樂無窮；與人鬥，其樂無窮。後來居然成為西方反叛青年崇拜的偶像。

「凡是敵人支持的，都要反對！」顯然毛澤東是反傳統、反倫理的代表人物，毛澤東整個道德觀的核心價值在於——唯「我」獨尊，一切以「我」為主，延伸到後來，掛在今日年輕人嘴上的「只要我喜歡，有什麼不可以」，說來說去，原來也是來自毛澤東思想的「完全隨心所欲」。

想要找「民粹」的定義，大多數的字典、詞彙上還找不到「民粹」的「詞條」，可見這兩個字，還是新時代的產物，但到網路上去找，天啊，有關「民粹」的定義，以及各式各樣對「民粹」的論述和說法，至少有五百萬條，可以看到你頭皮發麻，歸納起來，最主要，可以列出以下五點：

一、反精英；批判精英。

二、永遠都打著「人民」的口號；「自己」是人民的直接代表。

三、鮮明的敵我對立；

四、多元主義；

五、挑釁與人身攻擊。

除了這些，我認為還可加一條：滑頭。說到「滑頭」我突然想丟出一個問題，這世上到底是老滑頭可惡，還是小滑頭可惡？

人心像氣候的崩壞，即將來臨的是一個野獸年代，溫良恭儉讓被人嘲笑的同時，未來人類要設法存活將愈發困難，民粹時代的來臨，即全方位進入人與人鬥的激烈大衝突，毛澤東、希特勒型人物將重新成為民粹年代的崇拜者。

正如有一本日本人水島治郎寫的《民粹時代》，封面上有一句話：「民粹，是邪惡的存在，還是改革的希望？」當大家都成為高學歷的所謂「社會精英」，甚知專研法律條文卻永遠幹著「知法犯法」的勾當，以精英之姿，卻扮演著偽弱勢的「人民」代表，政治成為一齣完完全全的騙術，真正的「小老百姓」才是永不得翻身的可憐人。

所謂民粹主義，其實是政客橫行，政治家永遠缺席，沒有政治家的世界，看來，第三次世界大戰，最後是無法避免的……

當今世界，民粹主義已經像土石流，四處蔓延，特別是進入「後民主」之後，政治人物以「失智」之態，「幹話」連連，官員領著製造假新聞，氾濫至各個角落，影響所及，從藝術、音樂、舞蹈、戲劇、文學乃至政治、法律……無一倖免，於是寫不通的文章，跳讓人看不懂的舞，說無厘頭的歪論，人人大言不慚，唯恐語不驚人死不休，到處都是最佳勇氣獎的競選人……不要說一般市井小民，就是當今檯面上的世界領袖，細細數來，將他們的大名一一列出，如美國總統川普、俄國總統普丁、菲律賓總統杜特蒂、北韓領導人金正恩、英國首相梅伊、日本首相安倍晉三……幾乎都是翻雲覆雨的人物，誠信掛在嘴上，但說一套做一套，何止兩手策略，全把別人當白癡，打著正義的口號，暗地裡使盡一切陰謀，世界在這些人玩弄之下，祈求和平，才是緣木求魚。

回過頭來說我們自己，自一九四九年至今的七十年，回顧約二萬五千五百個日子，對生活在臺灣島上從八百萬軍民到如今的二千三百萬人口來說，如果用舞台上一齣戲形容，生旦淨末丑……所有生離死別、悲歡離合戲碼已全部連番上陣——從五〇年代初期，衣食住行一切克難簡陋，戰爭的陰影剛過，「窮」、「苦」、「餓」三個關鍵詞，是戰後臺灣最貼切的寫照，反共抗俄的年代，匪諜就在你的身邊……小老百姓誠惶誠恐的過日子，能吃飽睡足，就十分滿意；彼時的有錢人，可以坐著黃包車或三輪車到迪化街永樂戲院看一場顧正秋胡少安張正芬三人合演的平劇，一般人只能到西門町壓壓馬路，偶爾到電影院看場電影就是人生至高的享受，到處都是違章建築，柏油馬路沒有幾條，你相信嗎，五〇年代的臺北，每天下午四點鐘，就會有好幾輛灑水車出現，原來沙石子路面容易灰塵飛揚……

日子雖苦，人們的精神生活普遍是振奮、昂揚的，「一切從頭來起」，外省來的家庭，從爺爺、奶奶、爸爸、媽媽到孩子，知道大陸的家暫時回不去了，就只好重新打拚，把一元錢當兩元花，省吃儉用，再兼著做些手工藝品，譬如人造花或代織毛衣，有人養雞、養鳥，有人種菜、種花，反正只要能讓家裡多賺些零用錢的，什麼工作都接，慢慢的，家庭經濟生活真的逐年改善了，脫落的牆壁，糊上新的壁紙，門舊了，重新打造一扇新門，立即令全家人感覺氣象一新；至於本省同胞，由於本來就有自住屋室和屬於自己的土地，相形之下生活更為平穩，而高普考制度公平，窮苦青年發憤圖強，只要考上公務人員，就有一份穩定的薪水，生活更加改善，一般人開個雜貨舖或做個小生意，日子顯然越過越好。進入六〇年代，「臺灣電視公司」正式開播，把人人「聽廣播」的年代，往前拉了一大步，從此不再只有聽聲音，全世界的新聞大事，和世界上所有著名的領袖、重要藝術家以及電影明星全有了畫面，等到彩色電視出現，啊，像掛在天邊的一道彩虹，臺灣和黑白的貧窮年代早已說再見；一九七〇年，臺灣第一座核電廠，在臺北縣石門鄉興建，一九七一年，臺灣最大水力發電廠，青山發電廠竣工，一九七二年，行政院長蔣經國宣布推行「十大建設」，一九七三年，北迴鐵路興建工程分別於南聖湖與北埔動工，一九七四年，後來出任副總統的謝東閔任省主席，推動「小康計劃」，全民響應「客廳即工廠」口號……整個七〇年代，臺灣經濟迅速全面起飛，成為亞洲四小龍之冠。

「亞洲四小龍」係西方國家對韓國、香港、新加坡、臺灣之統稱——Four Asian Tiger，亦稱「亞洲四虎」。想想，也是其來有自——從克難生活的五〇年代，人們吃苦耐勞、勤奮向上，穿過六〇年代，像一節節的火車，一路爬山涉水，終於到達富強之邦。

八〇年代更是臺灣最光燦燦的年代，經濟生活提昇，自由民主也來到了身邊，中產階級崛起，從此苦盡甘來，「明天會更好」，大家仰望星辰，對未來展現無限希望……

九〇年代，臺灣錢淹腳目，大家開始到世界各地旅遊，而且出遊國家不再只是香港或東南亞，日本、美國之外，已經從世界頭、世界尾到處走遍，什麼南極、北極、阿拉斯加，再偏遠小國、古國也有臺灣人的腳印。跨入二十一世紀之後，杜拜和卡達突然又成了熱門焦點……但是玩啊玩啊，在不知不覺間突然發現荷包漸漸縮水，存在銀行裡的錢也在逐年減少，原來砍十八趴，砍年金……蔡當局上台，雖然口口聲聲說一切「維持現狀」，但因堅定排斥「一中各表」及「九二共識」，且假「改革」及「轉型正義」之名突然宣布成立「黨產會」、「促轉會」，以及「卡管案」，無非打擊異己、切割族群，當「這個總統把關，果然萬夫莫敵」，手中握有權力之後完全無視民意，偏偏背後還有一群專出「倒行逆施餿主意」的馬屁精，像潮水般一波波推出，讓人目驚口呆，弄得民生經濟始終一蹶不振，觀光客大量減少，投資客不來，市井蕭條，關店的多，開店的少，臺灣從興盛走向衰敗，由四小龍之首，成為四小龍之末，甚至有人說，連馬來西亞、菲律賓和越南都開始走在我們前面，這樣說來，臺灣似乎來到了窮途末路，像極了一條由盛而衰的拋物線，好不容易登臨山頂，如今又落到山谷底下了。

法學教授李念祖曾說：「避免民主遭到民粹吞噬，就必須召喚超越政黨立場的共和精神。幾可預言，長期丟失共和精神而不知省悟的終將會失去民主！」

資深媒體人徐宗懋對夢遊仙境似的這個總統頗有研究，他說：「這個總統沒有表現任何中國人的感情，她的思維和作為是非常固定的……這個總統自我崇拜到了極點，對任何不同的看法都充耳不聞。」

好的領導人善用一群有能力的人，是幫國家、人民解決問題。可悲的是，二〇一六年怎麼來了一個奇怪的總統，帶著一群愛惹紛爭、唯恐臺灣不亂的人，整天嘴裡喊著正義、團結，卻把一個國家治理得四分五裂，還在政府機關胡亂塞了一堆自己家的第二代或左鄰右舍，恨不得把國家財產掏光，看來，無能的人，硬是只會製造問題，偏偏，這樣的總統，竟成了我們的領導人。

亞洲大學榮譽講座教授，前衛生署長楊志良在二〇一八年光復節的《聯合報》「名人堂」專欄上發表過一篇〈三無總統〉，認為蔡總統上任以來「疊床加屋、增加黑官，讓追隨者雞犬升天……這些委員會、小組或辦公室……不少只開過一次會，再也不見蹤影，所以是無事找事的『無聊總統』……除了『無聊』、『無能』外，最嚴重的是『無德』的宣稱她治理之下，臺灣經濟有史以來最優，這是最大的假新聞，竟然在國慶上還說要嚴處假新聞……」

當一個領導人目中無人，夜郎自大，什麼人的話都不肯聽，只會見狗笑，見貓笑，見人不會笑，兩年多的執政，傻了人眼，一路走進意識形態治國的死胡同。

十一月二十四日「九合一選舉」，人民終於用選票告訴蔡當局，胡搞亂搞到頭來是自作自受，不能改善人民生活，人民用選票把權力收回來，已經失掉了十五個縣市，給妳一些教訓，如果仍然不會治理國家，對不起，接著選總統，至時還有更好看的戲在後頭……

自一九四九走過七十年的臺灣，窮過、富過，如今又自綁手腳進退不得，只是回想一九四九年攜家帶眷逃難來臺，以及跟著蔣總統單身來臺的阿兵哥……二百萬軍民如今安在?老人走了，孩子老了，現在剩下來的一些老者，就是當年的小朋友和嬰兒，七十年的一頁臺灣歷史，七十年滄桑記憶，仍在他們的腦海裡，想到先人的奮鬥、努力，許許多多累積下來的珍貴文化，為何一樣樣、一樁樁在消失，甚至許多歷史被改寫，啊，我們不要一個黑白不分的政府，明日復明日，請問，明日的臺灣，最後到底會變成怎樣?

韓國瑜的出現，一人救全黨，他顯然是一個英雄——民粹興起的年代，其實也是時代創造了狗熊，狗熊一多，這世界就亂，待這一波狗熊流行風吹過，人民真正期待的還是英雄再起的年代，是的，英雄創造時代，現在，我們期待一個能救全國的英雄，把人民真正團結在一起！

只要出現一個真正有能力，肯為國為民服務的領導人，國家命運如個人立刻會時來運轉，翻轉到強盛的一邊，天佑臺灣、天佑中華民國！天佑流落在世界各個角落的中國人！地球多災多難，颱風颶風、火山爆發、地震海嘯，人，不管天涯海角，黃種人，或白人黑人，要活得平靜平安都不容易，但願老天保護地球上的人類，不要讓意外頻傳……生靈塗炭，總是人間悲劇，人，降生到世，就算不能生榮死哀，至少別讓他死不瞑目，送每個人一些福氣，讓哭著投胎來世的人，笑著離開人間吧！

角落·畫面

六十年前，一九四九年，我十二歲，父親受不了母親整天嘀咕，準備帶我們返回上海，想不到逃難的人潮一波波從基隆碼頭上岸，原來國共內戰如火如荼，國軍節節敗退，五月二十七日，上海淪陷，父親終於有了藉口，不是他不肯帶母親回上海——從小生在蘇州，長在崑山卻喜歡上海的母親，夢想從此破碎，她再也回不去上海。一直要等到三十八年後——一九八七年十一月一日——臺灣開放探親，民眾重新可以返鄉，母親才回到上海、崑山和蘇州……前後三次去回，她選擇終老臺灣，一九九二年八月十一日逝世，享年八十四歲。

父親就沒那麼幸運，他於一九七〇年九月過世時只有六十九歲，兩岸還在互相為敵的年代，因戰爭而隔離的遊子，誰也別想回到自己的家鄉，祖父母一一過世的時候，父親不能回去奔喪，父親過世，同樣，浙江永嘉（溫州）的鄉親，我想連訊息都無法得到，就算知道了，也只能仰天長嘯。

當年身為農夫農婦的祖父母賣了田地供父親讀大學，怎想到他遠去上海，再跨海渡臺，一個長大了的兒子，戰火隔絕兩岸，父親和祖父母再也沒有緣分見面，連帶著祖父母當然更見不到他們的孫子，我從生下來從未看過他們，所以祖父祖母對於我只是一個名詞。

我生活在自己的一個角落。我的祖父母生活在屬於他們的角落。臺北和溫州，各有老的一代和小的一代。明明有血緣關係，卻因戰爭讓兩個家庭成為陌生人。這種詭異的畫面，在我腦海中不只佔著一個角落，角落裡還有更多的畫面，已經六十年了，仍久久揮之不去。

永難忘記的一個畫面是隔壁孫伯伯吊死的場景。他因一個人渡海來臺，住在公家配給的宿舍裡，和照顧他生活的年輕女傭發生了關係，把女傭的肚子搞大了，孫伯母就在那節骨眼上，從大陸逃到香港，辦了許多手續又從香港千里迢迢來到臺北，找到先生的家裡還來不及興奮，竟然發現先生藏著懷孕的小女人，一夜爭吵的結果，第二天清晨孫伯母醒來看到自己的先生懸梁而死，身子早已冰冷，孫伯母從此守寡，她變成一個臉上再也沒有笑容的人。有時我會在福州街蔡萬興飯店看見她彎著腰的身影，九十多歲的她顯得格外孤零，她總是一個人吃飯，然後獨自離去。

時移景遷，今天，沒有人會覺得婚外情有什麼大驚小怪，可在六十年前，那是嚴重得天都會塌下來的事情，孫伯伯就是受不了那壓力自殺身亡，而孫伯母罪不在她，但因先生死了，她深感自責，她恨自己吵鬧不休，她把所有的罪過攬在自身，自此，不快樂成為她的註冊商標。

孫伯伯死時三十五歲；孫伯母當時只有二十九歲，她一生未再婚。她的幸福就這麼莫名其妙的埋葬在一場戰火裡，要不是戰亂，她和先生不會分隔兩地，更不會突然多出這麼一個懷孕的小女人。

還有一個畫面也常在我心頭湧現。那時農復會成立不久，引進不少留美的歸國學人，其中有一對年輕夫婦，都在農復會服務，他們租了對門林伯伯家的一個房間，那時可能因為克難年代的關係，一般住家還不十分講究衛生，看在這對年輕夫婦眼裡，他們顯然有太多的不放心，讓我印象深刻的是，他們天天把消毒掛在嘴上，廚房廁所裡的每一樣用品都要消毒，每次吃飯之前，不但碗要消毒，筷子也要消毒，這麼愛清潔的一對夫妻，後來從寧波西街搬到南昌路一幢新蓋的二層樓建築，夫婦倆請林家四千金和我到他們家吃飯，仍然不停地在廚房裡消毒各種餐具，原來環保觀念早就深植在他們心中，後來他們回國服務三年期滿，又返回美國，從此再也沒有他們的音訊。

在王永慶一九五四年成立台塑公司之前，塑膠已經是一件讓人產生好奇的新原料，父親嘴上就經常掛著P.C.、P.C.的，原來，爸爸雖在北一女中教英文，以及後來轉到南昌路、公園路（現菸酒公賣局對面）口的樟腦局服務，但他其實一直想做貿易，所以經常有國外的各種樣品和商品目錄郵寄到他的信箱（爸爸在那麼早的年代，就在臺北博愛路郵政總局開了信箱，直到一九七〇年過世，他仍租著郵政信箱），塑膠品是那個年代當紅產品，那也是尼龍、達克龍、帝特龍、特多龍、毛麗龍、愛絲龍和什麼龍流行的年代，連男人穿的襯衫常常都是半透明的尼龍做成的，因為半透明，人們還喜歡在上衣口袋裡放一張百元大鈔，以示自己是有一些錢的人。

那是多麼貧窮的克難年代，口袋裡讓人看到放著錢，當然表示是一種炫耀，甚至於家裡用的家具，或書籍雜誌上都要上一層膠，一切要看起來光光亮亮的，後來臺灣流行的磁磚文化，也是因為磁磚有一種光亮度，東貼西貼，許許多多建築物牆面都貼著磁磚，配上一面紅門，家家戶戶如此，一直要等到外國觀光客嘲諷「到了臺灣像是一腳踩進廁所裡」，磁磚文化才逐漸退潮，連帶著書籍和雜誌開始改用霧光，用到幾近浪費的銅版紙，才為大家知曉那是一種缺少質感的紙張。

塑膠統治臺灣超過五十年，一直到今天，塑膠碗、塑膠杯無所不在，塑膠袋更是如影隨形，想丟也丟不掉，而我們還必需承認，塑膠用品明知它會溶解毒素，但人們似乎已經離不開它了。

六十年，隔了六十年，我已經七十二歲了，臺灣，從克難年代走來，經過繁華、富裕，開始崇尚簡約，會妙用對比色，也懂得同色搭配的質感，從建築到個人穿衣，如今旋轉一圈，雖然我們又進入窮困年代，但大家的眼力和敏銳的感受度，都和當年克難時代的人們不一樣了。我們已見識過各種場面，從熱戰、冷戰、國民黨的白色恐怖、到民進黨陳水扁的貪瀆，都讓人們大開眼界，而李登輝橫跨日本、共產黨、國民黨、民進黨以及台聯黨，像這樣的人物我們都領教過了，還會害怕什麼人？六十年的臺灣代表著豐富、魔幻、多元、驚奇以及不可思議，是活在任何地方都無法相遇的神奇，這是一個比天上彩虹更多顏色的島嶼，從最貧困到最富裕，從最富人情味到最無情無義，從最純樸到最奢華，從最有辦法到軟弱無能，從創造神奇到無奈嘆息，世上所有不可能發生的事，都會在臺灣發生……在這個島上生活六十年，讓我感覺彷彿已經活了好幾生，在我心底的角落，不管閩南人、客家人、原住民或新住民（住了六、七十年，八、九十年仍然是新住民，真像是吃到了新鮮的大白菜），我們都應感到幸運，感恩千載難逢的奇遇，我們竟然在這個島嶼上碰在一起，互相取暖，卻也愛恨糾纏，或許還在吵著，但無法否認，我們就是生活在一條船上，不肯解開死結，也就只好在海上東西南北無方向地繼續漂蕩了。

——選自《一日神》（二〇一一年三月二十日）

我的另類家人

家具和人到底維持著一種怎樣的關係？

家具是靜物，碰到人這種好動的動物，家具也就時時的被人搬動著。一把椅子，有時放在客廳裡，有時被移到餐廳。一張桌子，有時靠著牆邊，有時突然被搬到屋中央。

從家具的擺設可以看出一家人的性格。年輕人組成的小家庭，家具的顏色較多變化，一種輕快的感覺，彷彿室內正播放著輕音樂。笨重的家具，多半是有了地位之後的老年人在使用。有些人的家裡，一跨進去，就讓人生出一種拘束感，這必定是屋主擁有一套使人望而生畏的所謂名貴家具。家具讓人聯想權威，向明有一首詩〈太師椅〉可為明證：

……

閒置得夠久的

這張太師椅

還一直巴巴的等待
當年的正直和威望
……
耍酷的後現代兒孫們見了
總覺得
一輩子得這麼端正的坐著
要多彆扭就有多彆扭
要多荒唐就有多荒唐

透過家具，我看到自己的一頁成長史。

民國三十六年剛到臺灣的時候，一般人家裡的家具都是拼湊的，家裡有幾把藤椅，已經算是有錢人物，榻榻米組成的日式房子，也不需要什麼家具，坐在榻榻米上，睡在榻榻米上，當時也不分什麼廚房餐廳，火爐邊放著一張黑漆墨烏的方桌，上面用紗罩罩著當天的飯菜，誰餓了，誰就坐上去扒幾口飯，有時夾些菜在碗裡，端著到門口吃，那時沒有冰箱，沒有瓦斯爐，沒有電鍋，夏天是怎麼過的，現在想來真是匪夷所思。

在那樣的克難年代，家具也就無所謂設計和美觀的問題，椅子就是椅子，桌子就是桌子，只有實用一途，完全不講究花樣。你走訪十個家庭，每家的家具大同小異，誰家的客廳裡如果擺放著一套稍有氣派的沙發，就是大戶人家。

從因陋就簡的年代走過來，走出了「經濟奇蹟」，我們富裕過，我們又貧窮了，臺灣五十多年柳暗花明、柳明花暗的轉變沒有人說得清楚，從燒餅油條到街角隨處可見的STARBUCKS咖啡屋，現在我們似乎早已和世界各大都會接軌。紐約、巴黎、東京、米蘭……所有世界上的經典家具，都一一展示在臺北人眼前，當年過苦日子的小孩都長大了，他們是屬於開眼界的一代，坐著噴射客機來來去去之後，帶回新的居家觀念，桌椅櫥櫃、床組和掛畫，若無新穎設計，缺少新潮流美學，再多麼實用，也引不起他們的興趣。如果新一代繼承了父母的房產，第一件想做的事，就是先把家裡老舊的家具換掉或丟掉，至於老先生老太太書房裡的藏書最好自動消失，這種屬於家具變革的故事，一直在我們的四周流傳，有些甚至早已成為一則則寓言了。

住過世界各地的大小旅館之後，許多人回到家裡最想做的一件事，可能就是重新裝潢盥洗室。擁有一間像豪華旅館一樣的衛浴設備，是許多人的夢。我曾經為此裝了一套進口洗臉台，流線型的水龍頭，洗面台造形更是炫目，喜悅的心情還來不及展現，我已發現高貴背後隱藏著憂慮，每次漱洗完畢，想保持洗臉台的清潔，殊為不易。所有豪華的東西，都是彎彎轉轉，原來所謂名貴的物品是在玩不必要的繁複，必須有專人清洗，才能永保亮亮晶晶，如今我把「名貴」搬回家裡，真是搬錯了地方，誰有時間整天擦洗？顯然，我為自己製造了一個麻煩。

從豪華浴室得到的啟示，更讓我想到三十多年前在中央副刊上讀過的一篇小說：〈一枚領帶夾〉。

小說的主人翁有一天收到一件禮物，是個可愛的領帶夾，為此，他特地跑去買了一條漂亮領帶，有了領帶，當然要有新的白襯衫，為了配新襯衫，一條西褲就成為必需，等到西褲一上身，在旁的朋友立刻說：「現在你只缺一件西裝外套！」

怎麼可能只缺西裝外套？穿上筆挺的西裝，立刻凸顯了腳上那雙舊皮鞋的寒酸，換皮鞋之外，連帶襪子也得買新的，還有，平時穿得隨便，頭髮也就讓它亂吧，如今穿得這麼體面的一個人，不進美容院破費幾文可能嗎？

我引用這樣一個小故事，只是想說明家具和人的衣著一樣，有其整體性，單單一張豪華椅子，突兀之外，反倒把家裡其他家具一一比了下去。美，有時並不講理，它容不下和它不搭調的。美，甚至是很殘酷的，一件家具會排斥另一件家具。

也就是說，名貴的家具，最好有一間上好的屋子擺放。

說來說去，這是人的勢利。什麼人穿什麼衣服，什麼人用什麼家具。

我的朋友沈君不信邪，他住陋巷居陋室，他曾經多金，擁有嬌妻美妾，後來因酗酒，只剩下一條狗陪著他，可能是因為氣忿吧，他把什麼都丟了賣了，只留一把上好的手工打造椅子，放在空蕩蕩的屋中央，如果醒著，他總是坐在椅子上喝酒。一把椅子是他全部的家當，他說：「只要椅子在，我在這個世界上仍然有著我的位置！」

我的朋友已達修行的地步。我不行，我還要一張桌子。儘管一生倒有半生，總是在清理一張桌子，我仍然喜歡一張讓我清理不完的桌子。坐在椅子上，人會東想西想。有了桌子，就會忙著處理桌面上的事情，哪有時間只是沉思默想。人的悲劇潛因，就是只會坐著想（有些人連想也不肯想了），完全沒有行動力。說來說去，就是懶散，人一懶散，當然只會喝酒了。

家裡的家具都在互相張望，我當然不能只守著一張桌子，我更喜歡的其實是一櫥的杯子，各色各樣的咖啡杯，有些是我旅遊時從異國帶回的紀念品，有些是朋友送給我的禮物，喝不同的咖啡，用不同的咖啡杯。我也喜歡水晶杯，裝紅酒的水晶杯最美，裝啤酒的水晶杯誘人，裝黑麥汁的水晶杯，更讓我覺得暑氣全消。

家具是我的另一組親人。當我看見我擁有的家具，當我珍愛屬於我的家具，我知道，其實我逐漸老了。老人愛家具，愛家具的是老人。孩子是看不見家具的。當我們年輕時，在家裡跑進跑出，就是不會多看椅子一眼，多看桌子一眼，一個書櫃或一個衣櫥，長久使用著，卻不一定描繪得出它們的長相。

老桌子老椅子，有一天會隨著老人的離開而被丟棄。還好，如今也有愛古董家具的年輕人了。真正的好椅子好桌子可以用一百年，比人的壽命還長。歐洲有些博物館裡存放著三、五百年的家具。但椅子不准人坐，其實已經不是椅子了，它變成靜物，像牆上的一幅畫，只能用眼睛看，於是我終於懂得家具畢竟是家具，它有陽壽，不像室外的山川日月永恆。

所以，當我們坐著一張椅子，望著眼前自己喜歡的桌子，珍惜它吧，寶愛它吧，有一天我們會和它分離。

——選自《自從有了書以後……》（二〇〇三年出版）

本文曾收入《中華現代文學大系》（張曉風編．九歌）

七十年後

七十年後——指一九四九年後的七十年，有人去了天國，有人上了網國，有人仍在人間。

七十年前——二〇一八年往前的七十年，十二歲的我，在公園路女師附小讀小學，一個小學生，來回於南昌街、寧波西街，中間總要經過菸酒公賣局，放學的時候，百分之九十的同學都是自己走路回家，但少數又少數的同學，家裡曾派人在門口接，還有同學會坐著自家的三輪車回家，那是有錢人家，或是做官的孩子。七十年後談起來，啊，我的同學竇克勤，他說他那時一放學就是坐三輪車回家，原來他父親就是當年的老立委。

隨著歲月流逝，我們這群小學生逐漸長大，後來讀中學，進大學，有的改讀軍校，從不同的路途，踏入社會，大多數同學去了美國，成為喬治或奧麗薇亞・羅勃特或蘇菲亞，命運大不同，但不管走到天涯海角，有一件事永遠是一樣的——我們都已成為老者——七十年前的小朋友，當年隨著父母渡海來臺，後來跟著老蔣總統在國慶閱兵台上高呼三民主義萬歲、中華民國萬歲，隔了七十年之後，所有的小孩子都已成為老者，現在日日聽到、看到的是柯P和川普，再也不是蔣介石和毛澤東，也不是羅斯福和艾森豪・威爾，一萬四千個證人的記憶何其遙遠，如今的我們啊，面對的是AI話題，三C人生以及民粹當道，日日夜夜，聽到的是車禍和酒駕，而氣候像一個暴怒老人，不停困擾我們，忽而狂風忽而暴雨，還有地震和野火，天上的飛機掉下來，海上的船兒沉沒了，還有煙毒犯、偷窺者，一個色情狂的世界……想要過小橋、流水、人家的平靜生活，難矣。

但換一個角度想，遠在戰國時代的老祖宗莊子，早就看透凡人的煩惱，現在想想，莊周不愧為是一個偉大的哲學家，他早就告訴我們 WHY 和 HOW，人們自小在心中問的「為什麼」和「怎麼辦」，老祖宗老早給了我們提示，他說，人類有四大天性，其一：嫌貧愛富；其二：爭名奪利；其三：貪生怕死；其四：比大比小。人有這些特性，當然煩惱無窮，如何減少煩惱？

如能莫忘初衷，小處著眼，有一把尺或逆向思考，一個人設法從自己的一顆心，改變想法，學莊子的逍遙遊，那麼，無論七十年、一百年，只要有自己的想法，或和莊子一樣，凡事打破常規，做一個自由自在的人，也就不會患得患失了。

二十六個我

A

當父母生下我，這個世界上就多了一個人。

第一個我，是懵懂的，幸福也好，痛苦也好，如今都離我好遠。可是我仍然喜歡童年時候的我。有記憶真好，我曉得自己是如何長大的。

人不能沒有歷史。

B

我也喜歡十七歲時候的「我」。十七歲，我寂寞，我愚昧，我孤獨，我憤怒。十七歲其實是莫名其妙的年歲。我哭過，我恨過，可是現在回想起來，幸虧我記得自己十七歲時候的徬徨和無助。

C

聯考時候的我，只有四十九公斤，我瘦弱，我蒼白。在那樣課業忙碌、情緒緊張的年代，那樣不健康、彷彿患了貧血的我，竟然還要戀愛，況且是一次又一次悲哀的單戀。落榜時候的我，就像一張蒼黃的相片，每一個看到我的人，禁不住要同情我，憐憫我，卻也會躲避我。

D

最可笑的我，大概是那段相親日子的我。一個接一個，一段接一段，真像一場惡夢。人在相親的時候，彷彿自己是市場上的斤兩，被人評頭論足，被人奚落，自尊喪盡，自卑滋生。原來我在別人眼中，分量比一個橘子還輕。也難怪。那是理工的年代。留學的年代。醫生的年代。我——一個考不取大學又喜愛文學的小少尉，乖乖的靠一邊站吧！

E

我終於開始了婚姻生活。這是一個新我。我喜歡回家。連吃飯都有了另一種新意。哦，結婚真好！

F

我做了爸爸。我變成睡眠不足的人。孩子。奶粉。尿片。爸爸是責任的代名詞。甜蜜的婚姻，加入了嬰兒，生活變得不再寧靜。有人說：生活是油鹽柴米。原來如此，真的是如此。

G

孩子一個一個大了。偶爾夫妻倆也可偷溜出去看一場電影，只是心情仍然緊張，不時的要撥個電話回家。害怕他們打翻熱水瓶。擔心瓦斯出問題。也顧慮他們互相打架。啊，一個工作的我，回到家裏卻不能放鬆。有孩子的家，我必須是一個無心的人。

H

不再空洞。不再苦悶。不再悲哀。我只是活著。無所謂快樂，無所謂不快樂。生活大概就是這樣吧，早九晚五，上班下班，然後男女，在飲食之後。

I

青春短暫。一個四十歲的我。一個有白髮的我。一個中年人。然後，生命轉入了秋天。

就讓日子這麼平淡的過去？生命中激烈的夏天已經End？

J

一個屬於家庭的我。另一個屬於事業。白天、晚上，晚上、白天，我躲在辦公室裏。

男人是事業的動物，沒有事業，男人怎麼肯定自己？

K

旅行使人新鮮。希臘、西班牙、法蘭西、英吉利、丹麥、瑞士、美國……飛機在空中穿梭。「我」成為一個點，在宇宙間漫遊。像一個流浪者，我喜歡脫離隊伍，自由漫步於異國的巷道。成為街頭畫家的模特兒，成為花市裏的一個賞花人。

L

回國以後，我變成一個蒐集者。石頭、陶瓷以及大衛像。每一個國家都有可愛的紀念品。誰說玩物喪志。在小擺設的世界裏，我變成一個爾雅人。我忘記時間，也忘記空間。凝視本身就是一種至高無上的享受。看著石頭，或望著青苔，我的一顆浮躁的心，兀自沉靜。另一個自信的我，成熟的我，自遠方向我走來……

M

我本來就是一個喜愛電影的人。年輕時候看熱鬧，注重的是故事感不感動人，希望從電影裏得到生命的啟示，所以很看重一個「懂」字。如今，我看電影，不太在意情節是否曲折，看電影對我來說，不單是娛樂。離開學校之後，很難學習到什麼。而電影使我成為一個永不落伍的人。好的電影，自有一種境界。我喜歡看好電影之後的那種感覺。空也好，實也好，電影是我的一面鏡子，時時使我看清自己，也因而想起週遭的人事，還有我活著的世界。

N

我不會畫，可是喜歡畫。我不寫詩，然而愛讀詩。我不懂音樂，卻欣賞音樂。詩畫之外的小說、散文和評論，是我身上殺不死的細菌，一直在我血液裏活躍。我喜歡這樣的我——一個愛讀詩的我，一個愛看畫的我，一個文學的愛好者，一個藝術生活的追求者。

O

一個愛澆花的我。一個愛植樹的我。在庭園裏走。在庭園裏坐。我最愛的是這樣的自己。我喜歡植物園。我喜歡青草地。人要忘我，請和草做朋友。請和樹做朋友。請和雲做朋友。

P

做體操的我，也是裸身的我。心柔念淨。彷彿回到童稚，流汗之後，再沖個涼。我是舞者。我是一片空白。

Q

有時，我是一個沉思者。時而來回踱步，時而坐在椅上。孤獨，卻不自覺孤獨。寂寞，也不感覺寂寞。做一個沉思默想的我，是我求得清明的唯一途徑。

R

和朋友坐在咖啡屋裏，是我生活上的一種休息。享受友情，如沐春風。聊天，也可調整我的人生觀。哦，我喜歡朋友，更喜歡和朋友坐在咖啡屋裏聞咖啡香。

S

一個屬於家庭的我。一個獨立的我。當兩個我成為朋友，而不是戰鬥者。我思。我想。我做。我愛。我是一個完整的人。活著。我不讓自己有所缺憾。

T

世上那有不缺憾的我？我渴望奇遇，我渴望羅曼蒂克，我渴望能有再燃燒一次的青春。

U

有人說：「生命是一驚，然後是華髮。」是的，我們活著，兩頭太長，中間太短。十二點的火車總是容易脫班。而有些事情稍一耽擱就再也追尋不到，難道我不後悔嗎？

V

人生沒有「無悔」。我也不是一個無悔的人。讓我歌，讓我唱，在人生的舞臺上，在燈光還未熄滅之前，當然應該舞而蹈之。寂靜即將到來，讓我學習人猿泰山，長嘯一聲吧！

W

雖近黃昏，夕陽美好。哦，誰敢為人生下定義？人生必須一步一步自己走過來。人生的路好短，你必須放慢腳步、細細品嘗。

我終於知道，自己人生的方向。

x

街頭像一鍋沸騰的開水，在噗噗翻滾。車陣。人潮。灰塵。霓虹。騎樓下的叫喊聲……我怕聲音，我怕吵，我一定是老了。曾經我渴望在四十歲以前死去。而我畢竟是凡人，五十過了，六十過了，仍然在活，貪啊，貪生的我，怕衰老之後，只是活在記憶裏……

y

我真的老了，到底我幾歲，七十八，還是八十七？我總是忘記自己說過的話。所有別人的名字，我也愈來愈記不清。

z

當我一步一步邁向死亡，突然我發現自己不怕死了。這一生，對我來說，是值得的。我很高興在人世間走了一遭。付出了我的所能，也收穫良多。我心中充滿感激。在悲悲喜喜中，我得過，也失過。人世間的種種，我經歷，我體會。山啊，水啊，我看過。風啊，雨啊，我行過。如今我要安息，讓我隨風飄逝，成為大自然的塵或土。

——一九八六年元月，收入《人啊人》。

回望

〈二十六個我〉，寫於一九八六年元月，那是臺灣的流金歲月，中產階級崛起，民眾經濟生活普遍改善，而我自己還在坐四望五的好年紀，爾雅也在風頭上，顯然，一切都走在生命的順境，現在回過頭去，重看那些消失的歲月，越發讓人感謝、懷念不已。

從四十九歲到八十二歲，中間又飛過了三十三年，快啊，多像一部急駛中的火車，我還在欣賞車窗外的風景，車上指示燈卻告訴我，終站就要到了，提醒我，要隨時準備下車……

當我一步一步邁向死亡，突然我發現自己不怕死了。這一生，對我來說，是值得的。我很高興在人世間走了一遭。付出了我的所能，也收穫良多，我心中充滿感激。在悲悲喜喜中，我得過，也失過。人世間的種種，我經歷，我體會。山啊，水啊，我看過。風啊，雨啊，我行過。如今我要安息，讓我隨風飄逝，成為大自然的塵或土。

三十三年前的我，四十九歲，生命如日中天，卻浪漫的寫下了自己視死如歸的想法，似乎早已悟透人生。

現在再讀這段文字，才知道自己多麼少不更事，原來死亡在遙不可及之處，當然你不怕它，就像獅子在看不見的地方，沒有人會說怕獅子，現在獅子正向你撲過來且張大了口。牠正準備吞噬你！

你還敢說不怕嗎？怕的，任何人面臨如此場景都會怕的。

這就是老者的心情。過了七十八十，人越老，特別年過九十……九五，死亡的陰影就在四周流竄，幾乎聞得到它的氣息，聽得見它的呼吸。所以老人有些舉止讓人覺得突兀，就放他一馬吧，凡事不要計較，畢竟，老者是即將消失之人。老小老小，老人又回歸成小孩，小孩總是愛鬧，不懂事是小孩的特權。

啊，不懂事的老者，要如何向這個世界告別？

附註：《回望》也是爾雅的一本新書書名，作者江青。

一口氣

人人都有一口氣。

這口氣，並非表示人還活著的那口尚能「呼吸」之氣，而是一口鳥氣。

是的——生悶氣，胸前堵著一口悶氣，一口鳥氣，一口烏漆墨黑的晦氣，一口說不上來的什麼邪門歪道的妖氣，反正就是有那麼一口氣，一口讓人極為不爽的「氣」，在胸口擠來湧去，總讓人不舒服。

人活著，一生最重要的就是能化解胸中這口「鳥氣」，如果真能活到自我化解胸中這口「妖氣」，到頭來你我才可能是一個無憾之人。

這世上有「無憾」之人嗎？

難啊，這會兒終於化解了那口「鳥氣」，明兒個，因為你我還活著，會有新的意想不到的晦氣又來糾纏我們。

氣什麼呢？氣一個人。一個人嗎？僅僅只有一個人嗎？不，有時很多人，很多人都讓人生氣。上了年紀的人，身上的刺越來越多，頗像一株仙人掌。看不慣的人越多，胸中的那口「氣」就滾得更大，是因為寂寞嗎？突然，會對所有的人都失望了。

幹麼要對所有人都失望，我只對少數讓人生氣的人生氣，氣他們毫無原則，見利忘義，翻雲覆雨。

如果你愛生氣，那就永遠氣不完了。請想想歷史上有多少偉大的心靈，他們受了難以言說的冤屈，仍然化「霉氣」為「正氣」，譬如文天祥的〈正氣歌〉，不妨好好讀讀，你就不會為自己的一點點小事生氣了。

余囚北庭，坐一土室。室廣八尺，深可四尋。單扉低小，白間短窄，汙下而幽暗。當此夏日，諸氣萃然：雨潦四集，浮動床几，時則為水氣；塗泥半朝，蒸漚歷瀾，時則為土氣；乍晴暴熱，風道四塞，時則為日氣；檐陰薪爨，助長炎虐，時則為火氣；倉腐寄頓，陳陳逼人，時則為米氣；駢肩雜遝，腥臊汙垢，時則為人氣；或圊溷、或毀屍、或腐鼠，惡氣雜出，時則為穢氣。疊是數氣，當之者鮮不為厲。而予以孱弱，俯仰其間，於茲二年矣，幸而無恙，是殆有養致然爾。然亦安知所養何哉？孟子曰：「吾善養吾浩然之氣。」彼氣有七，吾氣有一，以一敵七，吾何患焉！況浩然者，乃天地之正氣也，作正氣歌一首。

天地有正氣，雜然賦流形：下則為河嶽，上則為日星。
於人曰浩然，沛乎塞蒼冥。皇路當清夷，含和吐明庭。
時窮節乃見，一一垂丹青：在齊太史簡，在晉董狐筆。
在秦張良椎，在漢蘇武節。為嚴將軍頭，為嵇侍中血。
為張睢陽齒，為顏常山舌。或為遼東帽，清操厲冰雪。
或為出師表，鬼神泣壯烈。或為渡江楫，慷慨吞胡羯。
或為擊賊笏，逆豎頭破裂。是氣所磅礴，凜烈萬古存。
當其貫日月，生死安足論？地維賴以立，天柱賴以尊。
三綱實繫命，道義為之根。嗟予遘陽九，隸也實不力。
楚囚纓其冠，傳車送窮北。鼎鑊甘如飴，求之不可得。
陰房闃鬼火，春院閟天黑。牛驥同一皂，雞棲鳳凰食。
一朝蒙霧露，分作溝中瘠。如此再寒暑，百沴自辟易。
哀哉沮洳場，為我安樂國！豈有他繆巧？陰陽不能賊。
顧此耿耿在，仰視浮雲白。悠悠我心悲，蒼天曷有極！
哲人日已遠，典型在夙昔。風簷展書讀，古道照顏色。

你用古聖人壓我，我完全沒話說了。也好，文天祥的正氣，終於化解了不少我心中的濁氣、妖氣……

這世上多的是痛苦之人，你是無病呻吟，好手好腳，就算不正面為國為民，盡一些國民義務，站在自己崗位上，積極的做好自己的工作，努力向上，人人奮發，我們的國家自然就會強壯強盛，而不是牢騷滿腹說什麼自己胸口堵著一口晦氣，於是憂鬱啊，躁鬱啊，每天陰陽怪氣，看這個人不順，瞧那個人更加怒火上身，好像天下人都欠著你、負著你，於是吸毒有理，開了機車汽車到街上撞人有理，拿了刀到超商偷竊搶錢殺人有理，變成社會怪咖，有時還到捷運或公共場所無預警殺人放火成為恐怖分子，這是幹嘛？活得不耐煩了？就不要投胎嘛！都怪那一男一女，好端端，突然天雷地火使了什麼奇式怪招將你生到人世，嗳，竟然製造一個怪胎來害人，可惡啊，禍害千年，半人半獸，居然還要坐上神聖的教育大位，真是，連照照鏡子也不會，天啊，要怎麼說呢？還說胸中堵著一口鳥氣，說來說去，這口氣怎麼莫名其妙竟也來堵我的胸口了，我是要來化解你的晦氣的，如今這口妖氣反傳給了我，真是莫名其妙。

哈，你終於知道什麼是那口鳥氣了，一口讓人生氣的濁氣、烏漆墨黑的鳥氣，悶啊，我想起那些人就悶，猴不猴，雞不雞，如今一個個坐上了大位。

民粹當道，雞犬昇天，看了這些現象，能不生氣嗎？豈止一口氣，一口濁氣，簡直全身氣得發抖，啊，人到老來，就是不可為人擊倒，要學文天祥，「彼氣有七，吾氣有一，以一敵七，吾何患焉！」你一定要在心中保有一股「正氣」啊！可好好的「正義」兩個字，如今也被他們糟蹋了，是可忍，孰不可忍，胸中的那口悶氣向誰控訴，向誰發洩，氣啊，氣有什麼用，氣死了，真中了那些小人之計，所以要自我化解啊。

犯老人。那年，他自已也老了，一個活到八、九十歲的老人，如果還能正正常常，也難為他了，我們都應向正常老人鞠躬致謝。謝謝他一路活到老來受了許多難以忍受的晦氣、悶氣，卻仍然還能做一個正常的人，至於老人犯老人就視為正常吧！兩個一輩子走在一起的老人怎麼突然鬧起意見來了？人到老來，還能像年少時一樣親，才讓人羨慕，終究走不到那一幕，最後誰先離開這個世界，誰也不知道，但總比活著，卻一動也不能動的躺在那裡好。你說什麼啊，是在說植物人嗎？別咒了，植物人多可憐，植物人畢竟還是一個人，他胸前也堵著那口悶氣嗎？他成天在想些什麼？你怎麼知道他不想些什麼？他只是無法說話，無法把心裡想說的話說出來，他的一口氣，湧在胸口的一口烏氣，怨氣，誰能理解，誰能明白。

植物人還會思想？植物人就是腦死了身體還未死，腦死之人如何思想？腦死心未死。你以為腦死的人心不會想嗎？就算人死了，還有魂啊！怨魂永不散，你沒聽過嗎？你以為人變了鬼就沒想法了嗎？陰間的鬼看著陽間的人，他們的想法多著呢！他們在說著人間的事，只是人聽不見罷了。人說鬼，鬼倒是全聽進去了，鬼見愁啊！

什麼，你說鬼見愁，是什麼意思？

鬼在怕啊！如今的鬼，怕極了世間之人。你不覺得嗎？這些半人半獸，連鬼也怕啊，何況鬼的胸中也有一口氣，一口晦氣，一口烏氣，一口烏漆墨黑的妖氣……

啊，連鬼的胸口也湧著一口悶氣？我還有什麼話可嘆，但有時想想，就是傷心啊……

到底誰傷了你這麼深，看來，你是個有歷史的人，歷史總讓人留下滄桑，許多人從小吃盡苦頭、受盡欺侮，只能對天長嘯，這些心靈受傷的人，在心底留下疤痕，留下陰影，他再也不是一個快樂的人，這樣的人，他完全不照人情世故來行為，你就放過他吧！

傷心，都是因為你曾經對那個人有所企盼，他可能是你最器重的人，可到老來，才發現他和自己想像的完全背道而馳，啊，天下總上演這種戲碼，一點也不要放在心上，只要想想文天祥，這人間走一趟，除了感恩，就別埋怨吧。

感謝天地，你心中的氣終於化解了！

好日子還會再回來嗎？

十歲來臺灣，一住七十三年。回憶過去將近四分之三個世紀，雖然早年物資缺乏，過著節衣縮食的生活，但感謝臺灣經濟起飛，以及自己的積極努力，成家立業之後，的確漸入佳境，甚至還能一次次到國外旅遊觀光，平常在國內過的日子，也能維持小康之上。

臺灣和我一樣從困苦中奮起，拜社會繁榮之福，到了一九八一（民國七十）年十二月十九日，主計處統計，我國民儲蓄率超越日本，躍居世界第一位。可見八〇年代臺灣過著太平盛世日子的人比比皆是。

一九九〇年，股票壹萬貳仟點時，臺灣人眉開眼笑，中產階級興起，到了一九九四年，國民平均所得在壹萬貳仟美元以上，於是世界各種名牌逐漸把臺灣也當成兵家必爭之地，從吃的到穿的，以及汽車和電器產品，甚至瑞士手錶，臺灣的購買力，舉世聞名，而一九八九年成立的「誠品書店」，和更早年出現的「金石堂書店」正一家家開不停，把我們的精神生活領域也往上提升，雜誌如雨後春筍，那還是「紙筆年代」，出版業蓬勃，小小一個臺灣居然有二、三千家出版社，每年出書量高達三、四萬種……再加上自由和民主，使得我們普遍都能過著衣食無虞的平安生活，教育普及，碩博滿街，臺灣，真的有一段讓人驕傲的歷史，且一度成為亞洲四小龍之冠，外匯存底，也排在世界前幾名，甚至人們曾經還說：「臺灣錢淹腳目。」

在歡欣鼓舞之中，人們盼望著二十一世紀趕快來臨，每個人一想到自己能從一九九九年，跨入二〇〇〇年，心裡禁不住興奮著……誰想到等啊等啊等到的竟然是一個災禍頻傳的新世紀，臺灣有九二一大地震，美國有九一一恐怖事件，接著是阿富汗反恐之戰，美伊大戰，以至於二〇〇三年看不見敵人的SARS瘟神之疫，弄得舉世惶惶，而臺灣又因二〇〇四年即將面臨總統大選，藍綠對陣，統獨之爭更是永無寧日（二〇二〇年又要總統大選了）。每日口水不停，影響所及是經濟衰微，失業率高，於是搶銀行，搶珠寶行，搶超商，搶路人……社會治安紅燈高掛，自殺、兇殺甚至殺父弒母，精神失常和憂鬱症人數激增，偏偏在這種節骨眼上，代表人文修養的教育部長（雖一換再換，甚至還有一位偉大的教育部長只做了一〇三天，但似乎也換不回一位像教育部長的部長）卻學頑童喊狼來了，前一天說大學指定科目考試不考作文，隔一天又說還是要考作文，把十幾萬考生的心弄得七上八下。教育是百年大計，如今也出爾反爾。整個社會亂象叢生，讓人活得有氣無力。

再樂觀的人，也彷彿聞到社會有一股不安的氣息，好日子難道真的過去了？

一場SARS疫情，把一個毫無效率可言的政府完全攤在陽光下，而此時此刻，仍然沒有人學會謙卑，繼續怒目互指，醜惡的嘴臉每天掛在電視上，智慧，臺灣人原先共同有的智慧，到底溜到哪兒去了？

幸虧，絕大多數的民眾還是善良的，且守著本分，重回克難年代省吃儉用的過日子。如今我坐計程車，經常碰到很有禮貌的駕駛，嘴上掛著「謝謝」，「下車小心」等以前聽不到的祝福話；餐廳服務人員看到客人也都熱情招呼，營業場所，大家都按規定戴著口罩，SARS讓大家重新思考，學習過簡樸生活，這樣想，突然覺得我們還是有希望的，只要有好的領導人，把大家的心團結在一起，我們的好日子還是會回來的。

好的領導人到底在哪裡，一個總統下台，又上來一個總統，這位總統總讓人充滿希望，因為她說：謙卑、謙卑再謙卑；溝通、溝通再溝通，結果上台超過兩年，做的和說的完全背道而馳，而且似乎鐵了心要站在百姓的對立面，真的是你說東我說西，且堅信自己為民眾做了許多事，只是不知為何民調始終直直落……

繁華是一條拋物線。有時上昇，有時下墜。國運昌隆，住在城市和鄉村的民眾，當感到自己順勢而為，樣樣如意時，是謂「時勢造英雄」——原來自己的成功，是拜社會大環境所賜；如今國家走霉運，小市民從「通貨膨脹」走到「通貨緊縮」，日子也就一天比一天難過，此時需要「英雄造時勢」，因每個人似乎都遇到了自己的瓶頸和困境，這時才體會到，我們活在一個沒有英雄的年代，反而「群魔亂舞」，不時地，電視和報紙上，不乏狗熊經常讓我們看他們的「不要臉」，毫不掩飾自己的醜陋。

沒有了英雄，智慧的人也不知藏身何處，文人的筆，卻再也不是那支橫掃千軍的筆。文人的筆，只好書寫人間寂寞了。

突然懂得為何有人說：「人為寂寞而生，書為寂寞而寫。」

在寂天寞地之中讀書、寫書，到底是為了尋找愛還是為了失去愛？

突然，出現一個英雄

——一個給人希望的人

作夢也沒想到，突然襲來一股「韓流」，在人們最焦慮、苦悶、無奈的年代，老天送給我們一個韓國瑜，他先要大家唱一首黃瑩作詞，李健作曲的歌：

夜色茫茫　星月無光
只有砲聲　四野迴盪
只有水花　到處飛揚
腳尖著地　手握刀槍
英勇的兄弟們　挺進在漆黑的原野上
我們眼觀四面　我們耳聽八方
無聲無息　無聲無息
鑽向敵人的心臟　鑽向敵人的心臟

只等那信號一亮
只等那信號一響
我們就展開閃電攻擊
打一個轟轟烈烈的勝仗

歌聲才響起，你唱，我唱，大家都在唱，尾音尚未落下，怎麼已經傳來歡呼勝仗的消息，啊，一夕之間，民進黨大崩盤，蔡當局居然正為慘敗鞠躬道歉，這樣一個傲慢的、不知為何始終站在人民對立面的龐大政體，偉大的人民，就憑著手裡一張張的選票，以靜默的抗議，贏得了革命者的勝利，民主果真神聖，民主力大無窮，我們多麼榮耀，當然我們要高呼民主萬歲！

而推動民主，讓民主真正產生強大無比力量的，必須有一個英雄！必須有一個英雄來領導我們，這個英雄就是韓國瑜！

這世上怎麼會出現一個韓國瑜？其實韓國瑜一直在人群裡，他原來也像我們一樣生活在群眾之中，他在賣菜，他有一個位置，他的頭銜是臺北市農產運銷公司總經理，二〇一七年，民進黨有人開始覬覦他的位置，七轉八轉，硬是把他擠了出去，後來位置落到，號稱「高薪實習生」的頭上，此人有堂堂蔡當局在後面挺著，韓國瑜只好另謀他位，想不到此時為國民黨黨主席吳敦義相中，把他擺到高雄，請他當起高雄市黨部主委，且要他尋覓一位適當的高雄市長候選人。

那時人們都覺得有點滑稽，高雄是民進黨的革命聖地，就算他們的候選人躺著選，也會當上市長，居然國民黨還有膽，想來分一杯羹，怎麼可能？

此時有人點醒吳敦義黨主席，何不就讓眼前這位「賣菜郎」親自出征！

憑著手中一瓶礦泉水，路邊攤隨便吃一碗魯肉飯解決了肚皮問題的韓國瑜就這樣赤手空拳在高雄完成了一場幾乎完全不可能的任務，怎麼像星星之火，搧啊搧啊卻真的搧出了火花，而且立即燎原，還沒等對方會過意來，翻轉高雄的聲音已經響徹高雄的天空……

英雄果然創造時代，一個綠營完全視為禁臠的高雄，特別是執政超過三十多年的鳳山、岡山、旗山，三山在高雄為綠中之綠，韓國瑜卻都能打動當地每一個父老兄弟姊妹之心，這是一股什麼神奇力量，一夕之間許許多多人成為他的鐵粉，而且更多當年的超級墨綠崇拜者，也突然轉身，全成了「韓流」的死忠。

無可抵禦的一股「韓流」開始向島的四面八方外溢，比光速還快，連小朋友見了他都會高呼：凍蒜！凍蒜！難怪選舉當天，人潮從各方湧進投票現場，大家都把票投給韓國瑜曾經牽起過手的那個人，結果，甲當選乙當選丙當選，英雄創造時代，一個人改造了一個黨，說來就是神奇，就算你不肯相信，事實已經擺在眼前！

人們又有了希望，但願我們從此減少焦慮、苦悶和無奈。國家需要有能力的人來領導，有智慧的人要站出來，讓我們的國家重新富強，每一個國民都能改善經濟，如果大家能過好日子，社會自然呈現出和諧歡樂的氛圍。

是的，韓國瑜是一個給人希望的人，他讓許多人重新看見希望，英雄總是給人希望。一個鄧小平，讓「文革」後看來完全絕望的中國大陸，重新站到世界前頭，臺灣，只要英雄出現，人們眼前立刻出現希望。有希望的人生，人活著才有意義！

二〇一八・十一・二十七

附註

時間又過去了十個月，總統選舉一度半路殺出一個臺灣首富郭台銘，突然多出一個民眾黨，宋楚瑜破記錄五度參選總統，一時波譎雲詭，如今我們面對的是一個狡猾的年代，選舉伎倆鬼魅盡出，明日臺灣最後成為何種場面，完全無人可以料想。本來，選舉標榜「選賢與能」，但美好的設想完全變質，負面操作結果已經到了把一個社會撕裂，人性醜態畢露，而身為國家領導人，最重要的任務就是團結全國人民，共同發展經濟，邁向國富民強，怎麼可以為了想連任，好像上了台，就再也不能下台，什麼都變得不重要了，可以不擇手段分裂人民社會和國家，選舉選到人民對立，互相謾罵，翻開報紙打開電視以及各種媒體，彷彿我們生活在兩個國家，互相敵視，以前我們不懂大陸為何會發生十年文革，如今明白了，因為我們似乎已進入文革，暴戾之氣瀰漫社會，實非百姓之福。（二〇一九・十一・十五）

輯二

只要你的名字

冬樹

夏樹是鳥的莊園，冬樹呢？（〈夏樹是鳥的莊園〉也是顏元叔小說的篇名）

冬天的樹，光禿禿的，昂望著天空，它在想些什麼呢？

一個人活到八、九十歲，差不多就像一棵冬樹，似乎一無所有，但只要他還活著，他的故事仍在延續，而老人並非都是行屍走肉，老人中多的是潔身自愛之人，特別是自省還閱讀的老人。他的體會，他腦海裡想著的，可比年輕時深沉、深刻許多，想想從前、看看現在，他笑了，啊，這世界果真有許多面相，不活到最後，這世界的真相還真讓他看不明白，如今看明白了嗎？未必，真相的後面還有真相，繼續活下去，你以為一切都弄明白了，不，有時，越活越糊塗，要自己頭腦永保清醒，還必須有一個好身體，像冬樹，挺直著，繼續存活於大地，如果抵抗不住一場暴風雨的襲擊，冬樹倒下，一若人的長眠，還說什麼想看清楚這世界上的人心，想探究這世界上一切神秘的歷史真相。

人類一代代的死，又一代代的活，生生死死，未必能學得智慧和歷史的教訓，人有愚昧的基因。人很容易為人操弄，少數人總是操弄多數人，多數人卻仍然心甘情願的聽信於少數人。生生世世輪迴；歷史，不外是戰爭與和平，到了人類的所謂民主政治，仍然被選舉操弄，說來說去，人啊，就是可憐，可又有可愛的時候，我們愛一個人，就是發現對方可愛，可相處久了，又發現此人毛病不少，於是又心生嫌惡，覺得這人還真滿多地方令人討厭，啊，越想還真覺其惡……同樣一個人，有可愛的一面，有可惡的一面，有時替他想想，其實也頗為可憐，如此多面相，只有他嗎？不，另一個朋友好像也如出一轍，再往下想，啊，在別人眼裡，我們自己何嘗不也如此！

一樣的，你、我、他，人性裡不只有兩隊善惡小兵，還有更令人匪夷所思的嫉妒，因嫉妒心所產生的種種不可思議的行為，都經常讓人嘆為觀止。一驚又一驚，人經常脫序脫軌，都是因為人在表面的內裡，還有一副面具，原來我們都是假面之人，這假面說來也是人性的可憐，因為多多少少，人性裡都隱含著自大又自卑的雙重且矛盾的個性，而我們多麼希望別人看到我們的美好面，於是面露微笑，與人為善，但心裡在想些什麼呢，有時連我們自己也說不明白。

父母老師從小教我們誠實，但成長過程中，有人吃了誠實的虧，後來開始懂得說謊有時反而比誠實贏來更多實際利益，於是自覺或不自覺地，逐漸遠離誠實而靠近謊言，從可愛之人，移往可惡之人。

一個人的人格形成，教育家說來頭頭是道，卻也未必，因為人還有遺傳因子，有些天生的壞胚子，誰也說不清，於是荀子性惡說、孟子性善說，諸子百家議論紛紛，而我始終認為，人最重要的，還是要靠「自制」，偏偏這「自制」能力的養成，也是要靠後天的培養，必須從「自省」而來，而「自省」能力，也是一部分人天生具有，一部分人完全不具備，說來說去又是遺傳因子在作祟。

如今我是一棵冬樹，因為長壽，逐漸對人有了「些微」認識。四十歲左右，就自以為對人性透徹瞭解，而寫了《心的掙扎》、《人啊人》、《眾生》三本小冊子，如今又多活了四十年，才知道自己對人性瞭解膚淺得很，還談什麼深入。

起碼現在至少懂得，世界上沒有完人——我曾經失望，只因為自己把別人想像得過分完美，以至於崇拜、尊敬，百分之百的信服……啊，世上沒有這樣的人。對人過分期待，最後必然失望，所以無欲望的付出最好，好好對待自己，好好對待朋友長輩，如此就是美好人生。

冬樹挺立大地，還能欣賞春夏秋冬四季好風光，就向大地叩拜謝恩吧！

只要

只要不生病，只要不去醫院，人生都是美好的。

颱風、地震、暴雨、野火燒著森林……有人對這世界失望，說：「好日子都過去了」，是的，由於人類自作孽，以為自己是神，要征服天、征服地，上山亂墾，下海電魚、毒魚，還不停偷抽地下水，讓地層年年下陷，汽車滿街跑，飛機滿天空飛，油啊，電啊，無限制開採、無限制消耗，把大自然的生態環境破壞殆盡，於是氣候暖化，暴雨驟來，人們再也沒有好日子過……

「這世界還是有桃花源的！」記得女作家郭良蕙曾這樣對我說。她人美麗，文筆又好，是五〇年代的美女兼才女，出過書，拍過電影，走到那裡，都是人們追逐的焦點，這樣的人，最怕到頭來，感情落了空……果然，人們最怕的事，郭良蕙也遇上了，於是她喜歡一個人獨遊，到世界各個角落，她寧願所有的人都不認識她，自由自在的散步，獨自吃早餐，一個人的世界，比什麼都好……她後來交給我一本書——《格蘭道爾的早餐》，格蘭道爾是英國一家旅館的名字，她曾經住在那裡，好的旅館一定附有好的早餐，她有一段時間，因為住進一家讓她感覺良好的旅館，一連幾天，在那家旅館吃早餐，留下了好印象，寫成了遊記，讓我始終記憶猶新，特別是當她說了：「這世界還是有桃花源的！」

我們的世界本來就是一個桃花源。詩人魯蛟說：

彎彎的河流是一種舞蹈，
起伏的山脈是一種舞蹈。

啊，天空多麼美麗，打開窗戶就看見綠樹隨風搖曳，還有小鳥四處傳來牠們曼妙的歌聲，這是多麼美好的世界，可惜人啊，天天在爭吵，甚至發動械鬥，讓人和人彼此仇恨……一個寧靜的世界，都因為人慾橫流而讓人覺得天下不太平了……

天下不太平都是因為人，人的欲求不滿，人們都要過好生活，有了這還要那，吃在碗裡，卻眼巴巴的盯著別人的碗裡瞧，總覺得別人碗裡有更好吃的食物……啊，人的一顆貪心，就是這個世界的亂源啊！

人常常不肯省悟，一個省悟的人，煩惱自然就會減少……

人人追求桃花源，桃花源其實就在我們每個人的家裡，甚至它藏在我們每個人的心裡，不是有一句人人都聽過的話——「心滿意足」，擁有一顆對自己滿意的心，我們不就是一個快樂之人嗎！

不是嗎？只要有幾本好書，在家裡喝喝茶，或煮杯咖啡，小餅一、二片，在自家廳堂穿梭來去，或坐或躺，多逍遙自在，難怪有人說：「金窩、銀窩，不如自己的狗窩」。記得，自己的一顆心量要大，只要寬心、放心，在家裡的那個人，不就像住在桃花源裡嗎？

只要不生病，只要不去醫院，人生都是美好的！

此刻的我，就充滿了快樂。

也不過就是，能在燈下閱讀，繼續寫字……

只要你的名字

生命像一列疾駛的火車，都有終點……十歲、三十歲、五十歲……忽而竟然超過八十二了，自己也有些不相信，但年歲擺在那兒，容不得否定。

西元二〇〇〇年，正巧遇上爾雅創社二十五周年慶，那時我六十歲，和六十五歲的「法定老人」年歲還有一段距離，加以自己無論外表、內心都無老人心態，所以當時許了一個頗為氣壯山河的願：謝謝你們給我的愛，請老天再給我二十五年！

二十五年，可以做多少事啊！回顧自己過去的二十五歲生命，也就是從一九七五年爾雅創社，到站在台上接受文友的祝賀，二十五年爾雅不只是出版五百種有影響力的文學書籍，而且也為文壇貢獻心力，做了好幾件有意義的事，譬如為作家編書目，為作家拍照，提高轉載費，編各類「年度選集」，特別是推廣新詩閱讀，在五百種爾雅叢書裡，詩集竟然超出一百種，讓許多人嘖嘖稱奇，啊，那是多麼讓人興奮的二十五年，可是如今我向老天乞討的二十五年，眼看就要過去，可我這十九年到底做了些什麼？所出書籍在書目上雖然也增添將近三百種，而每種書的印量越來越少，文學書的出版還能發揮多少影響力，連我這個出版人都開始懷疑了。

我自己豈可懷疑？

對，我是一個文學傳教士，人人都可輕視文學，唯有我不可輕視，我是始終看重文學影響力的人，文學，只要真正能影響到一個人，那個人就是一顆火種。將來他會將火種燃燒到某個角落，可影響千億百億人心，如果種在土裡，就會長出無以數計的綠樹紅花，美麗宇宙大地。

只是，我要的二十五年，忽而已達十九年，就要進入二十年，這二十年的如飛歲月，快得讓我瞠目結舌。

是的，到達我許願的二十五年，爾雅就遇上五十周年慶，而我，至時也將八十八歲了，八十八歲再不退休，就是我心裡想，身體也撐不下去了。日前報上公布內政部統計的國人平均壽命為八十歲，其中女性為八十三·七歲，男性只有七十七·三歲，到了八十八歲，我恐怕連上街吃飯都要孩子扶我一把了。

我只是奇怪，為何從六十三到八十二歲的這十九年，快得讓我無法相信，原來，人的生命前頭如芽的生長，後頭如葉的死亡。生長慢、死亡快，所以，小時候的生命一年像十年，而老年人的生命，卻十年彷若一年。

我如今的每一天，彷彿都在戰時。剛起床，就趕著上班，才進辦公室，還沒做幾件事，一抬頭，鐘已過了十二時，趕著找個地方獨自安靜吃餐飯，喝杯咖啡，回到辦公室，三、兩個電話一接，怎麼又要下班了，如此周而復始，一周感覺比一天還快，周休兩天後，明明還是星期一，突然又來到星期五……快啊，這列疾駛中的人生列車，絲毫不停，我只聽到火車長嗚一聲，在鐵軌上轟隆轟隆急駛不停……

而更讓我驚悚的，自己座位邊的許多長輩、師長、老友都一一提前下車了，空位越來越多，地址簿上盡是撥不出去的電話，可以聊天的朋友一年年減少，有些尚在呼吸的，撥電話過去，發現想在電話裡聊家常，已經聊不起來了，話也無法接得上，原來想說的事說不清楚，想提的名字，竟然也一個個都忘記……是的，忘了同學的名字，小學的、中學的……噯，別說那麼遠了，眼前剛認識的朋友，名片還放在口袋裡，可一瞬間，同樣也記不起來了。

所以就不要和我說太多吧！只要你的名字，如果你告訴我你的名字，或許我還可以記得一些往事舊事……

二〇一八年十月十七日，《文訊雜誌》舉辦的「九九重陽老人會」，轉眼三十年了，如今新的名稱是「文藝雅集」，那天在臺大國際會議廳席開三十七桌，每桌十位，居然到了老少來賓三百七十人，每人還拿到一張三百七十位出席來賓的名字，啊，如今「只要你的名字」的我，對我來說，如獲至寶，因為只要看著這三百七十個名字，似乎絕大多數，都曾在我記憶中出現過，啊，人的緣分，名單中的名字，後來走成了平行線，再也不曾交會，但畢竟我們曾經相識。

我把這三百七十個名字，留在我的書中，也是一份紀念啊……

一　李有成·王榮文·呂毓卿·柴松林·張鐵志·蕭宗煌·鍾永豐·履　彊·葉樹姍·封德屏·朱國珍

二　林宗源·陳耀昌·黃騰輝·徐如林（女）·鄭炯明·姚榮松·趙天儀·方寬銘·岩　上·胡瑞珍·陳瑩芳

三　葉日松·葉羅瑞新·麥　穗·管　管·碧　果·徐　瑞·張孝惠·墨　韻·紫　鵑·林于弘·張　錯

四　楊青矗·楊士慧·林央敏·莫　渝·楊憲宏·羊子喬·趙迺定·林清秀·王溢嘉·古蒙仁·陳慈銘

五　喜　菡·胡爾泰·王羅蜜多·夏婉雲·白　靈·陸達誠·大　蒙·徐如林·藍　雲·洪淑珍·林正三

六　鄭如晴·鄭羽書·羊憶玫·唐潤鈿·徐秀美·劉淑華·鄭淑華·蔣竹君·江秀卿·荻　宜·朱佩蘭

七　梅　遜·楊祖光·莊　靈·陳夏生·楊銀鳳·余玉照·李金蓮·應平書·王盛弘·胡金倫·陳宛茜

八　宋　元·殷勝祥·周伯乃·于愷駿·徐世澤·高　準·齊衛國·黃文範·李　鍌·丁履譔

九　歐銀釧·余崇生·沈花末·陳光憲·陳銘磻·莊永明·白棟樑·李展平·陳朝寶·劉文潭·陳文婷

十　丁貞婉·吳　璵·江澄格·胡耀恆·梁欣榮·高天恩·許麗卿·歐茵西·陳慶煌·張曉風·單德興

十一　向　明·楊昌年·趙玉明·俞允平·張　健·羅　行·魯　蛟·桑品載·隱　地·陶幼春·楊宗翰

十二　紀秋郎・陳秀潔・張靜二・康來新・康芸薇・劉靜娟・童元方・汪其楣・張芳慈・曹志仁・宋政坤

十三　曾仕猷・曾仕良・閻振瀛・陳甲上・林耀堂・李文漢・邢運蓉・霍　剛・焦士太・張植珊・林其賢

十四　王道還・彭小妍・方祖燊・黃麗貞・李殿魁・鄭向恆・曾昭旭・黃慶萱・談海珠・張素貞・白崇珠

十五　寧　可・寧忠湘・王　愷・陳美潔・趙　明・阮淑琴・何肇衢・何耀宗・黃光男・李賢文・林清泉

十六　吳雪雪・王克敬・李宗慈・周昭翡・程榕寧・孫小英・趙　琴・歐陽元美・趙妍如・汪季蘭・劉曼紅

十七　柴　扉・林月華・鄭仰貴・林　銀・汪鑑雄・胡坤仲・黃錫淇・麥哲雲・吳敏顯・徐惠隆・奧威尼・卡露斯

十八　朱學恕・羅海賢・黃進發・張泉增・沙　白・俞川心・文壽峰・潘長發・潘家群・陳連禎

十九　金　劍・崔崇光・杜奇榮・吳道文・鄧鎮湘・夏祖明・穆緒薈・蜀　洪・汪淵澤・汪詠黛・蔡　怡

二十　王亞維・王黛影・廖玉蕙・蔡全茂・袁家瑋・樸　月・宇文正・愛　亞・方　梓・季　季・田新彬

二一　許　王・許娟娟・楊素珍・杜志成・謝震隆・謝美枝・孫雄飛・孫慧琴・陳　剩・黃才郎

二二　丘秀芷・古　梅・陳晨曦・龔書錦・龔旭初・宋雅姿・袁言言・高雷娜・徐翊維・林黛嫚

二三　何桂泉・吳玉雲・楊肅民・李台山・洪玉芬・翁　翁・楊筑君・楊樹清・盧翠芳・李福井・吳鈞堯

二四　陳素芳・楊小雲・溫小平・余玉英・郭　妙・張雪琴・任　真・陳司亞・黃信樵

二五　李可梅・李德珍・陳銀輝・楊淑貞・梁秀中・周月坡・李重重・金哲夫・孫少英・楊以琳・王漢金

二六　毛先榕・六　月・柯錦鋒・郭心雲・澍　文・陳亞南・陳　薇・周梅春・林仙龍・黃漢龍・陳識南

二七　陳宏勉・林淑女・趙心鑑・莊瑞玲・佛　鬘・連勝彥・陳坤一・陳維德・徐松齡・郭文夫・宋　英

二八　葛治平・許月娥・書　戈・彭渝芳・李　玉・李莒光・沈　立・蔡清波・雨　弦・潘台成

二九　李在敬・孫清吉・張慧元・莊桂香・莊麗月・陳祖華・董益慶・徐斌揚・徐　瑜・吳疏潭・孟繼淇

三十　傅林統・黃　海・葉言都・杜　萱・陳正治・李啟端・陳美儒・曾心儀・馬翊航・湯芝萱・李亞南

三一　廖瓊枝・鄭速蓮・涂靜怡・陳瑋全・陳欣心・琹　川・覺涵法師・趙　化・楊錦郁・胡麗慧・黃春旺

三二　林　良・林　瑋・曹俊彥・許建崑・許義宗・洪文瓊・陳木城・林武憲・林煥彰・邱各容・黃瑞田

三三　黃克全・王學敏・王先正・吳德亮・方鵬程・蕭　蕭・渡　也・林　齡・陳憲仁・蘇正隆・彭樹君

三四　林錫嘉・許其正・陳福成・傅　予・彭正雄・賴益成・顏艾琳・凌　拂・文　林・柳愈民・羅明河

三五　左秀靈・吳東權・李元平・蘭觀生・姚家彥・郭　兀・陳文榮・秦賢次・蔡登山・梁　良・溫德生

三六　徐享捷・楊靜江・金　筑・官有位・陶明潔・楊蓮英・落　蒂・林文煌・王　婷・許麗玲・陳建宇

三七　黃恆秋・江彥震・林國隆・莊華堂・葉蒼秀・游銀安・鍾順文・王秀蘭・陳素真・潘榮禮・蕭　燕

老者，你是誰

鏡前一坐，眼前出現一個陌生人，我被嚇了一跳，問對方，你是誰？

對方曖昧地一笑，並未回答我的問題，只是淡然地反問：你會不認識我？

一驚的是我，這一提醒，彷彿讓我想起，眼前不是別人，正是在下自己啊！

自己怎可能不認識自己？上個月染過頭髮，走出理髮店遇到一位老同學，他還有點難以相信的問我，你是老柯嗎，怎麼都不老？為此，回到家裡，喜在心頭的特別走到鏡前瞧瞧自己，還頗為欣慰了一陣子，如今只不過個把月，突然又對自己完全陌生起來，居然還問鏡中人，你是誰？

六十五歲就是老人。現在年過八十，當然是老人中的老人，怎麼，突然不習慣了嗎？還問老者你是誰？

人是未死之鬼，鬼是已死之人，人鬼之間一線之隔。人從降生之日，就在練習死亡，這一點，自己在六十歲時就已完全了然，那一年還寫了一首題為〈歷程〉的詩：

身體一艘船
生是它的初航
睡是死的練習
死是睡的完成
生與死
在睡夢中談著戀愛

人一張開眼，就要面對一天或一生中的許許多多問題，所以，當人睡著的時候，可以暫時忘記萬事萬物，顯然是一種幸福。

一睡不起——雖說是一種安息，或說「死是睡的完成」——對絕大多數活著的人來說——還是讓我醒來吧！

儘管談戀愛看起來是快樂的，想從戀愛中逃跑的仍大有人在！

睡，一種練習死亡的方法。練習了一輩子，終於到達完成階段，人又突然害怕起來，不但害怕死，還害怕死之前的老。

老，又到底是什麼鬼？

鬼是已死之人，而老是在變成鬼之前的快要不像人，卻又還未成為鬼的亦人亦鬼樣子，所以突然在鏡前看到自己會問：你是誰？

老是一種腐化。老使別人不悅，也使自己不悅。

別人悅不悅，永遠不是我們管得了，就算他不悅，那是他家的事，關你屁事！

至於自己不悅自己的老，那又何必！老是一種事實，說到腐化，人從生下來那一天開始就在腐化了。人老了，面對它，人醜了，面對它，只要自己有信心，人就像一棵老樹立於天地之間，那也是一種美！已經八十歲了，還那麼不成熟，仍然像一般膚淺之徒，計較於俗世之美醜，老人該有一種境界，練練毛筆字，打打太極拳，同時，在家人前儘可能把嘴關起來，把錢包打開，也善待自己，最該忘記「節儉是美德」這句話；做一個智慧老者，成為大地上的一棵美麗老冬樹！

老的敵人是青春；青春的敵人也是老！

這種講法，顯然把老和青春對立起來，不，青春不是老的敵人，老人要永遠學習青春的活力，當青春離我們而去，我們也應感謝青春給過我們幸福，懷念生命中曾經的美好，是一件多麼有意義的事……

老的是我，新的是這個我已日漸看不慣的世界！

新世界有源源不絕的新玩藝、新潮的觀念，新得教我們這批跟不上時代的老人發出冒火的恨意！

不要恨，不要看不慣，要繼續活下去，活得順心兒，你就要接納，像新生兒逐漸長大那樣接納這個世界，年老而仍肯接納新事物新思想，你才能安心、放心的活下去。

活下去是一件新鮮絕妙的事兒。世上有那麼多死亡，天天發生著慣常的、意外的死亡，「卻尚未輪到你、輪到我，你我不是該心存感激嗎？」

每一個可以讓我們活著的新日子，我們都要心存感激，日日夜夜的心存感激！

腐化之前，讓你看不穿我，看不透你和我同時在腐化。

老者，你是誰？

——原載二〇一九年元月十八日《中華日報》副刊

老來

每隔一段時期，就會傳來一位老作家或老影人過世的消息，而當走的人和自己年紀相仿，就更讓我悚然而驚！

日前又傳來好萊塢老牌影星畢雷諾斯（Burt Reynolds）辭世，這位演藝生涯長達六十年的性格巨星和同年代的保羅．紐曼、勞勃．瑞福、達斯汀．霍夫曼齊名，他的代表作是一九七二年的《激流四勇士》和之後的《追追追》。八〇年代，是他演藝生涯如日中天的高峰期，一九八一年，他還曾和成龍、許冠文合演過《砲彈飛車》，可惜因演《義薄雲天》臉面破相，從此命運轉衰，直到一九九七年再度以《不羈夜》奪得奧斯卡男配角獎，之後開始改拍影集，晚年因病魔纏身，染上毒癮，終因財務吃緊，不得已連戲服、甚至有紀念性價值的各類獎座、獎牌全拿去變賣。

俗話「老來苦，是真苦」，一個人年少時，不怕窮也不怕苦，再多的挫折，只要奮發有為，終會有出頭的一天，而一旦七老八十，年老體衰……到了只剩一副老骨頭，這時喊窮喊苦，可真是叫天不應叫地不靈，啊，舉目四望，這活了一輩子的人世，讓人感嘆的豈止是薄情寡義，這世道人心根本是麻木不仁。

但怪來怪去，怨東怨西，到頭來還是要怪自己——為何要碰毒品，人一旦染毒，其實等於宣告自己的靈魂已經死亡。

沒有靈魂只有軀體仍然在人世間飄蕩，這樣的人，其實就是行屍走肉，對自己無益，對親人和家庭有害，甚至造成社會的負擔，吸毒的人啊，怎麼會走到這一步？

吸毒不但危害一個人的健康，吸毒也能把一個家庭整個拖垮，當一個國家吸毒人口多了，這個國家就要倒大霉，中國曾是深受煙毒之害的國家，早在清朝道光年間，中國人就因吸毒人口大量增加，國力衰退，在外國人眼裡，中國人就是東亞病夫，日本人之外，英國人也看出中國人好欺侮，竟聯合港商以飛剪式帆布船在廣東沿海公開販運鴉片，道光皇帝於是派湖廣總督林則徐（福建侯官人，一七八五—一八五〇）執行掃毒任務——禁止英國商人輸入鴉片，違者立即沒收並全部燒毀，英國人惱羞成怒，以遠洋艦隊炮擊廣東九龍，是謂鴉片戰爭，清廷不敵，與英媾和，簽訂南京條約，共十三款——償銀二千一百萬元；開廣州、福州、廈門、上海、寧波五口通商。而最讓人痛心的是，還租借香港九十九年給英國，這也是中國與外國訂立不平等條約的開始，從此中國門戶洞開，任人宰割。

更讓人憂心忡忡的是，眼前的臺灣，吸毒人口越來越多，而且毒品流入校園，家裡只要出現一個吸毒的孩子，等於宣告，這個家庭，從此再也找不到希望和光明。

像日前三十二歲梁某，因吸毒，錢不夠用，向母親伸手討錢，要不到錢，竟然砍下母親頭顱，這種人倫悲劇，居然三不五時在臺灣發生，如今人們似乎見怪不怪，這才是臺灣真正的悲哀，而教育部，對於許多新興毒品流進校園也拿不出一套阻擋辦法，這才是國家機器真的出現天大危機。

國家領導人，你還只想著自己家裡的幾隻貓啊狗啊嗎？

二〇一八．十一．十五

觀影三階段和我心中的另一些影星名字

從十歲進電影院，到七十八歲仍在看電影，六十六年的觀影史，對我來說，可分為三個階段：

第一階段，從一九四七到一九八〇，這第一個三十三年，都是傳統式的看電影，也就是以最正規的方式進入電影院，一本正經的和許許多多愛看電影的人坐在一起，「安靜的」看電影、「專心的」看電影——這也是臺灣電影院的黃金年代，永遠有那麼多人進出電影院，把看電影當作最普遍的娛樂，這一階段也可稱為「全民看電影年代」，而一九六二年凌波、樂蒂主演的《梁山伯與祝英台》全臺瘋狂賣座，很多影迷一看再看，甚至連看十八場，二、三十場的也大有人在，香港人因此稱臺北為瘋人城，可見六、七〇年代，是電影業最巔峰的時期，看電影幾乎是全民最愛。

第二階段，一九八〇至九〇年代，發明了雷射影碟（Laser Disc），簡稱ＬＤ，當時信義路上有一家「太陽城」，專門出租影碟，讓一般人可以租回家看，只要家裡有電視設備，再買一臺影碟機回家，就可一部部將影片帶回家獨自欣賞。那也是我的歐洲電影時期，由於早年在電影院看電影，一來，電影院的電影放映之前都要經過審查，好好的一部電影經常被剪得七零八落，其次電影院放映的電影，所謂外國片，百分之九十，不是美國好萊塢電影就是日片，有一段時間，日片亦全面禁映，只剩下美片和國片，要看到其他國家的電影甚為不易，影碟進來後，各種歐洲片陸續傳入，我開始日以繼夜租借歐洲電影回家，許多經典和藝術電影讓我眼界大開，對我五十歲以後的人生頗有啟迪，這一段觀影人生，也是我生命中最愉悅的享受。

第三階段，一九九〇至二〇一〇年，多元化時代來臨，隨著「金馬影展」、「臺北電影節」的影響，藝術電影人口增加，戲院開始採小廳制，這也是我的「長春戲院時期」，透過「長春」，看到許多世界各小國的優秀影片，「長春」售給「國賓」之後，儘管仍保留了一些小廳，繼續放「長春年代風格」的歐洲片，但因購票方式改採電腦系統，對老年、傳統觀影人造成諸多不便，我逐漸減少前往電影院觀影，而開始在電視上「亂看」，每部電影東看一點西看一點，成為我的「亂看電影」時期，剛好電影進入「砍殺期」，打開電視看電影，不是刀、就是槍，否則就是飛車追擊，把一部部嶄新的汽車撞得像破銅爛鐵，看電影至此，趣味全失，一個愛看電影的人，我想到的是最初發明電影的愛迪生說過的一句話：「我希望大家不要只拿電影來賺錢，也要為社會多做些事情。」

重讀自己的電影筆記，記起了多少年輕時候烙印在腦海裡的名字，但仍有不少未曾在書中出現，這些我心目中的名字，現在的年輕朋友大都並不認識，我一定要寫下來，寫下曾長住在我心房的名字……

譬如：演《出水芙蓉》的美人魚伊漱．惠蓮絲，《小婦人》中的瓊．愛麗蓀，她的雀斑，又讓我想起雀斑小生范．強生。《學生王子》中的愛德門．潘登和安．白蘭絲，《美人如玉劍如虹》中的史都華．格蘭傑。《霸王妖姬》由維多．麥丘和海蒂．拉瑪合演；由妖姬，想起肉彈珍．曼絲菲，珍．羅素，還有義大利的珍娜．露露布魯姬妲，當然不能忘了《上帝創造女人》的碧姬．芭杜，外號「性感小貓」，還有克勞黛．卡蒂娜。真正讓人難忘的是獲得英國爵士的勞倫斯．奧利佛和他的夫人費雯．麗，由費雯．麗的眼睛，我會想起《阿拉伯的勞倫斯》裡的藍眼睛彼德．奧圖，以及和他演對手戲的奧瑪．雪瑞夫；我也忘不了法國影星楊波貝．蒙，他長相奇特，並不好看，卻有魅力，戲路寬廣，六○年代，在法國影壇上和他相互輝映的只有英俊小生亞蘭．德倫。

回到美國，我想念的是演《山》的老生史本塞．屈賽，以及他的老搭檔凱薩琳．赫本，還有最醜的美男子，演《北非諜影》的亨佛萊．鮑嘉，他的妻子羅琳．白考兒，由白考兒，又聯想到和克拉．蓋博演《一夜風流》的克勞黛．考爾白，她是一位性格演員。眼前又浮出英國女星瓊．考琳絲，以及演女海盜的珍．玻得絲；演技派女星珍西．蒙絲以及美國女星珍妮．李和他的丈夫湯尼．寇蒂斯，另一個雀斑女星桃樂絲．黛，她的《枕邊細語》，合演的男主角正是洛．哈遜。

蘇菲亞．羅蘭和馬斯楚安尼是義大利家喻戶曉的演員。而平．克勞斯貝和演《歌王卡羅素》的馬里奧．蘭沙，現在還知其人的恐怕不多了。

不能漏了亨利．方達、珍．芳達父女。瓊．芳登的高雅，拉娜．透納的冷艷，仙杜拉．蒂的甜美，都讓人難忘。說到甜美，西德的瑪麗亞．雪兒，她演的音樂歌舞片《酒店》，更是一部植入人心的電影。

就此打住吧，再寫下去，更是一發不可收拾，但擱筆前我一定要寫下偉大導演大衛．連（David Leam 1907-1989）的名字，他導了《阿拉伯的勞倫斯》，《齊瓦哥醫生》和《印度之旅》，像他這樣能導史詩般文學電影的大導演，現在真的鳳毛麟角了。

——選自《隱地看電影》（二〇一五年七月）

時間的故事

友人陳培源上周電話徵詢，希望我同意周三下午三時來看我，似乎，每隔一年，他總會出現一次，也說不上來有何要事，但感覺得出他就是想看看我。

三點整，果然他準時出現在辦公室門口，我也準備好一本新書送他，然後就天南地北的聊了起來。

他是很節制的人，大概一個小時吧，看了看手錶，對我說：「差不多了，我該走了，不耽誤你太多時間。」

說到「時間」，他突然對我說：「我到的時候，剛好三點整，不早不晚，正是我和你約定的時間。我這輩子一直能守時間，主要受我父親影響。」

他接著說：「我父親是一位裁縫，一旦他答應客人何時可取衣服，必定準時交貨；父親認為，如果客人到了時間來取貨，卻拿不到衣服，一定會很失望，他一生最不願意看到的就是自己讓客人失望。」

陳培源說：「就是父親這樣的信念，影響了我，讓我一直是個遵守時間的人，而『守時』最後獲益最大的人，仍然是我自己。」

他看我聽得出神，繼續說：「當我從學校畢業，去應徵一家外商公司的安全管理員，公司從十四人中，錄取了六名初選，我是其中之一。這家外商公司，其實只有一個錄取名額，所以複試只是口試，每人只需回答一個答起來極為輕鬆愉快的問題。

「最後口試人員告訴我，是否錄取，請於第二天上午九時正撥電話向公司詢問。次日時間一到，我就撥電話過去，沒想到對方請我第二天立即到公司報到上班。

「這真是天外飛來的好消息，六個人競爭，最後贏得工作的竟然是我。

「我在線藝公司前後上班二十五年，從民國六十多年前，直到民國九十年才正式退休。

「上班一段時間後，公司主管才告訴我，他們最後錄取我，原因在於我是一個守時的人。六名複試人員，只有我準時在九時正打電話過去，其餘幾位，有的九時半以後才撥電話去問，有的過了十時，更扯的，還有人遲至下午快要下班前突然想起詢問。」

守時的鳥兒有蟲吃，在職場上，，懶洋洋的人，只好自己重新檢討，為什麼那個機會流失了？

人應該像時間一樣盡責。詩人李長青就有一首寫時間的詩——〈盡責〉，他是這樣寫的：

但時間一直過去
一直過去
他們對於一直過去這件事
一直非常盡責

另一位過世的詩人羅英則說：

時間在悄悄過去……

時間多麼低調，他總是悄悄地過去，可他又多麼「盡責」，一分一秒不停地過去，且一直在過去。

聽了陳培源的故事，連我這個老者也覺得：分秒必爭啊，我們怎可不守時呢？

輯三

紙筆年代

握住人類最光輝燦爛的紙筆年代

——兼談影響臺灣出版業的幾個名字

一八九七年成立於上海的商務印書館，是中國最久遠的出版公司。它也是亞洲三〇年代最大的出版公司之一，曾擁有員工五千多人，在海內外設有三十六個分館，各地分支機構超過一千家，可謂集教育、學術之重鎮。

國共內戰後，中華民國於一九四九年播遷到臺灣。商務、中華和世界三大書局均在臺北重慶南路佔有一席之地，號稱四大書局的另一家開明書店，則單獨守在中山北路上。而曾任臺北市長的游彌堅（一八九七—一九七一）創設的東方出版社，是最早的本土書店，和後來由國民黨黨營事業成立的正中書局遙遙相對，都在重慶南路、衡陽路口。

東方出版社創辦的《東方少年》和南部最大書局——學友書局創辦的《學友》，是五〇年代最具影響力的同類型少年雜誌。

所以影響臺灣出版業最早的幾個名字，其中必然有商務的王雲五（一八八八—一九七

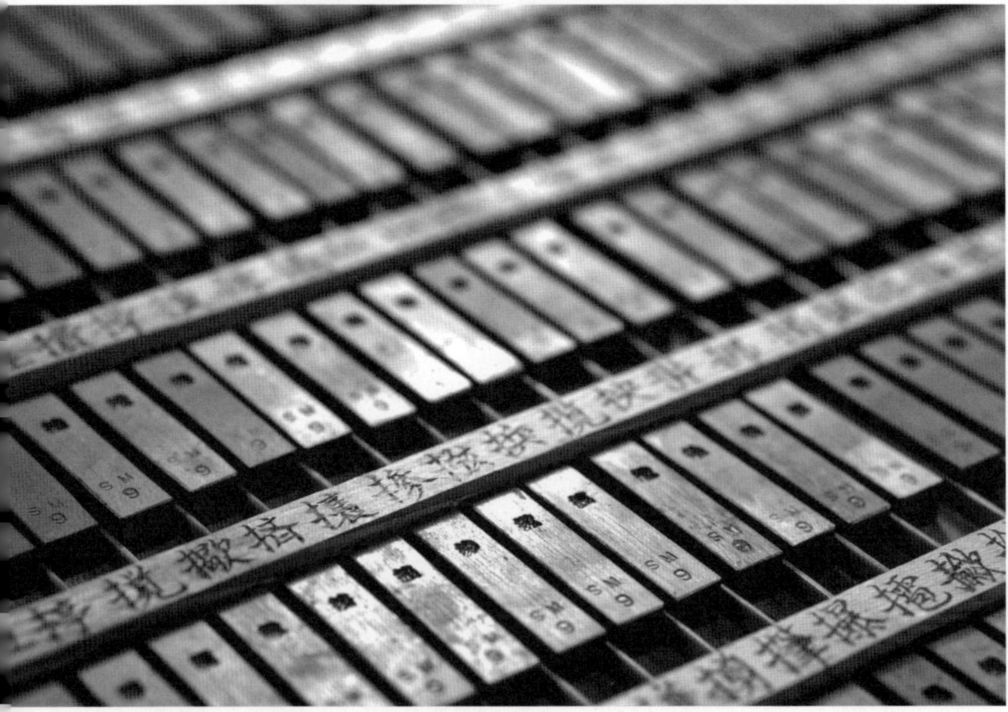

為了編印《大辭典》，三民從刻模鑄字開始，自行刻了宋體、黑體、標頭字等幾套銅模，而鑄字用的鉛條就耗費了七十噸。

九）和東方的游彌堅。

稍後，則是仍然屹立於重慶南路和復興南路三民書局的創辦人劉振強（一九三二—二〇一七），以及另一位東華和金橋書店的創辦人卓鑫淼（一九一一—二〇〇六）。

2007年三民書局創辦人劉振強董事長獲頒金鼎獎特別貢獻獎。

熟知出版業的人都知道，初始臺灣最重要的出版品，其實是教科書的出版。早年臺灣的教科書由國立編譯館統一編製教材，而後由臺灣省政府教育廳委託「臺灣書店」統一發包；但由教科書衍生出來的學術叢書，文史類幾乎全由三民書局包辦，理工英數類則歸東華和金橋擁有，五〇至九〇年代，臺灣百分之八十以上的學子，所讀各類參考書，以及公務人員高普考叢書，亦都出自兩大龍頭——三民和東華系列叢書，殆無疑義。

但三民的劉振強先生，除了大量供應學子需要的參考書以及高普考必讀的憲法及法政叢書，他最讓人肅然起敬的，是他重視文化的傳承，以及對學人、文人的尊重。當他想到自己日日賴以維生的印刷出版事業，所用銅模，竟然都出於日本人之手，於是他朝思暮想，希望重新鑄出一套完全由自己國人製造的鉛字銅模，劉振強劍及屨及說到做到，立即展開「造字工程」——鼎盛時期，有高達八十位人員，一起為三民「全漢字工程」來寫字。由於日本人寫漢字常出錯，為了從根救起，他不惜工本，組成一個師大、政大四十多人的編委會，編了一套《大辭典》，以取代顯然已不合時代需要且超過百年的《辭海》和《辭源》。

劉振強先生，完完全全做到了另一位出版前輩胡汝森（一九一九—一九八〇），他對出版行業的無限推崇和期許，胡先生說：「一個國家當前國際地位的高低，國民未來的歷史地位，要看這個國家教育文化的實踐成效良好與否而定，出版事業在全國教育文化的質與量總合中，佔舉足輕重的分量。」

胡汝森和劉振強都是廣東人，這兩個廣東人，前者是論述者，後者是實踐者。劉振強以臺北為立足點，一南一北兩家書店做為事業的開端，本著踏實的態度，推動出版夢想和文化理想。六十年的「三民」，讓臺灣整體人文素養提昇，當重慶南路的書店一家家紛紛不支倒地，三民書局，雖然振強先生已辭世，但在他公子劉仲傑的繼承帶領下，整體三民團隊仍秉著當年他的追夢精神，繼續為文化教育事業打拚。如今成為整條重慶南路的光點！正如資深作家彭歌所說：「三民出版品的影響已經跨越臺灣海峽，在全球各地華人世界中享有崇高信譽。」

說到臺灣出版業開路先鋒，當然也不能忘了「志文」的張清吉（一九二七年生）、「純文學」的林海音（一九一八—二〇〇一）、「文星」的蕭孟能（一九二〇—二〇〇四）、「傳記文學」的劉紹唐（一九一七—一九八三）、《婦女雜誌》和《綜合月刊》的張任飛（一九二〇—二〇〇四），這些人幾乎都以一生的生命追求自己的興趣和志業，也把提高全民知識和提昇文化視為己任。

在李志銘《半世紀舊書回味》一書中埋藏著張清吉的動人故事：

「光復初期甫從新竹到臺北謀生的張清吉，最初從事踩三輪車的苦力工作，並經常利用在路邊等生意的空檔時間看書，後來其他收酒矸小販見張清吉那麼愛看書，就慫恿他開舊書店，於是，六〇年代初期張清吉便在信義路東門市場租了店面，自己去盤貨、載貨，並以『長榮書店』為名，開起了舊書店兼出租武俠小說的行業。」

後來，張清吉遇到改變他一生也是他生命中的貴人——當時就讀臺大醫學院的青年學生林衡哲。因林經常到張清吉的書店買書聊天，成了好朋友，後來，林衡哲赴美深造，時常從國外開書單給他，讓張清吉有了出版方向，並展開「志文出版社」、「新潮文庫」的印行，從此，也等於為早期求知若渴的臺灣青年人開啟了「一扇精神食糧之窗」。

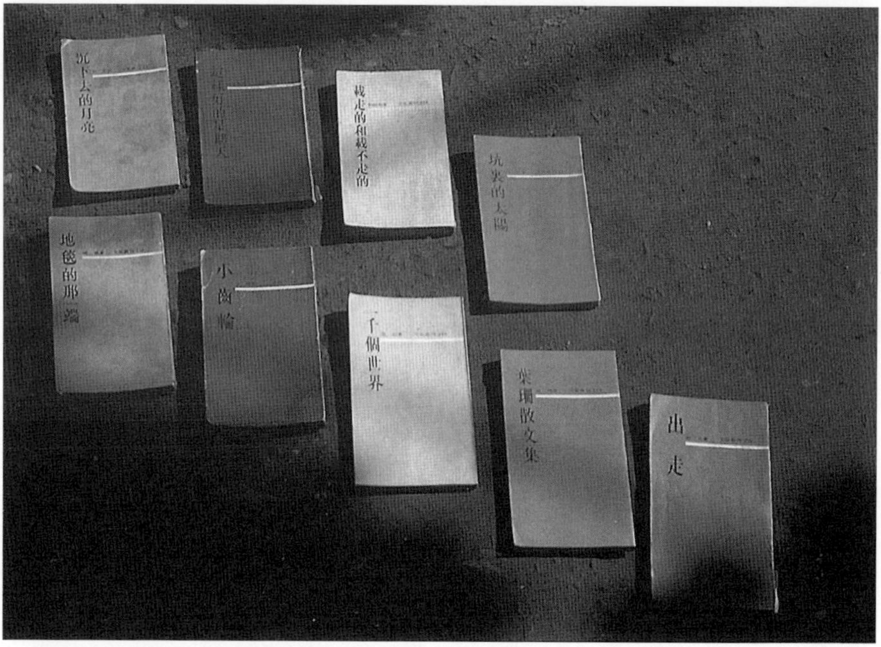

文星書店當年出版的將近230冊40開本的「文星叢刊」影響深遠，除當代思潮，哲學及傳記各類論述外，亦甚注重文學，余光中、於梨華、聶華苓、白先勇、王文興之外，亦推出一套青年作家作品——計有趙雲《沉下去的月亮》，康芸薇《這樣好的星期天》，劉靜娟《載走和載不走的》，江玲《坑裏的太陽》，張曉風《地毯的那一端》，邵僩《小齒輪》，隱地《一千個世界》，楊牧《葉珊散文集》，舒凡《出走》。

蕭孟能的「文星書店」和他創辦的《文星雜誌》，更是五〇、六〇年代，臺灣還在「文化沙漠」時期的精神泉源。蕭孟能愛才，他發現了李敖；李敖透過《文星雜誌》推動的「全盤西化」，把西方現代思潮大量引進臺灣；而蕭孟能自己，「在他的不斷經營、規劃下，《文星》，正如它的名稱一般，在文化出版界，像是一顆璀璨奪目的星，照耀著讀者們。」（見高信疆〈蕭孟能與「文星」〉一文——《出版社傳奇》一一三頁。）

文星書店當年出版的將近二百三十冊四十開本的「文星叢刊」影響深遠，對推動讀書風潮功不可沒，而蕭孟能另一對出版業最大的貢獻在於完成「古今圖書集成」的出版，這部大書融會、吸收了一萬五千多卷經、史、子、集的典籍，無論字數、冊數，比「大英百科全書」多出了四、五倍，初版於清雍正六年（西元一七二八年），實印僅六十四部，之後清光緒十年印匾體鉛字本一千五百部，光緒十六年石印本印一百零一部，中間遇上倉庫火災，存書不多；第四次印於民國二十三至二十五年，由上海中華書局以照相影印出版，數量亦僅一千部。而「文星」完成的，是屬於第五種版本。

從青年時期就對出版事業懷抱理想的蕭孟能，可惜一生壯志未酬。《文星雜誌》於一九六五年，辦到九十八期時被迫停刊，「文星書店」亦因政治因素被迫歇業。書生蕭孟能在不得已的狀況下，只好改行從事房地建築，在信義路上蓋起一座水晶大廈，因不善經營，最後只好請剛出獄的李敖協助處理房屋產權糾紛，小瘋狗李敖，有誰不怕，但

1990 年，純文學出版社發行人林海音（前排中）率領五小：前排左起——九歌蔡文甫，大地姚宜瑛和洪範葉步榮（後排左一），爾雅隱地（後排右二）前往香港參加書展。其餘合影人員為遠流王榮文（後排左二），戶外陳遠建（後排右三）及金石堂書店主人周正剛夫婦（後排右一及前排右一），另一位最矮小者（後排左三）為香港當地接待許先生。

李敖幫他解決了房事糾紛，卻也為他帶來新的錢財糾紛，更加糾纏不清，從愛徒變成敵人，前後三次被李敖告進牢中，成為蕭孟能晚年的最痛。

林海音的「純文學」——最初，起因於編過《聯合報》副刊十年，也兼任一段時期《文星》雜誌，負責文藝篇幅及校對，後來發覺獨立自主的重要，於一九六七年決定與學生書局的劉國瑞、唐達聰和馬各（駱學良）等人共同創辦《純文學月刊》，一年後又成立純文學出版社。

六〇年代中期，曾參觀義大利東北Trieste港自由貿易區的財政部長李國鼎（一九一〇—二〇〇一），將自由貿易概念引進，在陶聲洋（一九一九—一九六九）、吳梅邨等人的推動下，全球第一個加工出口區在高雄成立，中小企業將客廳當作工廠，臺灣經濟開始蛻變，一切都在起飛，教育普及，人們開始重視生活的品質並渴望閱讀，林海音的「純文學」，無論雜誌和出版品，立即受到大眾喜愛，子敏的《小太陽》、彭歌翻譯的《改變歷史的書》、余光中《聽聽那冷雨》、紀剛《滾滾遼河》和她自己的《城南舊事》都成為暢銷書……於是接著而來的大地（姚宜瑛）、爾雅（隱地）、洪範（楊牧、瘂弦、葉步榮）和九歌（蔡文甫），完全以文學書為號召的出版社尾隨於後紛紛成立，成為七〇年代，延燒到八〇年代最火紅的所謂「五小年代」。五家出版社的負責人都是文人，更讓人意外的是，他們在林海音先生的帶領下，每個月都聚在一起聊天、喝下午茶，共倡如何聯合同業，帶動更多人愛讀書的風潮；現在回過頭去，發現那真是最美好的閱讀年代。作家在社會上受人尊敬，因為寫的書受到歡迎，稿費和版稅收入均頗為可觀，如果作家發表演說，總是有許許多多讀者排著隊等待入場，社會每個角落都瀰漫著一股文藝風，而那也是校園民歌唱遍社會每個角落的年代，以及文學作品紛紛搬上銀幕的年代，如黃春明《兒子的大玩偶》和《看海的日子》、白先勇《玉卿嫂》和《金大班的最後一夜》、朱西甯《破曉時分》、楊念慈《黑牛與白蛇》、羅蘭《冬暖》、王禎和《嫁妝一牛車》、蕭麗紅《桂花巷》、瓊瑤《幾度夕陽紅》、廖輝英《不歸路》和蕭颯《我這樣過了一生》等等。

一九六二年六月一日，素有「劉傳記」和「野史館館長」之稱的劉紹唐（一九二一—二○○○），基於「為史家找材料，為文學開生路」，獨立創辦《傳記文學》。西南聯大、北京大學經濟系畢業的劉紹唐，也是《新書月刊》的創辦人，可見他除了為出版業留史，也關心出版新資訊以及現代文學的動向。

一九七七年，前國史館館長黃季陸（一八九九—一九八五），一次在為《傳記文學》十五周年慶的宴會上，曾代表全體來賓上臺將一座古鼎致贈給劉紹唐，當時的主持人沈雲龍（一九○九—一九八七）教授還見證地說：「今天是國史館館長向野史館館長獻鼎。」

劉紹唐先生辭世已十八年，所幸他留下的《傳記文學》由世新大學接棒，繼續發行，仍在運作，我想，這會讓天上的劉館長面露微笑！

《婦女雜誌》和《綜合月刊》創辦人張任飛，也是影響臺灣出版業、特別是雜誌界最深遠的人。至今檯面上許多雜誌業的領導人物或總編輯、主編等資深編採人，可能都是張任飛學生或學生的學生，他的許多編採理論和觀念，一直影響著整個臺灣雜誌圈……

張任飛畢業於上海復旦大學新聞系，隨即進入中央通訊社，一待十九年，最後會突然想到辦雜誌，完全是受了中文版《讀者文摘》的刺激。

有些讀者一定還有記憶，在六〇年代，最暢銷的中文雜誌就是《讀者文摘》，而中文版的《讀者文摘》竟然是外國人辦的，張任飛覺得這真是一件可恥之事，一九六四年他曾被聘為《讀者文摘》駐臺代表，想到自己的老闆是外國人，明明是中文雜誌，卻由外文翻譯而來，他於是決定自己跳下來試試，先辦了影響力大的《婦女雜誌》，接著是《綜合月刊》，後來又辦了《小讀者》，以及另一本辦給商人看的——《現代管理月刊》，這四本雜誌，讓他贏得「雜誌之王」的稱號。

張任飛嚴格訓練編採人員，改稿尤其改得厲害，他說「編輯的責任，是把他拿到的需要修改的稿子重新整理。」

後來，經他訓練過的編採人員，別的報紙、雜誌都來挖角，無形中，張任飛好像在為別人訓練人才。

也可以說，「張任飛精神」長存人間。他人雖不在了，但臺灣的雜誌界，提起張任飛，人們還是牢牢記住——辦雜誌，要嚴謹！

電腦時代來臨，手機和臉書早已代替了紙筆。紙本書大量萎縮，有人預估，紙本書即將走入歷史，在這新舊交替之際，我慶幸自己有一段老人類的記憶——五○年代的克難生活，六○年代的爬山精神，七○年代的文藝風，八○年代的流金歲月，九○年代的旅遊熱。二十世紀的每一個年代，都曾有全心投入的出版人，為作家服務，為他們出版最優秀的作品；此外，有心投入教育文化的學者何其多，大家同心協力——能寫的寫，能編的編，二十世紀是一個偉大的世紀。經歷一次大戰、二次大戰，人們在苦難中求生存，也追求精神生活的充實。閱讀，可以拓寬人的視野，增進人的智慧；閱讀，讓人可以度過每一個孤獨、寂寞的晚上；閱讀，也是自己和自己靈魂的對話，人類透過書本，讓歷史綿延流長。可惜，人類進入二十一世紀，由於科學超越神奇的各種發明，使人完全方便過了頭，一切，只要按幾個開關，好像所有的難題都一一解決了，手機和臉書幾乎滿足了我們一切需求，以致於人們不再有書寫的意願，甚至連像紙筆這樣的寶貝，我們也寧願丟棄。電腦、機器人的時代來臨，所有的書和書本都將消失了嗎？啊，幸虧我還記得一些書和寫書人的故事，書和出版人的故事，如今我用筆寫下來，寫在紙上，印在雜誌上，親愛的朋友，無非只是在提醒，曾經我們有這麼多書寫和出版的感人故事。

紙和筆代表的是——人類最光輝燦爛的年代！

——原載二〇一八年九月《臺灣出版與閱讀》第三期

追記：志文出版社創辦人張清吉於二〇一八年九月二十八日逝世，享年九十一歲。

《臺灣人文出版社30家》和縮小的文學出版史

二〇〇八年十二月，「文訊雜誌社」出版了一本由封德屏主編的《臺灣人文出版社30家》，這本將近五〇〇頁，由徐開塵、蘇惠昭、巫維珍、石德華、吳柏青、黃端陽、高永謀、葉雅玲、顧敏耀等九位執筆人前後費三年半時間共同採訪執筆完成和出版有關的書，雖不能代替全體「臺灣出版史」，差不多也因此書的出版，將臺灣出版產業風貌大致勾勒了出來。

二〇一三年六月十五日上午，作家亮軒約我到松江路長榮桂冠酒店參加一個「開明書店、葉聖陶與臺灣」的座談會之後，我總在想，百年中國，兩岸都需要有自己的出版史。

臺灣出版書籍的質與量均稱得上驚人，幾乎所有想得到的題材、內容，都可在坊間找到相關書籍，唯獨缺少一本「臺灣出版史」，將百年來的出版實況作一全面回溯和評析。這件事，後來由一位大陸人辛廣偉為我們做了，西元二〇〇〇年，辛廣偉的《臺灣出版史》由河北教育出版社印行，書籍引用了許多資料，辛廣偉寫得也夠認真，但還是予人隔了一層的感覺，這有點「牆裡鞦韆牆外道，牆外行人，牆裡佳人笑」，進到院子裡，和隔了一層牆，由坐在牆上的人敘述牆內種種歡笑和喜樂的狀況，總是無法予人親歷其境的感同身受。

而吳麗娟的《臺灣文人出版社——經營模式及其策略》碩士論文的出現，終於稍稍彌補了遺憾。這是一部縮小的文學出版史。透過吳麗娟周密的蒐尋，研析，幾乎將臺灣五十年的文學出版舞臺已清楚的勾勒出來。循著吳麗娟在書後列出的書目和參考文獻，一部文學出版史的藍圖已擺在我們眼前。

讀吳麗娟的《臺灣文人出版社》，讀著讀著，突然自問，文人出版社的年代，還回得來嗎？

小小的一個臺灣，已經完全為鋪天蓋地的商業財團和集團操控，媒體左右著人的大腦，而知識分子獨立思考的能力愈來愈衰弱，卻自以為智者，過著讀西方書看西方電影的日子，完全不顧也不屑所謂國人的產品和國人的創作。

隨著國產電影的一度全面消失，中文創作——無論小說、散文、詩、評論，有一天所有這類作品，想要出版，幾乎變成一個夢。那時候——也許就是十年後——的文人出版社，可能只為了出版自己的書，即使出版後，也進不了書店，只是像眼前詩人和詩人之間互相把自費印刷的書送來送去，送到了對方手裡，其實拿回家後仍然不讀，你不讀我的，我也不讀你的，文人出版的路，就這樣最後成為一條死路。

要想把文學找回來，先得把人的熱情找回來，眼前的六年級、七年級、八年級……都在追隨著一個「酷」——啊，這真是一個要命的字。你酷我酷他酷，酷到後來我們只好活在一個冷漠的年代裡，人不關心人，文學當然隨風而逝。再回過頭來讀吳麗娟的《臺灣文人出版社》——以《自由青年》雜誌主編梅遜（楊品純）來說吧，他成立大江出版社（一九六二—一九七三），主要是為了協助文友順利出書——「讓寫作的朋友，可以用大江的名字，出自己的書」。

更早創辦出版社的作家是寫《荻村傳》的陳紀瀅，他的重光文藝出版社（一九五〇—一九七六），出版理念是為響應政府文藝政策並兼顧作家個人出版需求。合資的作家文人皆秉信「國土必可重光，文化必可復興」故以「重光文藝」命名，早年真是出了許多好書，像徐鍾珮的《英倫歸來》、《我在臺北》、林海音的《冬青樹》、鍾梅音《冷泉心影》以及陳紀瀅自己的《華夏八年》等，但文人畢竟不擅經營和理財，他虧損了一百五十萬元，於是不得已停止營業。

詩人辛鬱、丁文智、羅行和姚慶章亦合作創辦了十月出版社，他們有文人的理想，希望能出版一些真正的好書，可惜一場颱風，就把他們的夢吹熄了。倉庫裡的書被水淹了，他們再也沒有第二次機會築一個出版新夢。

現在看來，寫《城南舊事》的林海音創辦的純文學出版社（一九六八——一九九五），算是經營得最有聲色，作家經營出版社，所謂成功，必需讓出書的作家都賺到稿費或拿到版稅，而經營者自己也必需獲得應有的利潤。

一個文人如果能辦好一家出版社真是美事一樁。回想我自己的爾雅出版社，當初連同另兩位合夥人簡靜惠和景翔一共拿出來的資金只有三十萬元，然而在最先三十年的時間長河裡，多少作家因在爾雅出書而拿到了一版又一版的版稅，多少作家更因爾雅的「年度小說選」、「年度文學批評選」和「年度詩選」以及別的選集得到了轉載費，同時爾雅也因賺錢而有勇氣替作家一一拍照，並出版了作家攝影集《風采》和《作家的影象》等書。

一個文人出版社存在的最大意義和價值，並不在於辦出版社的作家自己的書能一一印出來或進入暢銷書排行榜，而是應賦與一種高標的使命感：就是要使天下文人都能拿到應得的版稅進而以改善作家生活為己任。

在數以百計的文人出版社中，吳麗娟除了選到「爾雅」，還有葉步榮、楊牧、沈燕士、瘂弦合辦的「洪範書店」，蔡文甫的「九歌集團」，劉墉的「水雲齋」，郝廣才的

「格林」，焦桐的「二魚」和陳雨航的「一方」，七家出版社七種類型，七種經營方式，可謂頗能代表文人出版社的縮影——且能將各出版社的異同都清楚的敘述，條理分明，在全面的資料搜尋中，我仍發現吳麗娟還是有所遺漏（可見要把「文人出版社」的一本歷史帳都說清楚有多麼困難），譬如徐訏的「夜窗書屋」和張漱菡的「海洋出版社」，前者專出版他自己的著作，但對文壇影響深遠，後者雖為一書出版社，但張漱菡編的《海燕集》——女作家選集，五○年代最耀眼的女作家群如張秀亞、艾雯、郭良蕙、繁露、孟瑤、張雪茵、琦君、王琰如、邱七七、潘人木、劉枋、畢璞、蕭傳文等，透過選集讓我們看到了一個百花齊放的文壇，撫慰了許多人枯竭的心靈，我自己當年就是接觸了《海燕集》而成為一個文藝青年。可見一本好書是一盞明燈，指引著我們向前走，一本好書也是一顆心靈的種子，讓我們的精神獲得滋潤，成為智慧且富熱情的人。

只要熱情的人一個個走過來，我們的時代仍然充滿希望。文人辦出版社，就是要有一顆熱情的心。熱情不死，文人出版社仍會死灰復燃。一個偉大的時代，必需要有熱情的文人參與。

吳麗娟的這本書，對所有辦出版社的文人是一種鼓勵。她為我們拉回一個甜美、溫暖的年代。

——選自《出版圈圈夢》（二○一四年十二月）

臺灣人文出版社三十家一覽表

社名	創辦人	創社年月	附註
商務印書館	張元濟、夏瑞芳	一八九七	
世界書局	楊家駱	一九一七	
東方出版社	游彌堅	一九四五	
藝文印書館	嚴一萍	一九五二	
三民書局	劉振強	一九五三	
皇冠出版社	平鑫濤	一九五四	
廣文書局	王道榮	一九五五	
光啟出版社	法籍雷煥彰神父	一九五七	社址在臺中。
幼獅文化公司		一九五八	
學生書局	劉國瑞	一九五九	
道聲出版社	殷穎牧師	一九六〇	
成文出版社	黃成助	一九六四	
志文出版社	張清吉	一九六七	
純文學出版社	林海音	一九六八	已停業。
文史哲出版社	彭正雄	一九七一	
黎明文化出版公司	田　原	一九七一	
漢聲雜誌社	黃永松、吳美雲	一九七一	
大地出版社	姚宜瑛	一九七二	一九九九改由吳錫清接掌。

五南文化公司	楊榮川	一九七二
遠景出版公司	沈登恩	一九七四
聯經出版公司	劉國瑞	一九七四
時報文化出版公司	閻愈政	一九七五
爾雅出版社	柯青華	一九七五
遠流出版公司	王榮文	一九七五
藝術家出版社	何政廣	一九七五
洪範書店	葉步榮	一九七六
南天書局	魏德文	一九七六
九歌出版社	蔡文甫	一九七八
書林出版公司	蘇正隆	一九七七
晨星出版公司	陳銘民	一九八〇

拉力與反拉力

——重啟「時報文學獎」的聯想

「時報文學獎」停了兩年後，突聞二〇一八年又熱鬧開辦，這對籠罩在一片愁雲慘霧的藝文界人士聽來，確實是一個難得的好消息，好像春雷乍響，是否能為乾枯大地帶來稍許滋潤？

自從一九四六年第一部電腦由美國人毛琪雷與艾克特發明後，科技革命驚天動地，再加上一九七三年馬丁．庫柏研發成功世界第一支手機，號稱「黑金剛」，亦稱「大哥大」，至此人們的閱讀已逐漸從傳統紙媒轉變成自網際網路取得，而近三、五年來，臉書和手機通訊軟體的靈活功能，尤其變本加厲，虛擬世界驅趕並殲滅實體，影響所及，從報紙印量驟減、雜誌訂戶大跌，書店和出版社一家家關門，市場上紙本書的營業額直線下降……再聽不到有新雜誌創刊，或新書店開幕，於是作家發表園地同樣也受到壓縮，文人的稿費非但二十年不漲，有些報章雜誌還向作家說抱歉，稿費發放要打八折，更多的出版社，不付版稅給作家也就算了，居然反過來向作家收錢，是的，現在很多作家出書，要付印刷和紙張費給出版社，文人本來就屬弱勢，如今靠搖筆桿吃飯的，真的要擲筆三嘆！

而就在此時，居然聽到「時報文學獎」重新啟航，讓許多人精神為之一振，其實社會上有錢有勢之人多的是，只要有心發揚文化教育，辦法不是沒有，譬如公私立圖書館不肯採購圖書，財團可送書，讓圖書館活起來，二十一縣市，三百六十五個鄉鎮，對優良圖書每家只要採購一本，就能鼓舞出版社繼續出版新書，而我們擁有全世界比率最高的各類型大小基金會，如果肯花部分經費訂報或購書，送給偏鄉地區，鼓勵民眾和青少年閱讀紙本書，許多古老的優質文化是可以繼續保存並發揚光大的。

一個社會，只要閱讀人口眾多，文化自然提昇，影響所及，國民平均素質就會提高，國力無形中必能增強。

說到「作家的誕生」，當然也和「徵文」及「文學獎」息息相關。回顧早年臺灣，從克難年代，就重視人文教育，仔細回想，連當年文壇元老級的潘人木（一九一九—二〇〇五），後來成為四大「短篇小說之王」之一的段彩華（一九三三—二〇一五），年輕時候都參加過徵文獎。民國四十（一九五一）年，潘人木就以〈如夢記〉，榮獲「文獎會」徵文第一名；而她後來寫出並成為「文學經典」的《蓮漪表妹》，也是「文獎會」時代的得獎作品。

「文獎會」成立於民國三十九（一九五〇）年三月，全名「中華文藝獎金委員會」，由張道藩、程天放、陳雪屏、狄膺、羅家倫、張其昀、胡健中、陳紀瀅和李曼瑰等十一位委員組成。公推張道藩任主任委員。目標是：「獎助富有時代性的文藝創作，以激勵民心士氣。」

克難年代，一切物資生活都還十分困乏的狀態之下，就能設置獎金，提倡文藝，且出來組成委員會的成員，不是教育部長，就是立法院長，前者如陳雪屏、程天放，後者如張道藩，而現在的教育部長都在做些什麼？立法院長又在忙些什麼？還會想到聯合一些教授、學者來辦個提倡文藝或文化的委員會，設置獎金並舉辦一些徵求優秀文藝作品的措施嗎？

當年獲得「文獎會」給獎的小說家還有潘壘的「紅河三部曲」，廖清秀的《恩仇血淚記》和段彩華的《幕後》等等。

除了公家機關經常辦「徵文」，早年臺灣私人辦雜誌，像師範、金文、魯鈍、辛魚、黃楊、田湜等人合辦的《野風》雜誌，從一九五〇年十一月起，就一連舉辦六次徵文，影響深遠，譬如後來成為美國威斯康辛大學英文系教授的傅孝先，當初就是《野風》徵文的獲獎者；其他如大型文藝刊物《文壇》、《皇冠》和《幼獅文藝》都辦過無數次徵文；著名的《文星雜誌》，內容雖以歷史、哲學、政論論述為主，但仍不忽視文學，也一樣舉辦徵文，小說家鄭清文（一九三二—二〇一七）就曾以〈我的傑作〉一文，參加《文星》創刊五周年紀念徵文，獲佳作獎，時年二十歲，對於鄭清文來說，投稿能獲得佳作，對他就是一種鼓勵，一股遇到貴人的拉力。從此奠定寫作的信心，展開往後五十五年燦爛輝煌的寫作生涯。

正如季季在〈聽葉老師的話〉（見二〇一八年六月十八日人間副刊）中說的「……有些首獎者，後來不知所終，有些佳作者，後來大放光芒……」當年《文星雜誌》徵文以〈我的情人〉得到第一名的門偉誠，自得獎後，從此消失文壇，她後來去了哪裡？再也無人知曉。

我自己從來和「獎」無緣。不要說早年的愛國獎券買過數次，從未中獎，就是手上擁有無數的統一發票，也從無對中任何一個大小獎額。民國四十六（一九五七）年，我還在育英中學高二念書，參加香港《亞洲畫報》舉辦的第三屆學生組「亞洲短篇小說獎」，總算以〈重造〉獲得佳作第三十名（其實就是佳作獎的最後一名），自此對獲獎一事死了心，再也不參加任何獎項報名，我這種參加文學獎不成功不得志的結果亦可凝聚成一股力量，自我奮鬥自尋一條活路，這是一股「反拉力」造就出來的「新力量」。按部就班地一篇篇投稿，以「活到老，學到老」的精神，「寫到老，投稿到老」，一直到今天，仍是各報投稿的常客。

一九七六年，馬各主編《聯合報》副刊時提議創設「聯合報小說獎」，一九七八年，高信疆主政《中國時報》人間副刊，創設「時報文學獎」，接著《中央日報》、《中華日報》、《自由時報》，每家報紙副刊均曾主辦文學獎，而政府部門，從臺北市政府到高雄市政府，以及各地方政府亦尾隨緊跟在後。不久，幾乎所有大學、中學校，文學獎的設立更如春筍茂生，其中明道中學的「明道文藝獎」和金陵女中的「金陵文藝獎」，都從一校進而發展到全縣甚至全國，培養了許許多多優秀的作家。

文學獎辦到後來，讓臺灣的著名作家，泰半曾有獲獎紀錄，可見文學獎深入民間，也成為作家的搖籃。擴而大之，臺灣的藝文界，幾乎每個人都和各大大小小的文學獎脫不了關係，不少老作家和老教授，後來都成了文學獎評審，像早年的梁實秋、姚一葦、齊邦媛、彭歌、林海音、余光中、葉石濤、鍾肇政、顏元叔……都曾擔任過文學獎評審，任何一場文學獎……一路從初審、複審到決審，評審費亦是一筆龐大開支，文學鼎盛的年代，兩大報還經常邀請國外的大咖回國評審，飛機來，飛機去，來到臺灣，住進觀光大飯店的宿旅費，當年也全由兩大報支付，其中夏志清、余光中、鄭愁予、楊牧、鄭樹森、胡菊人、張系國……都曾經享受過此種禮遇。

《中國時報》人間副刊，曾有輝煌歷史，「時報文學獎」更是最具開創性的文學獎，如今重新出發，但願能為眼前頗為蕭條的文壇重燃火種，讓文學繼續開出美麗花朵。

無論拉力或反拉力，只要下定決心好好參加一次文學獎，在人生旅途上，對青年朋友均將是一次獲利的經驗。

——原載《中國時報》人間副刊（二〇一八年七月二日）

附記

重讀此文，突然我有了不同想法；近二十年來，臺灣各地從政府到學校以及大大小小各種機構似乎都在辦文學獎，但諷刺的是，得獎作品找不到出版社青睞，而得獎作家得獎後完成新寫的作品，仍然找不到門路發表，繼續被退稿……不如把每年的文學獎金拿來恢復《中國時報》、《自由時報》周六和周日消失的文學副刊版面，且提高稿費，只要好文章有地方發表，才能慢慢將文學讀者拉回來……

寫作從動筆開始

世界日新月新，電腦、手機、iPad、iPhone……種種新科技產品誕生之後，人們已經很少握筆寫字，手指的使用率超過手掌，一指神功，或點或拉，展開人生新的序幕……

儘管不讀書，不寫字，知識自然會從面板和各種螢光幕跳躍而出，而作文——一種需靠文字表達的符號，暫時還是無法丟掉，一旦想以文字在FB上說出自己的心聲，表達自己快樂或悲傷、甚至想用髒話宣洩自己憤怒的情緒，仍然少不了它。

文字顯然有一種魔力，若能將一個句子寫完整，甚至有起承轉合的能力，寫出一篇動人優美的文章，此時，人們才會對你另眼相看。

所以，當新的時代來臨，成天只會在FB上按個讚，這樣的人，想要在職場上走得順利，看來困難重重，而往往對文字的表達，也就是作文能力的強弱，真的會影響一個人的前途，顯然如何提升寫作能力，也是我們每個年輕朋友不可忽略的功課，再不能等閒視之，以為有了各種科技電子產品，從此不必動筆，那就大錯特錯。

說來說去，會作文，能駕馭文字，寫作還是要靠閱讀。一個愛閱讀的人，不會發生寫作障礙的問題。而寫作，也是一種技巧，時時動筆，在筆記本或行事曆上，每天寫個三、五行，七、八行，像日記式的，將自己每天的行程或一些人生想法寫下來，一年半載，你會發現自己運筆自如，甚至逐漸依賴文字，遇到不會寫的字，也開始勤查字典、辭典，有一天當你對每一個字的構造產生興趣，就越加會愛上文字，喜愛書寫。

要把一篇文章寫得好，首先要注意自己的邏輯思考，至於一篇文章好壞的關鍵，無論論說或敘情，最重要的是從簡明開始，千萬不可像說話般的囉嗦。我自己寫作超過五十年，始終遵守文字不可累贅，有幾個虛字，一定要儘量避免，譬如「呢」「嗎」「的」「了」……還有一個「我」字，也可大量省略，一篇作文如寫〈我的家庭〉，或〈我的母親〉，文章中所有的「我」，幾乎均可略去，沒有「我」字，讀者也會知道，你正在說著屬於你的故事。

誠懇的寫出自己的心聲，以簡潔的文字表述，等到寫多了，讀多了，有一天你想表達繁複的題材，那時候，再複雜的題目，也會有能力以適當的方式表達。

寫作能力強了，無形中也會成為一個有自信的人。

輯四

三十・五十・八十

躲在小屋裡看小說

——三十歲的我，每天都在做些什麼？

三十歲，我在何處？每天，我都在做些什麼？

那是一九六七（民國五十六）年，我正在大直國防語文學校軍官留美儲訓班讀書，而假日外出，就躲在自己的小屋裡看小說，也只有在這個時候，才感覺是完全為自己活著。

從民國五十四年元旦起，我在《自由青年》雜誌上有一個專欄，每個月要交出一篇小說評介，前後將近三年，到了五十六年九月，終於結集，以《隱地看小說》為書名，在梅遜（楊品純）主持的大江出版社印行，初版二千本，這是繼《傘上傘下》（一九六三，皇冠），《一千個世界》（一九六六，文星）之後，我的第三本書。

從十歲來臺，一個大字也不識，到三十歲，成為人們心目中的青年作家，這中間的二十年，是我生命中的「受苦期」和「奮鬥期」，像「苦兒流浪記」，我的兒童期和青少年期，極為飄蕩，先是遇到國難，抗戰和國共內戰，讓父母的生活極不穩定，可說自顧不暇，只好把七歲的我送到崑山鄉下寄養，十歲接來臺灣，正是最貧苦克難生活的年代，加上父母婚變，於是小小年紀，就在西門町街頭叫賣報紙，或以童工身分為人送煤球，然後讀軍校，還好，透過國文老師姜一涵的指引，開始投稿，也讓我賺進稿費，等到愛上讀小說，只要躲在房間裡看小說，啊，小說裡的世界，可以使人忘記窮苦、困境和一切不愉快，而且，我還可以藉著別人的小說，說我一切想說的話，小說成為我的桃花源。

從三十歲出版《隱地看小說》開始，我繼續往前走，最後成立了一家「爾雅出版社」，那是一座文學花園，至今我仍在其中耕耘流連，樂此不疲。

——原載《文藝雅集——菁彩三十・風華相會特刊》（二〇一八・十・十七）

享受一場人生之旅

——五十歲談人生

這是三十年前的一次演講紀錄稿；過了八十歲，回頭再看看自己三十年前談人生的諸多想法和思考，我喜歡老年的我和青壯的我相遇。

時間：民國七十六年十一月九日
地點：桃園縣文化中心
主講：隱　地
記錄：黃彩雲

各位朋友好，今天我要換個題目——「從人生談起」。在座的各位，有些是在校學生，有些已是社會人士，利用晚上休息時間，到這裡聽講座，我不想談太嚴肅的話題，只希望和大家像聊天一樣，也可以說像我到你們家客廳、或你到我家客廳般的，大家談談天。能夠在一起是一種緣分，我很高興有這麼一次和大家見面的機會！

談到人生，總不免要問人到這世上是為什麼？活著的我們又是為什麼？每個人從少年、青年、中年到老年，很多人都在迷惘人活著的意義，慢慢地，我體會，其實也非常地簡單，只要牢牢記住兩個名詞：一個是「快樂」、另一個是「服務」。

「快樂的人生觀」無非是要設法令自己快樂；「服務的人生觀」，根據自己的能力來服務人群。如果你的能力強，有領袖能力者，就服務千萬人、百萬人，就如同國父曾說的；但若自覺能力不強，只能幫助一、二個人，那就只幫助一、二個人，這仍然是一種快樂。在我看來，人到世界上的目的，簡單如此。

也許有人會問？你為什麼這麼強調快樂呢？

那是因為當我慢慢長大、變老，愈來愈覺得人世間的快樂，得來不易。人從一出生的哇哇大哭來到這個世界，然後經過成長（當然在座多數都是沒有孩子的，但如果有的話，你知道要將一個孩子扶養長大，這當中無論孩子或父母要吃多少苦、要忍多少痛），而成長的過程是多少身心的磨難啊。我曾編過一本書，書中有句話：「每一個長大的成人都是一個劫後餘生的人」，這也就是說人生有太多災難、是你所意想不到的。我現在愈來愈覺得即使是一天的平安都要感謝。（早上去上班到晚上平平安安回家，躺在床上你不覺得應該心存感激嗎？）

人世間不知有多少的意外在我們周遭發生，或許各位還不認為我很老，但我認為人是一波波地來，一波波地去。大概民國前（清朝）的人，走得差不多了，民國初年生的，也都在一批批地走；甚至我自己的高中同學（學校有三班，約一五〇個學生）最近在偶然的機會中，同學見面彼此談起，發現這位那位同學都不在了，而我們已有十五位同學，在像我這樣五十歲的年紀就先走了。等於是十分之一，多可怕啊，所以由此可以證明，人生的道路上有太多的意外、災難。

肉體上的災難，常常是很難預料的，記得有一天，去高雄坐國光號的路途上，在高速公路三義附近，看到窗外地上躺著一個人，比我年輕，大約四十歲左右，我看他四腳攤開，臉朝上，一部頗有氣派的汽車就在離他約三十公尺的地方，他穿著西裝，但顯然已沒命了。看來他是一個中產階級的上班族，開著那輛進口車，他是去上班或到外地出差，他家人一定還在等待爸爸回家吃晚飯，而其實他已魂歸西天，但家裡人怎麼會知道。這是人間悲劇，衝擊性多麼大，可是我們再想想，突來的一個水災、火災又可奪去多少人的生命，因此能平平安安回家不值得感謝嗎？

也是因為這些原因，我總設法使自己生活過得愉快，善待自己，是我們人生過程中，必須經常學習的。何況，人到這世界上來，其實像是一次旅行，既然來了，就設法快快樂樂地在這世界上玩一圈再回去，才不至於有所遺憾！

除了使自己快樂外，假使你能更進一步，在你的一生中，也幫助很多需要幫忙的人解決問題，這也就是我剛才所講的「服務的人生觀」，如果真能這樣，我們的「人生之旅」是美好而且有意義的！

在座的都是比較熱愛文學的青年朋友，現在我要談談文學和人生有關的部分。其實我們生活中如果沒有文學，也一樣地過日子，事實也是，有很多人從來也未接觸過一本小說或一本詩集，這種絲毫不靠近文學的人，說不定他還自認活得很好，或許同學會問：接觸文學和不接觸文學，兩者有何差別？

一個喜愛文學的人，生活的境界比較廣闊，一般來說，心中也長存愛心。這種愛是廣義的，是對人、對物、對大自然的愛。心中沒有愛，一個人就會目中無人。

現在這種人愈來愈多，要做什麼就做什麼，要講什麼就講什麼，譬如舉一件生活上最簡單的事——走路不走人行道、違反交通規則，還自認理所當然。有些開車的人，想停車就停車，從不考慮是否會妨礙別人。

另一種要談的是「絕緣體」，通常愛好文學的人，他不可能是絕緣體。我們讀了好的文章，十分感動，而文章中有勸人該做的事，也有勸人不該做的事，都能引起我們的共鳴；而從來不知文學為何物的人，他可能就是一個絕緣體，例如文學演講，他是不會來的，電臺廣播、或一篇文章、一本書，他是不會聽、不會讀的，他們只是活著。也不會想到別人對他的行為看法（隨地吐痰、亂吐檳榔等等），而這樣什麼都不在乎的絕緣體，卻是愈來愈多，他們不關心國內外大事，也不關心別人、任何人，除了錢以外。好像活著只是為錢。我希望各位不要做這樣的人，在我覺得那是人的悲哀，也是社會的悲哀。社會上像這樣的絕緣體越多，代表我們的教育出了大問題，現在有些年輕人，什麼都不在乎、無所謂；說錯話、做錯事，也從不去想後果。

喜歡文學的人，比較安靜、比較穩重，肯沉思，如此一來或許能平衡年輕人狂傲的心；我建議各位讀讀蘇東坡、林語堂的書。懂得一點生活，就會慢慢靠近文學，靠近藝術。

現在來談談「詩」，不論是古詩或白話詩中的現代詩。我個人喜歡詩是晚近的事，大約到四十歲才開始懂得欣賞現代詩；我寫過小說、小說批評、小品文，卻從未寫過一首詩。基本上詩是要有點才情的人才能寫的；大約從十二歲開始到二十歲左右的人，在年少的心裡，多少都會有過寫詩的衝動，建議如果在那一段時期中，不管你能否寫得好，只要對詩有興趣，就儘量寫，畢竟那是「詩人的年代啊！」

我會到四十歲以後才喜歡詩，可能是結交了幾位寫現代詩的朋友，而另一方面我寫到四十歲時，作品不能有所突破，感覺自己才情不夠，少有生動新鮮的句子；而在新詩中，慢慢發現它可豐富我的文字。因此也建議各位不妨多讀詩，或許有些會看不懂，但事實上是沒關係的，因為我慢慢發現，以前什麼都要弄得一清二楚，而現在卻覺得人生中本來就有許多不懂，其實沒關係，很多很多的不懂，只要用心體會，到後來終有一天會豁然開朗。這可由對詩、美術、音樂的追求來解釋，以前我是門外漢，而現在卻能從中約略欣賞，到非常喜歡，那是因為我不再將「懂」看得那麼重要！

譬如說「畫」，以前我認為一定要看得懂的畫，才好；對於抽象畫多少有些排斥，但是學藝術的朋友告訴我，抽象畫有較多的想像空間，經過這位朋友的指導，加上不停的參觀畫展，如今對藝術的欣賞不再那麼侷於一隅了！

對於音樂，我也是一樣。最初有段時間喜歡聽流行歌曲，後來我受朋友的影響接觸古典音樂，聽多了就慢慢覺得愈聽愈好聽，現在回頭來聽流行歌曲就會覺得不過癮。我現在經常一面聽古典音樂，一面做事，聽有些外國女高音的唱法和以前所聽的國內歌星不同，一個是從丹田唱出來，另一個卻哽在喉嚨裡。我也慢慢發現其實藝術殿堂並不是那麼不可接近，只要各位有興趣，多讀、多聽、多看，你就會變成一個靠近文藝的人。

在我年輕時，因為家庭環境並不是一個書香世家，祖父、父親都沒有藝術與音樂的愛好；而在這樣一個沒有書、沒有畫的家庭裡，大多數的父母會說給你吃飽、穿暖，你還要什麼？因此這一切都要靠自己追尋。我的童年和一般孩子一樣地成長，但內心不斷地想使自己的精神生活過得好一點，直至四十歲以後，才慢慢發現從前的人生太貧乏了，我現在覺得如果在二十歲時，就懂得追尋藝術生活的話，我的人生將更豐富充實。

大概是我三十七歲的時候吧！我有了一次歐洲旅行的機會。因為家兄認為我是一位寫作者，不應什麼都不知道，就在那兒閉門造車，他給了我一個歐遊的機會，在未去歐洲之前，我有頗多觀念都是美國式的，因為臺灣真有點類似第一個美國，什麼東西都跟美國學，匆忙，追求速度……而歐洲國家，講究的是生活品質。我發現外面的世界並不是像我們這樣匆匆的人生，快速會使人生變得非常粗糙，許多事情只有在慢中才能體會。

旅遊促使人成長，或許有人會說：我沒有有錢的哥哥，更沒有其他足夠的錢，讓我有機會到國外旅遊。其實，旅遊不一定非到國外，你也可以在國內四處旅行，甚至於只是假日到近郊走走，對我們的成長，對我們的人生經驗都是有益無害。

我愛看電影，好的電影，好的文學作品，其實是我們的鏡子，它讓我們看到真正的自己。

經過隱瞞，以及社會虛偽的影子，我們早已不認得自己，而電影與文學作品，用誠實的聲音呼喚、吶喊，這時我們被蒙蔽了的一顆赤子之心，終於噗噗的跳動了起來，也活了過來。

年輕時候看電影，注重的是情節熱鬧，主要還在故事動不動人，希望從電影裡得到生命的啟示。如今我看電影，不太在意消遣性，注重電影傳達給我的一種氣質，提昇我，使我變得年輕——一個心靈充實的人，永遠是年輕的！

我已多次提醒諸位能抽空看電影、聽聽歌、音樂等，另有一點是可使你最安靜的——我始終認為燈下讀書最幸福，經由燈下將自己的心緒平穩，將煩雜俗事拋離，而靜下心來閱讀，是最幸福的人。剛剛所講的，無非都是如何靠近藝術生活，現在再談些實際生活的食衣住行，如何從俗世裡，過比較美好的生活。

衣，作家奚淞有句話：兩手空空回家是一種美德。的確，我們每個人都買了太多衣服回家，尤其是年輕的女孩。現代人很少會把衣服穿破，因此買衣服寧願買好一點，而且不要太尖端的（因為設計衣服的人很聰明，今年的式樣一定和明年不同），而且是中性的，會覺得愈穿愈耐穿；我反對買地攤的三件一百元，因為到最後當你衣服愈來愈多（而其實有些根本沒穿過），你最先丟的可能就是三件一百的垃圾衣服了；因此最好有幾件穿起來永遠不會使人覺得過時的衣服，要有質感，並能穿出自己的格調來。

食，我覺得營養實在太重要了。學生時代我患貧血，每次到操場聽演講或上週會，我不是暈倒就是流鼻血，後來連腸胃也不好了，這真是對我的一種最大折磨。幸虧一位從聖地牙哥營養學院學營養回來的朋友對我說：（各位現在可知多交幾個好朋友的重要吧！）

你不懂吃，你吃的是垃圾食物，對你身體自然無益。他給了我一個觀念：所謂有營養的食物，絕不是大魚大肉的精緻食物（尤其是處於目前這麼一個富裕社會，糖尿病及肥胖者特多），而是簡單又十分清淡的。沙丁魚雖然是罐頭食物，營養成分卻極高，最好一星期有二個晚上或一個中午吃一些，會很好的；鮪魚以及其他魚類，都是對身體有益的食物。

多吃蔬菜，總是好的；穀類和芽類食物就甚富養分，基本上所有會繼續生長的食物都是健康食物；買綠豆芽不要買那白白胖胖的，青菜的葉子不要選太油綠漂亮的，那上面可能含有過多農藥，益壽酪或乳酸菌，對身體都有幫助。建議大家去買一、二本關於健康營養的書，會提醒你不要吃油炸食物，所謂「油多命短」，麵包儘量吃全麥或黑麵包，奶油、牛油少吃，也不要吃得太甜太鹹。

住，我覺得雖然每人經濟環境不同，但不管空間大小如何，最好都能以簡單為主，這就是如何清理、整理的工夫了。現代家庭的新觀念是愈少看到東西愈好，從現在開始每天丟些東西，你會發現房間的空氣會變得清新。

關於行，不會有人說自己不會走路。然而事實是，我們很多人可以說毫無交通觀念，行人在街上亂走，開車時又完全忘記交通規則。我個人覺得，目前我們的社會，真正的問題都在交通，交通不通，弄得人心惶惶，大家變得很焦慮，每個人火氣都很大，動不動就罵人，發脾氣，我甚至認為今天社會上充演暴戾之氣，馬路上的人，不管是開車的、走路的，如果都有了禮貌，都有了微笑，我們這個社會才會有救。

希望大家都有點理想、也能保有一些浪漫情懷，多接近小說、戲劇，在日常生活中，我們為了工作或學科固然十分忙碌，若有文學這樣一個好朋友，在你寂寞或休閒中，它可陪伴你，而且更可與現實生活相調劑，每天能讀一些好詩、好文章，一天都會過得踏踏實實，只要我們能讀好的文學作品，聽有格調的音樂……總之，靠近藝術，心靈就會覺得充實。

其次，要有人生方向，就不會覺得時間太多，尤其是現代年輕人應該覺得時間不夠用，因為有那麼多畫展、音樂會、小劇場、電影等，但也不要為了接近藝術生活、天天馬不停蹄地追求，重要的是像一塊海綿，吸收之後，也要消化，每天至少有十分鐘或一小時和孤獨相伴，至於你在做什麼，想什麼都沒關係，這段時間完全屬於你自己，常和孤獨相處的人比較會自省，而基本上會自省的人對別人無害，千萬不要將自己生活填得滿滿的，即使是夫婦或情侶有時也還是需要有自己的時間，享受一下孤獨的滋味，設法偶爾也做一個心靈的貴族。

剛剛我講了做一個現代人要善待自己。孤獨可分二種，一種是在家中的孤獨，這當然也要有孤獨環境，而現在的臺北已不大容易每個人擁有自己的孤獨空間；另一種是外面的孤獨，大家要想辦法自己和自己談戀愛，這意思是每個人都說太多了，若能找個地方安靜下來喝杯咖啡，若你想找個人談談，就約朋友聊聊，要不就安靜坐著看書、聽音樂、閉目養神等，享受孤獨。

有時我在想年輕時，你可交到很多朋友，但後來朋友結婚、出國……結果你所剩下的朋友又不多了。有一部電影就是如此，這導演專愛拍公路上所發生的人間事，一開頭是十分安靜的畫面，先是一個城市的鏡頭，接著特寫一幢房子、然後一間房間……到一個年輕人，鏡頭十分緩慢及安靜，突然這青年一拳將玻璃打破了，沒有語言、沒有音樂，但可使觀眾了解這青年心中十分苦悶、焦慮，馬上鏡頭轉到青年的母親和他的對話：你要出門闖天下就出去吧，我會自己照顧自己，不要因為我，現在我已了解你在家一直是很痛苦的……接著鏡頭馬上呈現在旅途中他碰到各種不同的人（共七人），當然在每人出現時，都有一些人物背景介紹，到後來七個人一個個離去了，又剩他一人。這不也就象徵著我們人的一生。

所以我說一個人若到了三十以後，還有一個好朋友，就很難得了。而老朋友的定義就是，當你進入他的生活以後，你也許會發現以往你敬佩、羨慕的人，他的毛病竟然很多，而你也能容忍他這些缺點，就像他也能容忍你一樣，因為世界上沒有一個人是十分完美的，所以你千萬不要對朋友寄望過高或希望得到什麼，否則你會失望的；就像有一天發現朋友騙了你也不要太在意，其實說謊是人的天性（或多或少人在一生之中總說過一、二次謊），而在人性中，多少有善、惡兩股激流，在朋友面前表現善的一面也就不錯了，所以朋友貴在精、不在多。

今天真的很高興和大家見面，而所談的也是家常話，因為我覺得現代社會的許多人都十分迷惘，所以和大家談談最淺顯的話題。人生是一條漫漫長路，再堅強自信的人，也偶有軟弱的時候，願你我能快快樂樂的走上這條人生長路，等到有一天七老八十再回過頭來，而能繼續微笑，不後悔到這世上走一遭！就是一趟美好的人生之旅！

附註

八〇年代，還是臺灣的流金歲月，尚未被政治鋪天蓋地，所以各地都還在推展文化教育，像桃園縣立文化中心這樣的單位，利用晚間一般民眾休息時間舉辦「文藝創作研習班」，參加學員有社會青年、家庭主婦、工廠員工、學校教師、學生等，凡年紀十八歲以上對寫作有興趣者均可報名。為期六周，每周一、三、五晚上七至九時上課，應邀前往講課的有臺大教授葉慶炳、作家司馬中原、段彩華、李赫、趙衛民，詩人瘂弦、陳義芝等，可見彼時社會上對文風推動如何重視。

而事隔三十年，眼前的一切以政治掛帥，社會上聽到的總是書店結束營業，文學書籍滯銷，經濟疲軟，整個社會，呈現在眼前的是一股令人無比「窒悶」的氣息，日子要如何過得有意義，看來對精神生活的追求，多讀古人書還是有益人心的。

琦君寫給隱地的信

——六十三歲的我，正在快樂寫詩

隱地：

你說你讀詩的時候，是一棵樹，寫詩，就成為一條河。那麼我讀你詩時，是什麼呢？我笑了，原來我已回到無憂的我了。是個小學生吧。說實話，我愈讀到後面愈喜歡。第一首〈生命曠野〉太「哲學」，第二首〈搖籃曲〉，不要第四節好不好，因為我讀得好難過，嬰兒與搖籃都給人希望與欣慰，但不要提「泥土下」好嗎？（也許我太老了，怕泥土），〈單人舞〉教人獨立、自強（這種想法太著相了吧！一笑！）

在我的感覺裡，悲苦不是閃躲記憶，而是滋養記憶哩！

〈人生滋味〉這首，「咖啡」可否單獨成行？

〈香港之夜〉很好。〈快樂小貓〉我好喜歡，並非因我愛貓，是因此詩含意至深，古人有詩云「明年紅紫屬何人？（指朝廷爭權奪利的大官們）無窮門外事，有限酒邊身。」

亦極灑脫。與你此詩有同感。

〈新詩〉真好，「睡眠是一首會走路的歌」，好極，虧你怎麼想得出？全首讓我精神一振。

〈弔梅新〉讓人泫然欲泣。

〈四點鐘的陽光〉簡潔深沉，結尾尤佳，古詞也有「清霜飛上兩鬢」，但「飛」遠不及「爬」字，眉毛上的霜，又豈是兩鬢的霜可比。記得我幼年時，看母親兩鬢白了，我隨口說：「媽媽的鬢上有糖霜（溫州話稱白糖為「糖霜」，很好聽），大舅舅的眉毛上也有糖霜，但你們的糖霜是苦的，我要甜的糖霜。」媽媽笑笑說：「有你，苦的也變甜了。」我傻呼呼地問：「為什麼呢？」大舅舅說：「別問了，讀書去。」我生氣地說：「讀書，讀書，我的糖霜也變苦了。」我那副神情，至今都記得。

〈不安十行〉太哲學，尤其是最後兩行：「快樂住在悲傷裡。生長住在死亡裡。」

〈一天清醒的心〉真好，可以配曲唱。

〈靜物說話〉好有趣，我家壁上的畫，大概都要到外面走走吧，怪不得看上去烏煙瘴氣。

〈預測死亡紀事〉讀得我寒毛凜凜，幸好下一首是〈在雲端喝咖啡〉，又不同於〈盪著鞦韆喝咖啡〉，祝你旅行中永遠平安飛行，平安著地。

「讀席慕蓉詩」，寫得很誠懇，古詩云「涉江採芙蓉，蘭澤多芳草，採之欲遺誰，所思在遠道」，請為我代祝所思的席慕蓉。

〈玩遊戲〉很有意思，最後可否說：「放鬆心情地玩玩國工的遊戲。」〈頑皮錢包〉寫得真頑皮，傳神之至。每個旅人都會拍案叫絕。〈馬〉有趣極了，男人老了像馬是上等男人啊！許多男人老了像豬，喫、睡、睡、喫……〈心的失落〉，好痛心，短短的幾句，如杜甫的哀歌。

〈事件彼日〉使我感觸萬萬千，張天心❶是我們好友，他不是要「殺人」的人，他偏偏殺了人，我常給他寫信，我們瞭解張天心的苦，現常寄他佛書，他心情已漸平靜。

〈第一六二首〉是你詩集的結語，其實時光並未使你衰老，透過你的詩，我感覺你更年輕了。第三行，「雲」字下的「樣」可改為「朵」字，因「樣」與「像」聲音太接近。末行「雲際」二字，都是仄聲，改為「雲間」或「雲端」，讀起來會比較響亮。雖然是近代新詩，有時仍要顧到字音是否悅耳，這是給讀詩人的一份享受呀。你以為如何？

讀你詩，與你討論詩真快樂啊！

隱地：如晤

收到你的信，真是太高興了。讀你的詩，給我太多的快樂，評寫對你詩的感想，更是飄飄欲仙。

抱歉的是我「十九帖」的字，令你看得太費力。但你居然都認出來了，我已將空著的字補上。

你我可以無話不談，我可以任情地亂評亂寫，才有意思，如我也是寫詩的就受拘束了。

你問我願不願投寄報刊，我怎麼會不願意，真是太好了，如能刊出，對我是一大鼓舞。卻生怕主編為難，大概不會吧！一切由你斟酌。

琦君　民國八十九年三月十六日

註❶：張天心，請參閱姚宜瑛《十六棵玫瑰》（爾雅出版社）第二印〈弦歌停，戲散—懷念張天心先生〉一文。

註❷：《生命曠野》出版後，琦君讀完詩集，寫了一封信給隱地（刊於民國八十九年四月六日台灣新聞報西子灣副刊）。

註❸：愛讀詩詞的琦君也愛讀新詩，她經常寫信給隱地，談她對新詩的看法。〈十個房間〉，原題〈十個房間之死〉，琦君說：「只要把題目改一改，這就是一首好詩！」

不要讓自己成為家裡的問題人物

——七十二歲談父子關係

每個父親都曾是某人的兒子。兒子長大後只要結婚生子，就成了父親。沒有兒子只有女兒，仍然是個父親。甚至沒有婚姻，只要有了子女，就晉升為父親。

父子、父子，兩個男人，一大一小，在同一個屋簷下生活，要彼此親愛、彼此喜歡，其實有其難度。父子關係，基本上是管教和被管教的角色，父子因此經常是對立的。老式的父子關係尤其嚴肅，嚴父慈母，舊式家庭中的父親經常拉著張臉，又不大說話，所謂「不寒而慄」，常是對父親的形容。

當新的自由民主社會來臨，以及大環境的改變，如今，多元化社會中的父親，威權早已瓦解，打罵教育成為不文明的象徵，所以現代父親都以「和藹可親」的姿態出現，更多的是以朋友的方式和兒子溝通，但父子關係因而改善了嗎？未必。

隨著少子化時代來臨，今天的父親愛孩子都來不及，怎麼會捨得罵孩子？但也是這種原因，反而造成了孩子的刁蠻。越來越多的兒子，如今都成了家裡的「小霸王」，尤其科技的發明，使得家家戶戶的小朋友，絕大多數都擁有自己的電腦，也有自己的部落格。

現今的兒子們十有八九，放學第一件事就是打開電腦，到網上搜尋所要的訊息，這時父親想和兒子說說話，或母親想要兒子幫忙做點家事，都會遇到困難，兩代之間因電腦和網路造成疏離，此時，原應扮演嚴父的男主人，偶爾對兒子吼幾聲，或責罵兒子幾句，往往換來兒子的冷眼，甚至「氣焰」比老子還大，更讓人瞠目結舌的，居然還出現了殺父弒母的逆子，真是傷透了天下父母心。

當家裡的兩個男人一旦硬碰硬開始冷戰，此時唯有靠老媽做和事佬，在中間設法讓家裡的氣氛和諧起來。

老爸爸要如何和兒子建立良好的互動關係，還有，年輕爸爸如何從小培養幼兒的養成教育，在在考驗著現今家庭裡每一個擔當父親的角色。

威嚴的父親，留不住兒子尊敬的一顆心；懦弱的父親，也無法讓自己成為兒子的榜樣。新時代的來臨，檢驗著每一個父親的智慧，也衝擊著每一個家庭未來的幸福。

父不父，子不子，是現代家庭最大的悲哀；一個社會若要健全，最重要的責任，當然在父親和母親的身上。父親尤其扮演著關鍵角色，如果一個父親能以開朗、幽默的心胸，彷彿陽光照耀著家庭，多麼令人羨慕。

但每個在社會上打拚的父親，要改善家庭經濟，又要安撫自己受到外在環境種種困擾，難以化解的不平之氣，確實也有難言之隱。做兒子的若能想到父親在外面，要面對多少風風雨雨，而能稍微乖巧一些，和樂融融的家庭氣氛才能誕生；否則有些家庭經常爭吵不斷，幸福破滅了，家庭裡的每一個成員必將陷入苦痛，若多數家庭不幸福，社會無形中也會顯得動盪不安。

可見父子互動良好，不但關係著一個家庭的幸福，也影響整個社會的安和。做兒子的應從小養成尊敬父母親的習慣，這一點，身為學校教育的老師，在平日和孩子們接觸時，要不時地提醒孩子，而每個家庭裡的父母也有責任，和孩子良性互動。

關於所有學校教育和家庭教育的重要以及各種愛的教育，能改變人心，理論我們都聽過，難的是真能以行為做到。作為一個父親，當然更要時刻關心兒子成長中的心理變化，儘可能多花一些時間和兒子說話、相處，避免步上自己父親所曾犯的錯誤。時代天天在變，每個父親也要設法適應新環境，和兒子的相處之道，父子關係若能保持良好，其實就等於時刻在改善自我。

人的最高境界，就是不要讓自己成為家庭裡的問題人物。

暫時的脫序

——七十六歲為兒子的書寫序

《心理師的眼睛》是一本寫青少年心理轉折的書；青少年在成長期間容易出現行為差異，內心也容易暴露焦慮不安和反抗，作者舒霖是我的孩子，他邁過自己的成長期，且考進臺灣大學心理系，得到名師吳英璋老師等的教誨，走出自己一片心理師的天空，轉眼他已在我主持的爾雅出版社出了兩本書——《心理師的眼睛》和《心理師的單行道》，獲得不少掌聲，對於我這個老爸來說，看到孩子小有成就，心裡當然感到欣慰。

書名用《心理師的眼睛》，作者強調——生命直到「看見」，改變才可能發生，無疑點出家長和孩子必須隨時關心成長期的青少年，不要只責怪孩子們的行為為何出了偏差，而更應瞭解「出了偏差」背後的原因；成長期孩子的個別身心需求，為人父母如能看見，一如心理師的眼睛，由「看見」而「看懂」，當「領悟」出現，其實，所有青少年「問題」已迎刃而解。

人人都應感謝自己有一雙眼睛，從年輕到年老，一直讓我們看見人間的善惡美醜，有了醜惡，我們怎能不歌頌美善？而心理師的「眼睛」，更以愛和同情，要我們以平常心面對孩子成長期的「暫時脫序」。

附註：本文係《心理師的眼睛》大陸簡體字版序文。

輯五

日子在飛（資料篇）

日子在飛

——從書的「版權頁」說起

偶讀「書的身分證」；你就知道日子在飛。

書架上的書排著隊，橫的、豎的，只要打開一本書的版權頁，你就知道日子在飛。

版權頁，就是書的身分證。

司馬桑敦於民國六十九（一九八〇）年去世，他的夫人金仲達女士為他編了一冊紀念文集，書名《野馬停蹄》，原因是，早年擔任聯合報駐東京特派員時期，司馬桑敦寫過一本禁書《野馬傳》，民國五十六（一九六七）年五月出版，定價三十元（三十二開本，四三二頁）。三十元的書價在二十六年前算是貴的，同時期的文星叢刊，每冊二〇〇至三〇〇頁左右的書，定價一律十四元，才十四元新臺幣，如今買不到一個包子。

文星叢刊第一批書於民國五十二（一九六三）年九月出版，共十冊，分別為梁實秋《秋室雜文》、蔣勻田《民主的理想與實踐》、黎東方《平凡的我》、余光中《左手的繆思》、李敖《傳統下的獨白》、陳紹鵬《詩的欣賞》、林海音《婚姻的故事》、聶華苓《一朵小白花》、於梨華《歸》、沉櫻譯《迷惑》，這些書出版至今，即將邁入第三十個年頭，日子不是在飛嗎？

「一千個春天」，不到三個年頭。而陳香梅《一千個春天》，出版已超過三十年。我擁有的一本，是民國五十一（一九六二）年九月的再版本，東方圖書公司出版，三十二開本，二一四頁，特價六元。

不要為一本書僅售臺幣六元而感到驚奇，六〇年代（民國四十九至五十八年）的圖書，定價都在十元以內，由陳紀瀅任發行人的重光文藝出版社印行的《三色堇》（張秀亞）、《冬青樹》（林海音）、《冷泉心影》（鍾梅音）、《英倫隨筆》（徐鍾珮）和《大火炬的愛》（朱西甯）定價都在六到十元之間。

我自己的第一本書《傘上傘下》，民國五十二（一九六三）年四月，由皇冠出版，定價八元，張系國在同年十二月，也曾在皇冠出過長篇小說《皮牧師正傳》，定價八元。

十元臺幣以內買一本書的時代已一去不返。

姜貴的《旋風》，民國四十八（一九五九）年六月出版，明華書局印行，版權頁上登記的地址為同安街五十五巷一號，我住在廈門街一一三巷底，走不到五十步，就到了同安街，再走約一百五十步，就可抵達五十五巷一號。四十年前創辦的明華書局（民國四十二年成立），和現今的洪範書店、爾雅出版社原來都是鄰居。

時間在飛，飛走了劉守宜和他的明華書局，以及和他合辦《文學雜誌》的夏濟安、吳魯芹，還有寫《旋風》的姜貴。

姜貴於民國六十九（一九八〇）年逝世，應鳳凰為他編的兩本書：短篇小說集《永遠站著的人》，民國七十一年出版，《姜貴的小說續編》，民國七十六（一九八七）年五月出版，一轉眼是六、七年和十一（一九八二）年前的事了，時間豈止悄悄在溜走，時間根本是在飛。

子于的《建中養我三十年》，民國六十八（一九七九）年十二月，大地出版社印行，書出版不到十年，子于過世，如今匆匆四年，時間飛逝，人們似乎不再記得這位教「數學」的小說家，他的小說集《摸索》、《豔陽》、《喜棚》、《月亮星暗》和《芬妮明德》都有獨樹一幟的風格，但因書的銷路不佳，也未引起文評家的注目，成為一顆消失的星。

不要說子于，就連徐訏——他至少寫了六十七種書，從民國二十八（一九三九）年的《春韮集》（上海西風出版社）到民國六十八（一九七九）年出版的《時與光》（黎明文化公司），四十年中，他寫出了膾炙人口的《風蕭蕭》、《盲戀》、《傳統》和《江湖行》，可是讀者仍然輕易的將他忘了。他的一生（一九〇八—一九八〇）用一支筆「向你們唱人間的悲歡，與葬在我心底的歌曲……」然而讀者，啊，讀者，你們行色匆忙，對一個一輩子的文學家，為何總不肯聽他的心事讀他的書！

夏濟安於民國五十四（一九六五）年二月去世，他的弟弟夏志清，為他編了一冊《夏濟安日記》，由高信疆、柯元馨主持的言心出版社印行，民國六十四（一九七五）年八月出版，日子在飛，已經飛走了快十八年。十八年裏，高信疆數度進出時報體系，言心業務老早結束，而《夏濟安日記》，當然早已在書店絕跡。

在書店絕跡的何止一本《夏濟安日記》？五〇年代、六〇年代、七〇年代百分之八十的書都已在書店絕跡。楊喚、劉非烈、鍾理和，覃子豪、吉錚、虞君質、盧克彰、言曦、洪炎秋、胡汝森、徐訏、趙滋蕃、林今開、蘇雪林、謝冰瑩、蕭傳文、雪茵、孟瑤、童真、艾雯、繁露、鳳兮、章君穀、南郭、廖清秀、茹茵、文心、楊念慈、潘壘、吳崇蘭、劉枋、張漱菡、王潔心等等作家的作品都銷聲匿跡，中國文學，只有橫向的風光，缺少縱向承續，尤其邁入新人類的年代，「顛覆」、「宰制」聲浪響徹雲霄，長江後浪「吞」前浪……所以十年二十年後書店裏找不到龍應台、林清玄、張大春、朱天心、黃明堅或金庸、劉墉，一點也不要奇怪，那時自有一批新的「中堅」作家霸佔住書架顯赫位置，只要春天來了，大地上自有怒放的鮮花。

日子在飛。日子對創辦「文壇社」的穆中南來說，顯得更加無情，穆中南以穆穆為筆名寫過十部小說和雜文，他的《三十五歲的女人》也一度成為文壇話題，如今書店裏絕跡的不只是他的十部書，而是「文壇社」所有圖書的全軍覆沒。他於民國四十一（一九五二）年和四十六（一九五七）年創辦的《文壇月刊》和「文壇函授學校」，也像兩朵飄逝的雲，追逐遠去的昨日。穆中南於去（一九九二）年十二月十八日辭世。

《碧野朱橋當日事》，是一冊「朱橋紀念文集」的小冊子，由曾出《窗外的女奴》（鄭愁予）的十月出版社印行，民國五十八（一九六九）年十月出版。朱橋曾是《幼獅文藝》月刊的主編，自三十六歲編到三十九歲突然去世，朱橋已經離開我們二十五年了，誰說日子不是在飛？

這本小冊子由文友共同捐助出版，老友辛鬱辦的「十月」義務綜理一切，好友舒凡還為朱橋整理了一張「年事略表」，詩人林佛兒的悼詩中有這樣幾句：

有誰像一棵楓樹，使葉子在冬天枯黃
有誰砍伐自己像砍伐發光的年輪
唉呀日子
像掛在風中的燈
搖晃，熄滅

甘願的從此岸到彼岸的歸去……

日子在飛。連年輕的夏祖麗寫的《年輕》，都已經是一冊出版了十七年的老書了。純文學出版社創社於民國五十七（一九六八）年，當年讀子敏《小太陽》的讀者，到如今均已兩鬢飛霜。「五小」（純文學、大地、爾雅、洪範、九歌）中的老么——九歌成立於民國六十七（一九七八）年三月，創業作《萬馬奔騰》已奔騰了十五年。日子在飛，在飛奔的日子裏，九歌出版了四○○多種書，還飛奔出兩座九歌文學書屋，在文學書一片低潮聲中，九歌的業績令人羨慕。

白先勇的《臺北人》，民國六十（一九七一）年由晨鐘出版社出版。這本書已經二十二歲。民國七十二（一九八三）年起改由爾雅出版社印行。像白駒過隙。才眨個眼睛，《臺北人》到爾雅，居然已滿十年。十年中，因為這本書，先勇每次回臺北我們總會見面聊聊，去（一九九二）年十一月，他極力向我推薦余秋雨的《文化苦旅》，書引書，沒有《臺北人》，爾雅也就不會出現《文化苦旅》。從事出版事業的樂趣，就是偶然出到一冊人人讚美的書。民國七十七（一九八八）年出版王鼎鈞的《左心房漩渦》，也曾引來快樂和榮耀，那本書，把所有文學書籍可能得到的獎項全得來了，回想起來，彷彿就是昨夜——而其實興奮的上臺領取優良圖書金鼎獎——中間已匆匆溜走了五年光陰，日子在飛啊！

民國五十三（一九六四）年七月，我在八十一期《文星雜誌》讀到荊棘為她母親十二周年忌辰而寫的散文〈南瓜〉，自此開始，我不停的尋找荊棘此人，十八年後意外聯絡上，先後為她出了兩本書：《荊棘裏的南瓜》和《異鄉的微笑》，打開版權頁，出版日期為七十二（一九八三）年和七十五（一九八六）年，而荊棘已有七年不寫書，前一陣子到了非洲史瓦濟蘭，她像一株滾動草，在大地上飄流，永不回頭地遨遊四海，偶爾吃到她從沙堡 La Mesa 寄來的紅棗，我知道她在，她在遙遠的異鄉大地。

還有一冊《光陰的故事》──一本為了趙雲、劉靜娟、曉風、康芸薇、江玲、邵僩、楊牧、舒凡和我九人，當年被稱為「九個青青的名字」、「一派耀眼的新綠」，在文星書店一起出書，一人一本，九本書：《沉下去的月亮》、《載走和載不走的》、《地毯的那一端》、《這樣好的星期天》、《坑裏的太陽》、《小齒輪》、《葉珊散文選》、《出走》、《一千個世界》，到民國七十五（一九八六）年，剛好出書滿二十年，決定每人交新稿一篇，連同原先的書名篇，合出一冊《光陰的故事》，紀念逝去的二十年美好歲月。其實光陰永不老，老的是我們這輩「新綠」──日子在飛，連《光陰的故事》這本書出版至今一晃竟然又是七年，日子在飛，飛過了樓頭，又飛回到我蒼老的心頭。

日子像刀削麵般的快速。日子的流轉，彷彿風翻書頁。日子從不停止的飛，日子永不老，老的是一代又一代的眾生……

附註：此文寫於二十五年前，所有引用的年代以及任何數字，都需加上二十五年。原來日子和日子之間，又飛走了四分之一個世紀。

——原載民國八十二（一九九三）年三月十日《中國時報》「人間副刊」

人類在往自我毀滅的路途上行走

——代後記

生在三〇年代的上海，因國共內戰，十歲就來到臺灣，五〇年代的克難生活，窮過、苦過，甚至餓過；也有幸遇到了八〇年代的流金歲月，富過、享受過，美好年代的美好生活，讓我知道好日子的滋味，多麼令人難以忘懷……能投胎為人，到地球上旅遊一場，居然世上有書，更加豐富了我的人生，真是三生有幸……

活了八十二年，竟然能從讀書行列，也走進寫書行列，一寫六十多年，「一生倒有半生，總在清理一張桌子」，何止半生，我的桌子越清越亂，因為越到晚年，自己讀寫更多，六年前——二〇一三年，就是出版《生命中特殊的一年》那年，我成了獨眼龍——「眼中風」讓我失去一隻眼睛，老天讓我再不能到電影院看電影——那幾乎是我一生最有興趣的娛樂，看電影對我豈只娛樂，後來選擇看的電影一定要能給予我人生啟示性的高度——從十歲起看女俠于素秋的電影，且自比為小俠，如今小俠老了，竟然無法看電影，多悲哀！

噢，說來反而要感謝，如果繼續看電影，怎麼可能，在最近六年，能專心一志連出十本書，這種寫法，有些像拚命三郎，真的寫到不分黑夜白日了。

寫完這本《大人走了，小孩老了》，真該休息一陣子，好好清理自己的書桌，如今多麼羨慕別人有一張乾乾淨淨的書桌，坐下來能安靜的看報、讀書——讀書再不是為了翻尋資料！

但這其實是騙自己，就算桌子整理乾淨，安靜仍然回不來了，眼前的世界怎麼可能還有安靜？

人類正在往自我毀滅的路上走。我們活著的世界即將毀滅。一點也不錯，人是作孽的動物——這樣的說法，早在五十二年前我出版的第一本小說《一千個世界》裡就說過了，我和張系國（他比我小七歲）這一輩，均屬幸運之人，他在去（二〇一七）年十二月二十五日《聯合報》副刊上發表的〈最後的黑天鵝〉文末說：

> 我一向認為生為當代人非常幸運，因為我們雖然是平民，卻看到從前人絕對看不到的、吃到從前人絕對吃不到的、搭乘到從前人絕對搭乘不到的。但是現在我不能不擔心，生為當代人，我們可能會見到最後的天鵝！這是幸運還是不幸？

什麼是黑天鵝？指原來以為不可能發生的，但竟然發生的事物。

張系國要說的是，由於像川普這一類領導人的出現，野蠻資本主義將取代文明資本主義，川普如此強悍又如此自私，彷若超人的出現，未來世界，一般人只有被消滅或淪為奴隸。（作者註：張系國用「超人」，我認為應改「惡魔」才恰切。）

川普相信人類生而不平等，加以絕對自私的個性，未來人類更加強弱對抗；而於二○一八年三月剛過世的史蒂芬·霍金早已預言：人工智慧（ＡＩ）的發展，必將導致人類文明的毀滅。

我在上一本書《帶走一個時代的人》中也曾提及：機器人從「掃地機器人」到端咖啡、送茶的服務式機器人，已快速發展到「面部」有表情，且會思考有靈魂的「聊天機器人」，而「性愛機器人」予人的快樂，幾乎已讓宅男宅女更不想面對真實社會煩人的戀愛戲碼，甚至有人預言，即將出現「機器人妓院」……以後的人類，就算寂寞，也寧願向機器人尋愛，人和人之間，是兩個孤獨星球，誰也不想搭理誰，而ＡＩ一旦朝軍事化前進，大量生產「戰爭機器人」，那麼，有一天「機器人」反噬人類，將不是空穴來風。

「速度」是人類往自我毀滅的路途上行走的主因。人類無止無盡的追求速度，從腳踏車、汽車、火車、子彈列車、飛機以及大小城市都要建造高鐵，全世界滿場飛，朝發夕至，人類，自以為無所不能，結果連帶著把大自然的氣候都破壞了，小小的人，因為「速度」的追求，看到了世界所有以前看不到的，譬如百貨公司，硬是把世界一流品牌的摩登貨物全集中在一起，只要你有錢，什麼都可以帶回家，人在百貨公司，慾望自然變得無限大，到百貨公司閒逛，誰不希望自己的口袋馬克馬克，就是這種小人大慾望，把每個人的內心翻騰得不平靜，追求、追求、追求，人人希望出人頭地，於是爭、爭、爭，爭到最後是人鬥人、人殺人，加以科學家翻雲覆雨，發明、發明、發明，發明了武器、原子彈還不夠，如今發明手機、ＡＩ……繼續發明生化武器……武器、機器人和人的無限大慾望結合，於是，人從掌控一個家庭、一個族群到一個國家，進而掌控整個世界，想毀滅別人的同時，毫無疑問的是先毀滅了自己。

人類自以為萬能，如今還要征服天、征服地，像孫悟空大鬧天宮，最後的命運不想而知，大地反撲，加以機器人大肆進攻，人類最後的一場戰爭——人和機器人大戰，請你告訴我，贏得勝利的會是人類嗎？

書，像我這樣一個寫書人，寫到這裡已經無言，有誰相信，未來世界，有一天連人類也將消失。

每一個當今還活著的人，請珍惜，但願如霍金所言「在美麗浩瀚無垠的宇宙中，還有許多其他形式生命的星球。」

我們多麼幸運，至少，是曾經看過書、摸過書、讀過書的一代！

希望人類有一天到了另一個星球，星球上仍然有書！

附註

于素秋（一九二八—二〇一七）生於北平，享年八十九歲。為五〇年代和六〇年代最紅的武俠片女演員，作品超過兩百部，其中一百七十部以上均為武俠片。出身於京劇世家，為著名武生于占元之女。于素秋自小習武，是有名的京劇刀馬旦，也是成龍和洪金寶的大師姐。三位我記憶中的偶像明星——陳雲裳（一九一九—二〇一六）、于素秋和雷震（一九三三—二〇一八），都於這一兩年辭世，至此，印象中難忘的「大人」都已走了，我的左邊右邊，還活著的，當年可都是小孩啊！

隱地　整理

七十年文學大小事瑣記

（也含一點點有影響力的影壇歌壇消息）

——一九四九—二〇一八年

·二〇一九年十二月一日增補

生離死別的一年

民國三十八（一九四九）年，對中國人來說，是石破天驚、驚天動地的一年，從年初到年尾，步步驚魂，這一年，二百萬軍民跟著蔣介石總統來到了臺灣。

中國從此一分為二，毛澤東打下天下，成為中華人民共和國的領導人；蔣介石渡海來臺，把大陸原先三十五省的省名市名布滿臺灣，臺灣大大小小街道，成為縮小版的中華民國，並打出新的名號——自由中國。

這顯然是，歷史上中國人一次大遷移，也有人說，是一九四九大逃亡。

一九四九年，是中國人生離死別的一年，也是家破人亡的一年……

1949（民國三十八年）

錢　穆●一九四九年，錢穆經廣州南避香港，並出任「新亞書院」院長。

「中廣」●一月，中國廣播公司由南京遷來臺北。

張至璋●一月，後來進入臺北中國廣播公司擔任「早晨的公園」節目主持人的張至璋，當時八歲。隨母親及姊姊來到基隆，住在臺北大姊家，並進入女師附小就讀。他和母親一直在等父親張維寅坐船來臺，盼望全家團圓，但等到年底希望破滅，因兩岸隔絕，從此音訊全無。

楊英風• 一月中旬，省立師範學院英文系學生蔡德本成立「臺語戲劇社」，將曹禺《日出》改編為《天未亮》，於師院大禮堂演出；四月，「臺語戲劇社」出版了一本《龍安文藝》，封面由當時就讀師院美術系的楊英風設計。

王榮文• 三月二日，遠流出版公司董事長王榮文，誕生於嘉義縣義竹鄉農民之家，排行老七，上有三個哥哥三個姊姊，父母出身寒微，終其一生，日日辛勤田野，憑藉著教養子女的責任，在王榮文讀完小學、中學仍讓他去完成大學教育；就是這關鍵的「一念」，讀至政大教育系的王榮文，成了臺灣當今出版界的「小巨人」；「小巨人」原是他最初「遠景」合夥人沈登恩的稱呼。其實更切實地說，如果臺灣現在還有出版大亨，這位曾經三落三起的董事長，應該就是他了。

劉　枋• 四月，作家劉枋（綏遠新城人，一九一九—二〇〇七）三十歲年華，攜子來到臺灣與在《全民日報》任總主筆的丈夫黃公偉團圓，並擔任《全民日報》副刊「碧潭」版主編。

• 五月，《民族報》出刊。（後與《全民日報》、《經濟時報》合出《聯合版》，即今《聯合報》前身。）

張作錦• 四月二十一日，共軍開始橫渡長江，進取南京，相對於毛澤東的意氣風發，身為流亡學生之一的張作錦，和其他同樣命運的數以萬計的學生正惶惶然不知何所適從。

當時的政府雖然已在戰爭年代，卻仍想盡辦法在各地成立臨時中學，讓逃難中的青少年受教育，為國家保留種苗，張作錦從落腳蘇州的「鄧尉臨時中學」，透過「警員總隊」，輾轉從上海登上運兵輪船來到基隆碼頭。

琦　君• 五月，時年三十三歲的琦君（潘希珍，一九一七—二〇〇六）來臺，六月間第一篇稿子〈金盒子〉投寄「中副」，第二篇〈飄零一身〉，投寄《中央日報》「家庭婦女版」，都蒙刊出，「家庭婦女」主編武月卿介紹她認識許多文友，從此琦君步上文壇。

王鼎鈞●五月二十六日上海撤守，當時二十四歲的王鼎鈞，隨上海軍械總庫乘船到基隆，登上基隆碼頭第一件事就是坐在水泥地上寫稿子，將稿子寄給剛在三月間發行臺灣版的《中央日報》副刊，沒過幾天，稿子就登出來了，後來打聽中副主編名字，原來此人是創辦《大華晚報》的發行人耿修業，自己也經常以筆名「茹茵」在「中副」寫方塊，他編「中副」時還有兩位助手——孫如陵和李荊蓀。

《掃蕩報》●七月，臺灣《掃蕩報》出刊。國軍在大陸時期就創辦的一份報紙，抗戰勝利改名《和平日報》，臺灣亦有分社，七月，恢復原名出刊。

彭　歌●七月十二日，國立政治大學新聞系畢業的彭歌（姚朋），在長沙與徐士芬女士結婚。次日相偕赴廣州，輾轉到臺灣，進入創刊於一九四五年十月二十五日「臺灣光復節」的《臺灣新生報》，主編「文教版」。

潘　壘●十月，二十二歲的文藝青年潘壘，把從上海帶來的金條，全部投資，創辦文藝刊物《寶島文藝》。潘壘，廣東合浦人，一九二七年生於越南海防，一九四九年五月來臺。江蘇醫學院肄業，後成為港臺著名導演。著有小說《魔鬼樹》及《紅河三部曲》等近三十部作品，先後由明華書局、聯經出版公司及秀威出版公司印行；潘壘於二〇一七年辭世，享年九十歲，他的口述自傳《不枉此生——潘壘回憶錄》，由《回到電影年代》作者左桂芳執筆，二〇一三年，由秀威出版。

《自由中國》●十一月二十日《自由中國》半月刊創刊，發行人胡適，社長雷震。主編毛子水，後由雷震自己執編。文藝稿件則由聶華苓負責；一九六〇年九月四日遭查禁停刊，合計共出刊二六〇期。

作家誕生●一九四九年從一月起誕生的作家——陳雨航、高全之（一月）；許振江、邱坤良、琹涵（二月）；劉墉、鄭樹森（三月）；童元方（六月）；馬叔禮、高大鵬（七月）；馮輝岳、葉言都、陳曉林（八月）；呂昱（九月）；康來新、蘇白宇（十月）；蘇紹連、洪醒夫、心岱、桂文亞（十二月）。

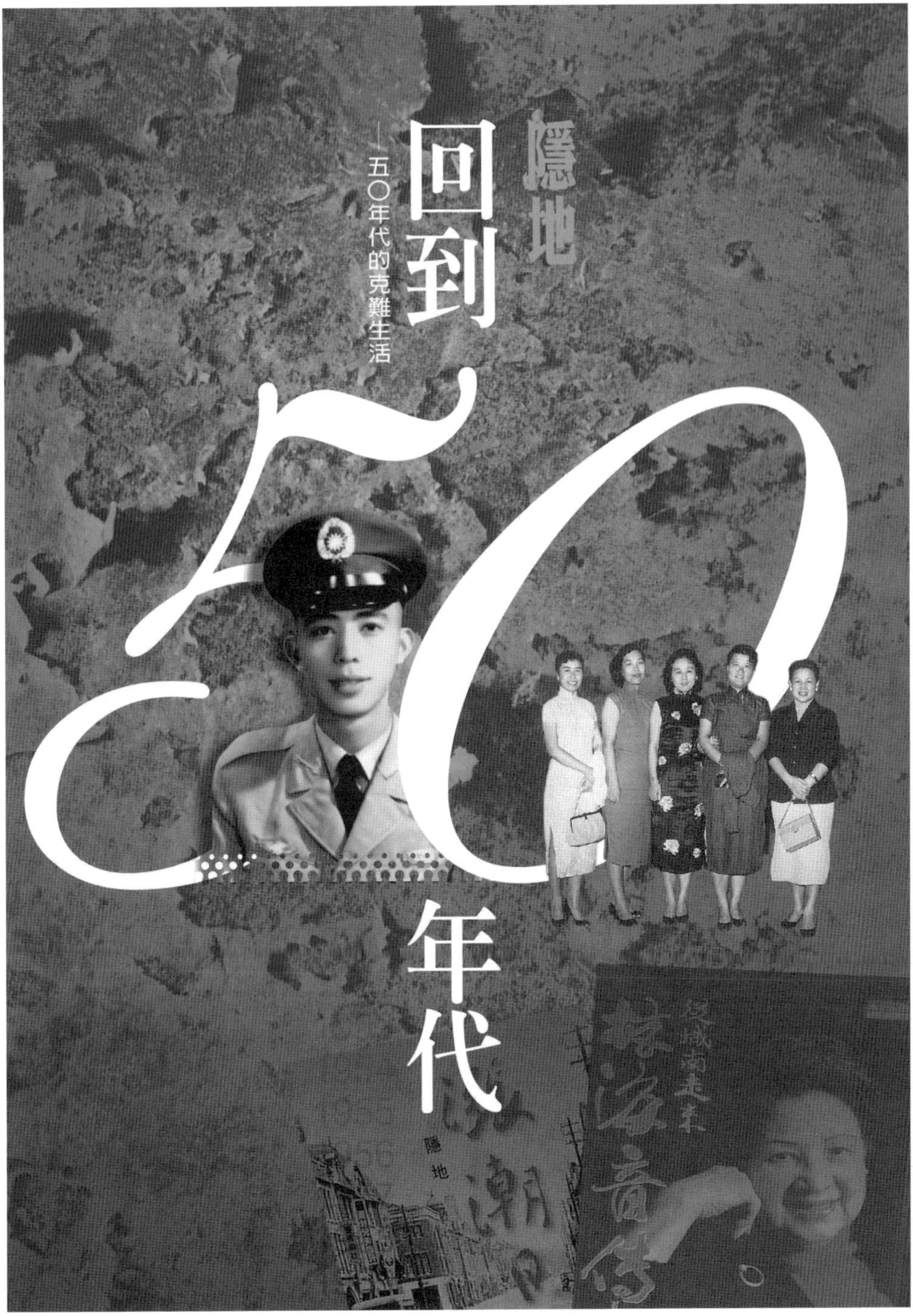
隱地
回到50年代
——五〇年代的克難生活
隱地

1950（民國三十九年）

程大城•三月，二十九歲的程大城創辦《半月文藝》。

程大城（一九二二—二〇一二），河南夏邑人。一九四八年十二月隨軍來臺，西北大學政治系畢業，曾任《臺北晚報》採訪部主任、《掃蕩報》記者。轉業後任教於師大附中。著有短篇小說集《衝突》（半月文藝社，一九六一年出版），另有《秋葉詩集》（一九四七年出版於北京「時代潮社」）。

張道藩•三月，由張道藩、程天放、陳雪屏、狄膺、羅家倫、張其昀、胡健中、陳紀瀅、李曼瑰等十一位委員發起成立「中華文藝獎金委員會」——每年兩次或三次對外公開徵求優秀文藝作品，經評審後發給稿費，並成立「文藝創作出版社」，設法出版得獎作品；一九五一年五月四日，又創刊《文藝創作》，一九七一年三月二十八日，重慶南路書店街上，還出現一家「道藩文藝圖書館」，免費供應圖書，讓愛好閱讀的人士在現場看書。可能是「文獎會」各項業務結束後，延續開展的新走向。

趙君豪•四月十五日，曾任中國第一大報《申報》記者的趙君豪創辦《自由談》雜誌，以山水、人物、思想為課題，是早年國內第一本綜合性文學雜誌，也是早年最長壽且銷路最穩定的雜誌。至一九八七年十一月一日停刊，共出刊三十卷四五一期，在臺灣出版的雜誌中，《自由談》首先打破一萬份銷路，彭歌從第二期起，即擔任主編，有人問彭歌：「你們《自由談》有多少工作同仁？」彭歌說：「開創初期，只有一個半人——一個是趙先生，半個是我。」

趙君豪遺孀吳靜波說：「從封面到封底……自創刊到他病逝前印行的最後一期，我敢於說，沒有一篇文章，一字一句，不曾經過他細心校對，再三斟酌。」

早年臺灣的一些名作家，都曾是《自由談》的作者，而全盛時期，辦徵文，《自由談》發掘、培養過不少作家，尤其是臺籍作家，如鍾肇政生平第一篇文章〈婚後〉（刊於一九五一年四月二卷四期），鍾因第一次投稿就獲得「好頭彩」，寫作信心與興趣大增，也開始向當時的《中央日報》副刊進軍，成為「中副」經常刊出作品的作家，後來他好幾個具代表性的長篇，如《濁流》等都在「中副」連載。

李　喬●另一位省籍作家李喬，也在一九六三年一月，以〈苦水坑〉獲得《自由談》「浮生的坎坷」徵文首獎，從此登上文壇。

桑品載●五月，寫《岸與岸》、《小孩老人一張面孔》（爾雅）的桑品載陰差陽錯隨準姊夫蕭連長坐著一艘海軍登陸艇來臺，但蕭連長所以「夾帶」桑品載，主要係因桑的姊姊是他的未婚妻，但要上船的軍官越來越多，司令官下令，除眷屬外，女人都得離開，上了船的桑姊只得下船，反而十二歲的桑品載來了臺灣，一上岸準姊夫蕭連長就立即閃人。在基隆碼頭獨自流浪了三個多月後的桑品載，經好心人協助成了幼年兵。他說，在成為幼年兵之前，自己是一個小乞丐。

陳紀瀅●五月四日，中國文藝協會成立。當天下午三點，在臺北市中山堂光復廳舉行大會，來自各地作家，藝術家一百四十餘人，由陳紀瀅擔任大會主席。

余紀忠●十月二日，余紀忠創辦《徵信新聞》（中國時報前身）社址設在臺北市大理街一三二號。

師　範●十一月一日，師範、金文、魯鈍、辛魚、黃楊合辦文藝期刊《野風》。為此，小說家師範（施魯生，一九二七—二〇一七）還在二〇一〇年出版回憶錄——《紫檀與象牙》（秀威），記下他辦《野風》時期的許多和文友來往的回憶。

1951（民國四十年）

徐鍾珮●一月，從南京《中央日報》派往英國採訪，擔任駐英特派員的徐鍾珮（一九一九—二〇〇六），在臺北重光文藝出版社，出版《我在臺北》。徐鍾珮畢業於中央政治學校（政大前身）新聞系。是我國第一位專業訓練的女記者。

王惕吾•九月十六日，王惕吾、范鶴言、林頂立聯合創辦《聯合版》。

段彩華•十月，和幼年兵桑品載在同一個連隊的段彩華，屬「老幼年兵」，當時十七歲，以中篇小說〈幕後〉獲得中華文藝創作獎，據桑品載在一篇回憶的文章中說：「這個獎是文學界的最高殿堂，所得獎金在當時大約可買下臺北市一棟小洋房，他聲名大噪，我佩服、羨慕兼而有之，以現代狀況相比，彷如和劉德華在同個單位當兵。」中篇小說〈幕後〉先在《文藝創作》第六期發表，接著由「文藝創作出版社」出版單行本。

葛賢寧•十一月五日，臺灣光復後第一份詩的刊物《新詩周刊》，每周一借《自立晚報》副刊刊出，由葛賢寧、覃子豪、紀弦、鍾鼎文等發起及輪編。

1952（民國四十一年）

蕭孟能•這一年，臺北衡陽路十五號出現了一家「文星書店」，由蕭孟能、朱婉堅夫婦主持；五年後，一九五七年，這對夫婦又創辦了《文星雜誌》。

穆中南•六月，穆中南（一九一二—一九九一）創辦文藝雜誌——《文壇》月刊。他自任社長，並請小說家王藍擔任總經理，主編則邀女作家劉枋出馬。穆中南，山東蓬萊人，北平中國大學文學系畢業，一九四八年來臺，曾協助余紀忠創辦《徵信新聞》，後自立門戶，辦文藝雜誌，出版文學叢書，並辦「文壇函授學校」，自己亦寫小說，曾出版長篇《大動亂》，短篇《亡國恨》。

張秀亞•六月，張秀亞（一九一九—二〇〇一）著名散文集《三色堇》由陳紀瀅（一九〇八—一九九七）主持的重光文藝出版社印行。

邱七七●七月，散文作家邱七七，在新創作出版社出版《火腿繩子》。

楊念慈●七月，楊念慈（一九二二—二〇一五）繼前一年在高雄大業書店出版第一部超長篇小說《殘荷》（八二二頁）之後，再接再厲，又在大業出版中篇小說《落日》。一九六三年出版的長篇小說《黑牛與白蛇》，曾由李翰祥的國聯電影公司搬上銀幕，由江青、田野、金滔合演，林福地導演。

潘　壘●八月一日，由潘壘出資，紀弦主編的《詩誌》創刊。《詩誌》是臺灣第一本詩雜誌。可惜，這也是世界上最短命的雜誌——創刊號即停刊號。《詩誌》雖僅出一期，卻是當時臺灣詩壇的縮影。詩人麥穗說：《詩誌》中的作者，無論是資深詩人、女詩人、青年詩人，絕大部分是當年臺灣詩壇頂尖者，……封面裡，配合詩人李莎介紹楊喚及其〈詩五首〉，另有紀弦〈詩論五題〉和楊念慈、潘壘、彭邦楨、藍婉秋、楚卿、蓉子等人的詩創作。

「救國團」●十月三十一日，中國青年反共救國團成立。

胡　適●十一月三十日，中國文藝協會聯合八個文藝團體，邀請首次返國的胡適博士在總統府前三軍球場以〈國際情勢與中國前途〉為題發表專題演講，由文協常務理事張道藩主持，現場民眾超過萬人。

白先勇●一九五二年，在香港英語學校喇沙書院唸初中的白先勇，來臺灣與父母團聚，就讀臺北建國中學，那年，他十四歲。

1953（民國四十二年）

郭良蕙●一月，二十三歲的郭良蕙（一九二六—二〇一三）在嘉義青年書店出版第一本短篇小說集《銀夢》（自費）。

張漱菡●春天，寫《意難忘》（一九五二）暢銷一時的女作家張漱菡（張欣禾，一九二九—二〇〇〇）編了一本《海燕集》，共收當時二十四位著名女作家的創作各一篇，作品前均附照片及簡介，是五〇年代最具代表性的作家選集。

紀　弦●二月，紀弦的《現代詩》季刊創刊，發行四十五期後停刊。

「大業書店」●三月，高雄市大勇路七十二號，出現南部第一家純文藝書店，創辦人陳暉，一九二二年生，四川人。早年於上海，曾與作家巴金在同一家文藝出版社工作。大業書店，後來成為南部出版文學作品的大本營——高陽、彭歌、楊念慈、孟瑤、趙滋蕃的作品，最初都由大業書店出版。

「明華書局」●相對於南部的「大業」，北部重慶南路也有一家「明華書局」，同樣成立於一九五三年，由主持人劉守宜負責，透過好友夏濟安和吳魯芹等友人，在打麻將時還談成了一本影響白先勇後來動念創辦《現代文學》的《文學雜誌》。

趙滋蕃●七月，生於德國的小說家趙滋蕃（一九二四—一九八六）以香港調景嶺為背景的長篇小說《半下流社會》，由香港亞洲出版社出版。此書當年在港臺均引人注目。

林海音●十一月，林海音接編《聯合報》副刊，將原先綜合性副刊轉為文藝副刊。

柏　楊●十一月，柏楊（郭衣洞，一九二〇—二〇〇八）的長篇小說《蝗蟲東南飛》，由文藝創作社印行。此書寫俄共暴行與五〇年代小老百姓的苦難。

蓉　子●十一月，詩人蓉子出版第一本詩集《青鳥集》（中興文學出版社）。

1954（民國四十三年）

張其昀●元月，張其昀創辦《文藝月報》，邀曾任師大和臺大教授虞君質（一九一二—一九七五）主編，前後共出版二十四期，歷時兩年。是五〇年代文壇和藝術界知名人物的最佳發表園地。

孟　瑤●二月，孟瑤（一九一九—二〇〇〇）出版《給女孩子的信》，這本薄薄的小冊子，五〇到九〇年代，讀過的青少年，至少在一百萬人以上，此書有臺北中興版、高雄大業版、臺南立文版和信宏版，以及台中晨星版，凡愛書男孩女孩幾乎人手一冊。

平鑫濤●二月二十二日，當時還不滿二十七歲的平鑫濤（一九二七—二〇一九）創辦了《皇冠雜誌》，一九六五年又成立皇冠出版社。

《幼獅文藝》●三月，一份由中國青年反共救國團輔導創辦的《幼獅文藝》月刊出版。不久，由著名主編朱橋接編，自此打響名號。

《藍星詩刊》●三月，覃子豪、余光中、夏菁等人成立《藍星》詩刊。

王啟煦●四月，王啟煦創辦《文藝春秋》，共出刊十七期，曾刊出彭歌、徐鍾珮、潘壘、吳東權等人小說及洛夫、張拓蕪（沈甸）的詩作。

《創世紀》●十月十日，張默、洛夫發起創立《創世紀》詩社，次年春天，詩人瘂弦加入。

謝冰瑩●第一代女兵作家謝冰瑩（一九〇六—二〇〇〇），在三民書局出版散文集《愛晚亭》。她是湖南新化人，北平師範大學畢業後，赴日本早稻田大學研究，來臺後，曾任教於臺灣師範學院（師大前身）。謝冰瑩於民國十七（一九二八）年二十二歲時就加入北伐行列，在軍中一面做救護和宣傳工作，一面寫從軍日記，一九三六年，完成《一個女兵的自傳》，由上海良友圖書公司出版。一九五六和一九八〇年，臺北力行書局和東大圖書公司先後再度出版。

1955（民國四十四年）

古之紅●元月，省立虎尾女中國文老師秦家洪，愛好文學，筆名古之紅，在五〇年代就創辦《新新文藝》，散播文學種子。時年十八歲的隱地因讀《新新文藝》開始和在雜誌上寫中篇小說連載的李牧華開始通信。

童　真•春天，二十七歲的童真（一九二八—二〇一八）榮獲香港《祖國周刊》短篇小說徵文「李白金像獎」。在翻譯家夫婿陳森鼓勵下，從此步上文壇。三年後，她的短篇小說〈穿過荒野的女人〉登上了一向選稿嚴謹的《文星雜誌》，同時還一口氣出版兩本書——中篇小說集《翠鳥湖》（自由中國社）和短篇小說集《古香爐》（大業書店）。

魏子雲•三月，魏子雲（一九一八—二〇〇五）出版《談戲》，由王藍主持的紅藍出版社印行。

鄭愁予•四月，詩人鄭愁予出版了到臺灣後的第一本詩集《夢土上》，一九四九年來臺之前，他已在湖南出版過詩集《草鞋與筏子》（燕子社）。

蘇雪林•十月，臺北《今日婦女》半月刊社重出蘇雪林於一九二八年三月在上海北新書局為紀念新婚而出版的散文集《綠天》。一九九九年四月，臺南國立成功大學曾出版《蘇雪林作品集‧日記卷》共十五大集，可惜市面上尋找蘇雪林教授作品已不易得。

徐　訏•五〇年代，是香港作家徐訏（一九〇八—一九八〇）小說在臺灣最風靡的年代，一九五五年長篇小說《盲戀》搬上銀幕。由天王女星李麗華主演，新華電影公司老闆張善琨和文人導演易文聯合執導，徐訏本人亦在片頭軋了一角。

1956（民國四十五年）

紀　弦•一月十五日，詩人紀弦所倡組的「現代派」宣告成立。

彭　歌•八月，彭歌長篇小說《落月》，由「自由中國社」出版。得到夏濟安書評一篇，傳誦一時。

李費蒙•五〇年代，人人都看牛哥漫畫，他的《牛伯伯打游擊》和《老油條》專欄，讀者人數眾多，一九五六年，另以李費蒙的筆名寫長篇小說《賭國仇城》和《職業兇手》，也是茶餘酒後大家最熱門的話題。

夏濟安•九月，夏濟安（一九一六—一九六五）、吳魯芹（一九一八—一九八三）、劉守宜三人創辦《文學雜誌》，共出刊四十八期，一九六〇年八月停刊。

黃荷生•十一月，本名黃根福的黃荷生，時年十八歲，就讀成功中學，遇到愛寫詩的美術老師紀弦，在老師的號召下成為最早的《現代詩》社員，他自費出版了生命中唯一的一本詩集《觸覺生活》（現代詩季刊社印行）。
一九三八年生於臺北萬華的黃荷生，後來成為《現代詩》主編，《笠》詩社同仁。一九六二年曾與詩人梅新共同策劃《中國現代文學大系》，編輯委員由白萩、朱西甯、余光中、洛夫、張曉風、梅新擔任，余光中負責撰寫總序，共八冊。由他自己成立的巨人出版社印行，他也是福元印刷公司負責人和暖流出版社發行人。

1957（民國四十六年）

林煥彰•在南港臺肥六廠基層服務的林煥彰，時年十八歲，透過同事讀到作家古之紅編的《新新文藝》，從此對新詩產生興趣。

亮　軒•五．二四打美國大使館事件發生，亮軒時年十五歲，他看見報紙新聞報導，氣得發昏；同年，他向中廣廣播劇團毛遂自薦，經崔小萍試音錄取，自此立志要做播音員，後來成為中廣人，主持《早晨的公園》節目。

鍾肇政•八月，常在《文友通訊》上寫稿的鍾肇政，聯絡了幾位文友，決定在臺北施翠峰住處，舉行一次文友聚會——出席的有鍾肇政、文心（許炳成）、陳火泉、廖清秀和李榮春；鍾理和因肺疾，且人在美濃，未能北上與會。未久，由鍾肇政一手包辦的鋼版油印雜誌九月號《文友通訊》出版了。

周　璇•九月，三〇年代歌后有「金嗓子」美名的周璇，病逝上海，終年三十七歲。生於一九二〇年的周璇，十一歲就加入訓練歌星的「明月社」，在短短二十六年的歌星生涯中，留下了至少一百首以上膾炙人口的流行名曲，但終其一生，就像她唱的一首〈知音何處尋〉：

天地蒼蒼，
人海茫茫
知音的人兒在何方？
教人費思量……

姚　莉•七月十九日，有銀嗓子歌后美譽的姚莉（一九二二—二〇一九）辭世，享壽九十八歲，和三十七歲就過世的金嗓子歌后周璇比起來，她整整多活了六十一年，姚莉主唱的〈玫瑰玫瑰我愛你〉甚至打進美國流行音樂排行榜，她和其兄姚敏合唱的〈蘇州河邊〉，更是詞雅曲優，如夢如詩，讓聽歌的人陶醉。姚莉原名姚秀雲，上海人，甚兄姚敏為作曲家，代表作〈情人的眼淚〉、〈桃花江〉、〈河上的月光〉，亦能唱歌，〈蘇州河邊〉就是兄妹合唱眾所周知的經典歌曲，可惜姚敏一九六七年就辭世，只活了四十九歲，比妹妹姚莉早走了四十二年。

姜　貴•十月，姜貴將原名《旋風》的《今檮杌傳》自費印了五百本，送給胡適，得到鼓勵。兩年後，明華書局將之改回原書名出版；二〇〇五年九歌出版社以「新典藏版」使《旋風》重現江湖。

姜貴（一九〇八—一九八〇），山東諸城人，一九四八年底來臺，定居臺南經商，後商場失意，北上臺北，長年旅居在漢口街一家小旅館。另有長篇小說《重陽》等書。

《文星雜誌》•十一月五日，蕭孟能創辦《文星雜誌》。由其父蕭同滋任發行人，最初三位主要編輯為夏承楹（何凡）、林海音和陳立峰。

「筆會」•一九五七年「中華民國筆會」於臺灣宣告復會，由張道藩任會長。

1958（民國四十七年）

徐薏藍•一月，原名徐恩楣的徐薏藍，出版第一本長篇小說《綠園夢痕》（北大書局），之後四十餘年，徐薏藍的三十部小說，幾乎全部改編成電視劇，在中視播出。

公孫嬿•從年頭到年尾，將軍作家公孫嬿（查顯琳，一九二五—二〇〇七）一年裡出版三部長篇小說——《百合花凋》（大業）、《飄香夢》（海風）、《解語花》（時報雜誌社）。公孫嬿退休前曾任駐美首席武官。

王　藍•二月，作家王藍（一九二二—二〇〇三）在自己創辦的紅藍出版社，出版《藍與黑》轟動一時，一九六五年由香港邵氏公司搬上銀幕，導演陶秦，男女主角分別為關山、林黛和丁紅。曾獲亞洲影展最佳影片獎及金馬獎優等劇情片；林黛在影片尚未殺青前自殺身亡，亞洲影展追授特別紀念獎。

畢　珍•從二月到十月，小說家畢珍（李世偉，一九二九—一九九八），在這一年中出版了六部小說，其中《古樹下》在《皇冠雜誌》連載，讓《皇冠》銷路直線上升，不久由中廣公司選為廣播小說，更加洛陽紙貴，暢銷一時。此書出現也讓《皇冠》由綜合性雜誌逐漸走向文藝，開始大量刊載長篇小說、短篇小說和散文創作。

胡　適•四月十日，胡適就任中央研究院院長。「播種者胡適」，在五〇年代的臺灣，胡適的名字如雷貫耳，他的《四十自述》、《胡適留美日記》是人人必讀之書。

陳西瀅•一九五八年國際筆會執行委員會於巴黎開會，聽取陳西瀅（源）報告後，確定通過我國復會申請。羅家倫出任恢復會籍後首任會長，會址設在臺北市北平路二號國史館內。

1959（民國四十八年）

《筆匯》•尉天驄的《筆匯月刊》創刊，一共出刊二十四期，陳映真的第一篇小說〈麵攤〉即在該刊刊出。

臥龍生•五〇年代末吹起武俠風，至十月中旬，臥龍生（一九三〇—一九九七）的第五部著名長篇《玉釵盟》在中央日報副刊連載，造成閱讀風潮，也驚動武林，到六〇年代崛起的古龍（熊耀華 一九三八—一九八五），和司馬翎、諸葛青雲合稱「臺灣四大武俠小說家」。

鹿　橋•六月，原名吳訥孫（福建閩侯人，一九一九—二〇〇二）的鹿橋，在商務印書館出版長篇小說《未央歌》，此書以抗戰時西南聯大為背景。鹿橋為耶魯大學博士，後為該校教授，他是國際知名東方藝術史教授。《未央歌》為商務鎮寶書，長銷六十年，始終還能在書店醒目處佔據一角，極為不易。

周夢蝶•詩人周夢蝶於這一年開始在明星咖啡館的廊前擺書攤，後來成為臺北文壇的一則傳奇，也曾是「臺北一景」——從一九五九至一九八〇年，後因動手術而不得不結束「書攤生涯」。

「國際筆會」•七月，以「中華民國筆會」之名恢復派遣羅家倫、陳西瀅、陳紀瀅和曾恩波，代表參加第三十屆在西德法蘭克福舉行的國際筆會年會。

張　健•十二月，張健（一九三九—二〇一八）出版第一本詩集，自此一發不可收拾，日夜寫個不停，曾經以汶津的筆名，六〇年代末，七〇年代初，經常在《中國時報》人間副刊寫方塊。他是「藍星」年代的詩人，又因在臺大等校中文系執教，出版了許多種古典文學研析，到他二〇一八年十二月十六日辭世，他出版了將近二百本書，顯然是一隻快筆。

隱地
回到
60
年代
——六〇年代的爬山精神
1965
1966
1967
1968
1969

1960（民國四十九年）

《現代文學》・三月五日，尚在臺大讀書的白先勇、歐陽子、王文興、陳若曦等共同創辦《現代文學》雜誌。

魯　蛟・六月，魯蛟出版第一本詩集《海外詩抄》，由黃埔出版社印行。魯蛟說：「鼓舞會產生能量……要不是聯合副刊的林海音在民國四十七年九月十九日用了我的三首小詩，就不可能後來會有這本詩集產生，後面的創作之路可能也就繼續不下去了。」

林海音・七月，林海音短篇小說集《城南舊事》出版。由臺中光啟出版社印行。一九六九年第三版由純文學出版社繼續印行。一九八三年起重排新一版，由純文學和爾雅共同出版發行。一九九六年起，由爾雅出版社獨家印行。

鍾理和・八月，著有《笠山農場》的鍾理和（一九一五—一九六〇）逝世。屏東籍的他，因和鍾平妹的同姓婚姻，不容於家鄉而逃往滿州奉天，後遷往北京，開始寫中篇小說《夾竹桃》。因病回到美濃笠山休養。一九八〇年導演李行曾將鍾理和的故事，改編成電影《原鄉人》，由秦漢、林鳳嬌主演。主題曲由翁清溪作曲、鄧麗君主唱，家喻戶曉，曾獲第十八屆金馬獎最佳原創電影歌曲。

辛　鬱・十一月，詩人辛鬱出版了他的第一本詩集《軍曹手記》（藍星詩社），同年，他在金門認識了丁文智、大荒、管管等詩人。

1961（民國五十年）

陳歌辛・一月，三〇年代著名作曲家，在上海有「歌仙」之譽的陳歌辛（一九一四—一九六一）在安徽白茅嶺農場病逝，得年四十七歲。他也是當年上海人公認的美男子。陳歌辛才華過人，他所創作的二百多首歌曲，唱遍全中國大街小巷，其中〈玫瑰玫瑰我愛你〉被譯成英文於一九五一年榮登美國流行音樂排行榜榜首，而〈夜上海〉、〈初戀女〉、〈永遠的微笑〉、〈鳳凰于飛〉、〈蘇州河邊〉……至今為人傳唱不已，其子陳鋼，也是著名音樂家，所作〈梁祝〉一曲，風靡海內外，二〇〇二年四月，他編了一部《上海老歌名曲》在上海出版；十一月，臺北遠景的沈登恩，立即出版了繁體字本。

朱嘯秋•經常為書籍設計封面的朱嘯秋，於年初創辦《詩．散文．木刻》，大量刊用小他三歲陳奇茂的木刻，作為書籍封面，是六〇年代許多出版品的特色之一。

丁文智•考入陸軍航空隊的丁文智，一九六一年奉派金門航空排服務，結識詩人大荒、管管、辛鬱，經常同進同出，有兩年時間，成為「金門四人幫」，一九五三年就初學寫詩的丁文智，第一首詩〈愛〉發表於《半月文藝》，早年雖加入紀弦發起的「現代派」，卻改行寫起小說來，結集的長短篇小說將近十部。重執詩筆，中間幾乎隔了三十年，二〇〇六和二〇〇九年，分別在爾雅出版兩本詩集——《能停一下嗎，我說時間》和《花　也不全然開在春季》立即令詩壇驚艷，而詩人自此詩運大開，洛夫、瘂弦、向明、商禽都稱揚其作品表現手法寫實而又有濃郁的詩語言和藝術感染力。二〇一三年，再接再厲，丁文智又出版詩集《重臨》。

柏　楊•八月，柏楊以署名鄧克保，在他自己主持的平原出版社出版了一本轟動海內外的《異域》，寫的是一支由李彌將軍率領，從雲南入緬甸最後流落泰北，成為孤軍難民的史詩故事。

張愛玲•十月十日，小說家張愛玲為了蒐集關於「少帥」張學良的資料，來到臺灣，經宋淇夫人鄺文美之託，希望陳若曦能找到王禎和接待，到花蓮港遊覽兩天。結果，張愛玲以張學良為題材的英文歷史小說只完成打字稿八十一頁，生前未能成書，心中必有遺憾。

李　敖•十一月，二十六歲的李敖，寫了〈老年人和棒子〉，投稿《文星雜誌》，當時主編陳立峰為之傾倒，立即於第四十九期刊出，並立即力薦給雜誌負責人蕭孟能。

李敖說：「那時書店已開十年，雜誌已辦了五年，可是成績卻平平……」在李敖進入文星以後，雜誌變色，書店改觀。

1962（民國五十一年）

李　敖● 元月，果然，李敖又在《文星》第五十一期發表了〈播種者胡適〉，一個多月後，偏巧碰上胡適猝死；第三篇〈給談中西文化的人看看病〉，立即激起一場「中西文化論戰」。

梅　遜● 元月，還在《自由青年》半月刊上班的梅遜（楊品純），獨資成立大江出版社。

梅遜和一般人辦出版社不一樣，既未設編輯部，也沒請發行和業務人員，甚至也無會計和出納，「大江」完完全全只有一個梅遜。成立出版社，只是為了他費時六年發明的《梅遜字典》要出版。接著的任務，說起來簡直令人難以相信，原來他要幫出書的朋友，可以用「大江」的名字，順利地出版自己的書。因為六〇年代的臺灣，不像現在，人人均可自費出書，彼時，就算自己有錢，但出書必須先找到一家出版社。

梅遜早年在張道藩主持的「中華文藝獎金委員會」做事，後來幫呂天行的《自由青年》擔任執行編輯，培養青年作家無數，一九八三年，因眼疾失明，但仍創作不輟。曾以六年時間，六易其稿，終於完成六十一萬字的《串場河傳》，在「九歌」蔡文甫的奔走下，為其爭得中山文藝獎。

梅遜讓人最感動的事，就是當大家還不認識鍾理和之前，把讀到了他的一些作品，於一九七〇年八月，用他自己的儲蓄，出版了《鍾理和短篇小說選》（四〇開，二三一頁，大江叢書）；大江出過一本五六〇頁的大書《作家群像》，資料豐富，執筆作家眾多，隔了四十八年回頭再讀，它已成珍奇之書。

胡　適● 二月二十四日，我國第一部白話詩集《嘗試集》作者胡適（一八九一—一九六二），逝世於南港中央研究院，享年七十二歲。

劉紹唐●六月一日，素有「劉傳記」和「野史館館長」之稱的劉紹唐，基於「為史家找材料，為文學開生路」，獨立創辦《傳記文學》，邀請周浩正擔任主編。

郭良蕙●九月，郭良蕙《心鎖》由高雄大業書店出版，因大膽描寫情慾，於次（一九六三）年被臺灣省新聞處查禁。

陳之藩●九月，陳之藩（一九二五—二〇一二）散文集《在春風裡》，繼《旅美小簡》之後，再度引人注目，剛好，這一年他從國外歸來，在「清華」和「臺大」講學，更造成一股風潮。六〇年代，正是留美熱的年代，知識青年越發愛讀他的書。為他出書的遠東圖書公司，從年頭到年尾都在印《梁實秋英語字典》，陳之藩的散文集，亦成為遠東的另一種招牌書。

1963（民國五十二年）

於梨華●三月，於梨華長篇小說《夢回青河》在皇冠出版社出版；八月，短篇小說集《歸》在文星書店出版，顯然，六〇年代是屬於梨華的小說年代，她的出現，「留美文學風」也颳得更狂熱。

瓊　瑤●九月，瓊瑤（陳喆）長篇小說《窗外》，由皇冠出版社印行。自此將近二十年的「瓊瑤風」從文壇吹向影壇，把大眾文學推到最高點。

林雙不●九月，十三歲的林雙不（黃燕德，雲林東勢鄉人），進入省立虎尾中學，並取筆名「碧竹」，開始向文藝雜誌投稿。出身貧窮家庭的他，微薄的稿費，是他少年時代的生命活水。

梁實秋●九月，「文星叢刊」第一號梁實秋（一九〇二—一九八七）的《秋實雜文》，連同李敖《傳統下的獨白》等十本書同時出版，當年展示在衡陽路十五號的「文星書店」櫥窗裡，曾引來多少人欽羨的眼光。

羅　蘭•九月，重慶南路出版《辭彙》出名的「文化圖書公司」，老闆徐進業福至心靈，突然拜訪警察廣播電臺「安全島」節目主持人羅蘭，希望她整理每天在電臺播出的講稿，集成《羅蘭小語》出版，果然書一上市就搶購一空，從此羅蘭擠入文學作家之林。後來她寫的長篇小說《綠色小屋》、《飄雪的春天》、《歲月沉沙三部曲》，都擁有大量讀者。

繁　露•九月，寫過四十多部小說的繁露（王韻梅，一九一八—二〇〇八），出版七三九頁超長篇小說《向日葵》（長城），是六〇年代磚頭小說的代表作之一。

覃子豪•十月十日，詩壇三大元老之一的覃子豪（一九一二—一九六三）辭世，得年五十一歲。覃子豪為「藍星詩社」創辦人，一生為詩獻命；一九七八年，詩人吳望堯終於在三峽為覃子豪覓得一塊墓地，五月三十日詩人節，另一詩壇元老鍾鼎文（一九一四—二〇一二）率同覃子豪四大弟子——向明、曠中玉、張效禹、柴棲鶩之外，另有洛夫、瘂弦、商禽、羅門等約二十人前往上香、獻花，並由主祭致奠詞：

「你是一個好人，一位曾為中國新詩前途苦撐苦鬥、抱著宗教般的熱情，始終不變其志的純真詩人……」

朱西甯•十一月，朱西甯（一九二七—一九九八）在文星書店出版短篇小說集《鐵漿》，成為文壇注目的小說家。

1964（民國五十三年）

周棄子•一月，早年文人中，素有「首席詩人」之稱的周棄子（一九一二—一九八四），是詩人周夢蝶最崇拜的詩人，也是散文家董橋所傾心的當代文人之一。他的《未埋庵短書》，由文星書店出版，列入「文星叢刊27」。

王尚義•三月，王尚義出版《從異鄉人到失落的一代》（文星），正遇上當時社會流行一股卡繆和沙特的存在主義風，苦悶和徬徨成為彼時的風尚；又因王尚義心在文學，但顧及家人期待硬是進了醫學系，長年的不快樂奪走了他青春的生命，二十七歲就走到人生盡頭。這使得也另一本遺著《野鴿子的黃昏》（水牛）狂銷。

「笠詩社」•三月十六日，「笠詩社」成立，社員計有林亨泰、白萩、杜國清、葉笛、錦連、李魁賢、陳秀喜等人；六月十五日，「四大詩刊」之一的《笠詩刊》，由詩人林亨泰創立。

吳濁流•四月，《亞細亞的孤兒》作者吳濁流（一九〇〇—一九七六），以六十五歲高齡獨資創辦《臺灣文藝》。

華　嚴•第二屆亞洲作家會議在泰國曼谷舉行，我國出席代表為寫《智慧的燈》的華嚴。

蔣　勳•十七歲的蔣勳正在強恕中學讀高中，寫了新詩經瘂弦介紹陸續發表於《自由青年》及南洋《蕉風》雜誌，受英文老師陳映真先生影響，接觸《筆匯》、《現代文學》，次年考入中國文化學院戲劇系，受紀德、卡夫卡、杜斯妥也夫斯基作品強烈影響。辦「大地詩社」。

1965（民國五十四年）

洛　夫•一月，洛夫出版長詩《石室之死亡》（創世紀詩社）。

《劇場》•一月，《劇場季刊》創刊。《劇場》以翻譯戲劇作品為主，並大量刊登有關現代主義的戲劇作品。發起人包括小說家陳映真、王禎和、劉大任、郭松棻，以及邱剛健、莊靈、黃華成、李至善、崔德林；九月，邱剛健將他和劉大任合譯的《等待果陀》搬上舞台，在羅斯福路辛亥路口的耕莘文教院大禮堂上演，序幕充滿噱頭，由作家陳映真敲碎一面鑼開場。

一九四〇年生的邱剛健，最初是詩人，後來到香港發展，為邵氏公司導演了一部《唐朝豪放女》。二〇一〇年前後，師大商圈泰順街上的小餐館「芝麻站」尚未關門前，他和我在餐廳偶遇，那時他談話已經有氣無力，不久，就聽餐館老闆娘告知，他已離開人世。

《讀者文摘》•二月二十六日，《讀者文摘》中文版在臺發行。

王鼎鈞•二月，主筆王鼎鈞接《徵信新聞報》人間副刊主編。成為當時「五大報副刊主編」之一；另外四位為「中央副刊」孫如陵、「新生報副刊」童尚經（童常）、「聯合副刊」林海音、「中華副刊」林適存。各報均走文學路線，小說、散文、詩，再加上一篇方塊……那是投稿的年代，現在許多出名的老作家，當年誰不是這樣慢慢爬起來的……

蕭　白•七月，蕭白（周仲勳，一九二五—二〇一三）出版第一本散文集《多色河畔》（新亞出版社）。

周夢蝶•七月，周夢蝶繼《孤獨國》（自印）之後，在文星書店出版第二部詩集《還魂草》。

穆中南•十月，「文壇社」穆中南，邀請小說家鍾肇政主編十巨冊一套的《本省籍作家作品選集》，共收入作家一百四十多位，可謂工程浩大。

鍾肇政•幼獅書店於一九六五年，亦請鍾肇政主編一套「臺灣省青年文學叢書」，共收鄭清文、李喬、鍾鐵民、陳天嵐、黃娟、魏畹枝、劉慕莎、呂梅黛、鄭煥、劉靜娟等十家，每人一本，合計十冊。

1966（民國五十五年）

尹雪曼•一月，美國密蘇里大學新聞學院畢業的尹雪曼（一九一八—二〇〇八），在皇冠雜誌社出版《海外夢迴錄》。一九八〇年五至八月，曾先後完成《五四時代的小說作家和作品》、《鼎盛時期的新小說》和《抗戰時期的新小說》，均由成文出版社印行。

郭衣洞•一月，郭衣洞（柏楊）主持的「平原出版社」，出版《中國文藝年鑑》，由呼嘯（胡秀）擔任執行編輯。是臺灣第一本「文藝年鑑」。

王令嫻•四月，王令嫻出版短篇小說集《好一個秋》（皇冠）。

季　季•也是四月，前一年從雲林北上臺北的新人季季（李瑞月），居然也在皇冠出版了她的第一本短篇小說集——《屬於十七歲的》。說來季季入文壇是一則頗為有趣的故事——當所有高中畢業生都跑去考大學的那一天，她卻選擇了另一條路，季季前去參加救國團文藝寫作研究隊，後來還獲得小說組比賽冠軍。她的許多少年往事，全寫在二〇〇五年，由印刻出版《寫給你的故事》一書中。

「文協」•五四文藝節，中國文藝協會編印《國父百年誕辰紀念文藝創作集》，共分《播種》（詩歌）、《耕耘》（散文）、《收穫》（小說）、《豐收》（戲劇）四大冊，收入一七五人作品，約一五〇萬字。總編輯陳紀瀅，副總編輯為鍾雷、張明、王藍、吳若。

錢　穆•六月一日，毛澤東發動文化大革命，在臺灣的蔣中正，立即推行「中華文化復興運動」，希望將臺灣建成國際漢學的中心，蔣總統力邀散居海外的大師級人物來臺，著有《國史大綱》的錢穆稱許此舉是「自辛亥以來最大的一件事」，自己也成為蔣中正極力敦請的對象，次年十月，錢穆攜夫人胡美琦遷居臺北，準備終老於此。

林佛兒•六月，「苦兒」林佛兒（一九四一—二〇一七）出版第一本散文集《南方的果樹園》（皇冠）。

冰點之戰•同年夏天，一場出人意外的三浦綾子長篇小說《冰點》大爭戰——王鼎鈞編的「人間副刊」和平鑫濤編的「聯合副刊」，兩大報爭相搶譯，報紙銷量因而上升，單行本更引起瘋狂搶購……

瓊瑤、三浦綾子之外——張愛玲的作品也來了！透過香港中文大學教授宋淇推薦，以《怨女》向臺灣讀者／文壇叩門……此外孟瑤、雲菁、徐薏藍、朱秀娟、朱小燕、華嚴、馮馮、司馬中原、高陽、南宮搏、章君穀等大批作家活躍於報紙、眾多刊物與出版，一九六七年的文壇熱鬧非凡。

瓊　瑤•十月，瓊瑤乘勝追擊，《窗外》暢銷之後，她像陀螺般的寫不停，《六個夢》、《菟絲花》，還有《幾度夕陽紅》……

尉天驄•十月十日，尉天驄主編的《文學季刊》創刊。到一九七〇年二月，共出十期；一九七一年一月改為雙月刊，四月出刊第二期後，宣布休刊。

司馬桑敦•東北漢子王光逖，筆名司馬桑敦（一九一八—一九八一），曾是《聯合報》駐東京特派員，當年他可是《聯合報》的一把高手，寫過一系列「小人物看臺灣」，對五〇年代臺灣社會的各種病態毫不保留的揭露，引起社會騷動，他同時也是一位傑出的小說家，長篇小說《野馬傳》，創造了一個桀驁不馴的人物，也批判了穿美軍制服的國民黨軍隊，曾列為禁書。司馬桑敦具有東北人豪邁強烈的個性，早年參加游擊隊、抗日戰爭，血液中流著「力拔山兮氣蓋世」的英氣，像極了一匹野馬，因為「反滿抗日」，曾在獄中三年八個月，他曾說：「我沒有過青春時代。從二十四歲起，應該屬於欣欣向榮的那個青春年華，卻都在那四面又黑又冷的牢獄圍牆中過去了。」

司馬桑敦和夫人金仲達女士鶼鰈情深，一九八二年，「爾雅出版社」曾出版她主編的《野馬停蹄——司馬桑敦紀念文集》，書中還以王金琦的本名寫了一篇〈終生跟你的指引〉，情真意切，天下有情人讀後都會掩卷嘆息。

十二月，時年四十八歲的司馬桑敦，自選一九五〇至五九年短篇小說七篇，由文星書店出版，書名《山洪爆發的時候》。但他真正想出版的是長篇小說《野馬傳》，但那是禁忌的年代，連自由主義色彩濃厚的蕭孟能看了稿件也不敢接手。

尼洛•文壇有些解不開的謎，譬如尼洛（李明，一九二六—一九九九）在皇冠發表一個十四萬字的長篇小說《天涯占夢》，幾乎是他寫得最好的一部小說，卻從未在他的著作目錄中出現，也未出單行本，這事令人費解。

1967（民國五十六年）

林海音・一月一日，《純文學》創刊，發行人林海音兼主編，馬各（駱學長）任執行編輯。

林煥彰・二月，林煥彰出版第一本詩集《牧雲初集》，由笠詩刊社出版。

余光中・四月，余光中出版詩集《五陵少年》（文星書店）。

丁文智・四月，詩人丁文智跨界展開長篇小說創作，完成十萬字的《小南河的嗚咽》，寄給大型文藝刊物《文壇》，社長穆中南以大手筆於當期雜誌一次刊完，可見六〇年代，真是文人寫稿的天堂，文學園地處處，這家不要的稿件，還有別家搶著要，彼時看報、讀雜誌者眾，而真能提筆寫稿的人少，和當今現象剛好相反。

司馬桑敦・五月，司馬桑敦的長篇《野馬傳》以自印方式，請文星書店發行，但不久還是被查禁了。

《青溪》・七月一日，後備軍人文藝雜誌——《青溪》創刊，由魏子雲任主編，編輯委員為朱介凡、朱白水、邵僩、司馬中原、徐世傑、段彩華、郭嗣汾、高準、墨人、舒暢、童世璋、葉日松、盧克彰、鍾肇政等人。

於梨華・七月，於梨華是當時臺灣最風光的作家，《又見棕櫚，又見棕櫚》榮獲第三屆嘉新文藝創作獎，在酒會筵席上，當時四大報社長排隊向她敬酒，並紛紛希望能得到她下一個長篇連載。

喻麗清・七月，還在臺北醫學院讀書的喻麗清（一九四五—二〇一七），時年二十二歲，在光啟出版社出版第一本散文集《千山之外》。

司馬中原・九月，司馬中原繼《荒原》、《加拉猛之墓》、《魔夜》之後，推出七〇〇頁長篇小說《狂風沙》，成為各出版社熱烈爭取的作家，他也成為最會說故事的人。

屠申虹・十一月，郭衣洞的平原出版社續出《五十六年中國文藝年鑑》，由屠申虹（屠祖根）擔任執行主編。

1968（民國五十七年）

柏　楊●三月四日，柏楊（郭衣洞）被捕，至一九七七年四月一日釋放。

隱　地●三月，隱地展開「年度小說選」編輯計劃。《十一個短篇——五十七年短篇小說選》由仙人掌出版社印行，為臺灣「年度選集」肇始。

辛　鬱●三月二十九日青年節，詩人辛鬱（宓世森）首先提議成立的「作家咖啡屋」在峨眉街開幕，包括二、三樓和四樓的前段，總共有一二〇個座位，由秦松設計，每個座位都加套咖啡色的桌面，四壁鋪滿褚色的粗蔴布；二樓特設詩窗一扇，可張貼詩人們的短詩或新成的佳句，三樓亦有一平台，可供詩人朗誦場所；「作家咖啡屋」正式負責人是以寫邊疆小說出名的鄧文來（一九三一—二〇〇五），共襄盛舉實際出資的計有詩人洛夫、羅門、梅新；小說家吳東權、姜穆；劇作家趙琦彬、黎光亞；畫家秦松以及李超宗、晏琪等十位。但文人和藝術家畢竟天馬行空，真要面對實務，總是無法長久經營，一年半後也就是民國五十八（一九六九）年十月二十五日光復節那天，「作家咖啡屋」成就了兩對連理——詩人林綠在此日日為歌星趙曉君補習英文，日久生情；另一對為夏楚和咖啡館的會計小姐，後來也成為夫婦。更重要的，辛鬱和丁文智等人成立的十月出版社，從籌備到出書——如鄭愁予《窗外的女奴》和商禽《夢或者黎明》都是此階段完成。

此外，羊令野在《青年戰士報》上爭取到每月一次全版專刊「詩隊伍」，創刊和洛夫以詩自詡的「詩綜社」，也在咖啡屋結束前夕成立。

瘂　弦●瘂弦詩集《深淵》，由尉天驄主持的「眾人出版社」印行，是《瘂弦詩集》（洪範）最早的版本。

吉　錚●六月，旅美三大女作家之一的吉錚（一九三七—一九六八）僅得年三十一歲，就因跳不出感情漩渦而輕生，她與於梨華、孟絲齊名，均為六〇年代「留學生文學」的代表作家，著有長篇小說《拾鄉》、《海那邊》及短篇小說集《孤雲》，臺大中文系為了紀念她，還曾設置「吉錚文藝獎」；童元方在《夢裡時空》（香港中華書局）的自序中說，大三時，她曾參加第一屆「吉錚文藝獎」，散文組的評審是洪炎秋、臺靜農、王文興三位老師，她得到第一名。

葉石濤●六月和九月，葉石濤（一九二五—二〇〇八）出版了他生平的第一本書——短篇小說集《葫蘆巷春夢》，隨即又出版《葉石濤評論集》，兩書均由蘭開書局印行。

林懷民●七月，二十歲的林懷民，訪問剛從美國返臺的小說家白先勇，在《幼獅文藝》上發表了一篇採訪稿——〈白先勇回家〉，文章第一段，他是這麼開頭的：「白先勇回來了。六月底回來的。他只是回來玩。文藝的公開聚會根本見不到他影子。耕莘文教院舉辦的暑期寫作班請他講兩堂課，這位在美國教中國文學的講師一再叫苦：『講些什麼呢？我從沒用中文講過課——非講不可嗎？』余光中拍拍他肩膀：『在臺北，作家演講是常事。你再待上三個月，電視、電臺通通會找你來了！』但白先勇不會待那麼久。九月初，他就要回加州大學聖塔．巴巴拉分校上課去了。」隔了兩個月——九月，林懷民自己也出版第一本短篇小說集《變形虹》（水牛）。次年出版《蟬》（仙人掌），兩書出版後，前往美國愛荷華大學，展開留學生涯。

林海音●十二月，林海音繼《純文學》雜誌，再成創立純文學出版社。

潘人木●從年頭到年尾，小說家潘人木都在為臺灣省教育廳的「中華兒童叢書」忙碌，她除了負責全套兒童叢書的編輯，自己也跳下去，一年裡居然寫了《愛漂亮的蝴蝶》等五冊童書。

1969（民國五十八年）

七等生•元月，七等生（劉武雄）出版第一本短篇小說集《僵局》，由林佛兒主持的林白出版社印行。從筆名奇特到文字用句之特殊，以及勇於衝撞僵化的成規，自此「文壇異數」的封號，成為七等生的註冊商標。

鍾梅音•二月和八月，寫旅遊書，以《海天遊蹤》揚名的鍾梅音（一九二二—一九八四）連續在三民書局出版兩冊散文集——《夢與希望》、《風樓隨筆》。

《文藝月刊》•創辦於一九六九年七月七日的《文藝月刊》，由小說家吳東權擔任主編。九月，辦了二十一年的《文藝月刊》停刊，共出二五五期。最初的發行人為曹敏，後由尼洛（李明）接任，另有作家姜穆（一九二九—二〇〇三）、俞允平都曾為這本雜誌獻出心力。

林語堂•七月十九日，筆會召開會員大會，推選林語堂繼任會長；同年，三十六屆國際筆會在法國倫敦召開，林語堂代表參加，並發表專題演講〈有閒時代的文學〉。

吳東權•十二月，吳東權繼長篇小說《白玉蘭》（宏業書局）之後，又出版長篇《蝶戀花》，一年裡出版兩部長篇，可見彼時讀小說人口眾多。其實從一九六一至一九八四，吳東權完成了二十三部長篇小說，產量可謂驚人。一九二八年出生的他，早年畢業於政工幹校新聞系第一期，他精力過人，一面在社會上做事，一面又到中國文化大學新聞系就讀，甚至遠赴香港進遠東學院文史研究所取得碩士學位。吳東權後來在大學教書，在中影和中視服務退休後，仍繼續寫作，幾乎一年一本，二〇〇八年，爾雅曾出版他的一本極其另類的書——《行前準備——銀髮族畢業手冊》，書末，附了一篇更特別的文章〈我已畢業雲遊去也〉，這也等於是他的遺書，告知家屬文友，等他百年後將不公祭不發訃文，以免驚動親友。

隱地
回到
70
年代
——七〇年代的文藝風

1970（民國五十九年）

符兆祥•小說家符兆祥活躍的年代。元月，他為嘉義明山書局編了一本《現代青年作家的痕跡》，此書共收王令嫻、古橋、邵僩、段彩華、徐薏藍、桑品載、楊雪娥、管瓊、劉靜娟和隱地的小說。此書等於是《青年作家小說選》第二集，第一集也是他編，選入王家誠、丘秀芷、朱夜、朱星鶴、李藍、呂梅黛、林懷民、舒凡、趙雲和符兆祥自己的小說，共十篇。

柯慶明•筆名黑野的柯慶明（一九四六—二〇一九）崛起於七〇年代，五月和七月分別出版了論述《一些文學觀點及其考察》（雲天）和《出發》（晨鐘）。被學生暱稱「忽必烈野馬」的柯慶明長年在臺大中文系和臺文所執教，是學生心目中難以忘懷的好老師。

紀　剛•五月，紀剛長篇小說《滾滾遼河》由純文學出版，三十二開，四八五頁；一九九七年，三民書局重新排版印行，新二十五開本，五八七頁。

紀剛，一九二〇年生，遼寧遼陽人，一九四九年來臺。遼寧醫學院畢業，夏威夷總醫院進修研究。後於臺南開設兒童醫院，懸壺濟世四十年。另有散文集《諸神退位》（一九九〇年，允晨）等書。

抗戰四大小說•《滾滾遼河》被譽為抗戰四大小說，其餘三本為徐鍾珮《餘音》、潘人木《漣漪表妹》、王藍《藍與黑》。

「文協」•五月二日，中國文藝協會，自臺北市水源路十五號遷至羅斯福路三段二七七號九樓現址辦公。

亞洲作家會議•六月十六日，第三屆「亞洲作家會議」在臺北市召開，邀請諾貝爾文學獎得主川端康成出席，會議由中華民國筆會會長林語堂主持。

何　凡•六月二十六日，由國語日報社長夏承楹（何凡，一九一〇—二〇〇二）等人發起的「中國書城」，在西門町成都路亞洲百貨公司地下室舉辦開幕酒會，二十七日正式對外營業，將近百家出版社、書店參加聯營。

白先勇•八月十五日，白先勇與七弟白先敬成立晨鐘出版社。

曹又方•九月，曹又方以蘇玄玄的筆名，在大江出版社出版第一本書——短篇小說集《愛的變貌》，此書一九八九年，易名《假期男女》，在爾雅出版社二度出版；二〇〇九年三月二十五日，曹又方辭世，得年六十七歲，爾雅於同年五月，改回《愛的變貌》書名，三度出版。

1971（民國六十年）

「龍族詩社」•一月，「龍族詩社」成立。成員計有辛牧、施善繼、蕭蕭、林煥彰、陳芳明、喬林、景翔、高上秦（信疆）、蘇紹連、林佛兒等人。三月，《龍族》詩刊創刊號出版。

李賢文•三月，由李賢文擔任發行人的《雄獅美術》創刊，一至四期為免費贈送，第五期開始，以每冊定價五元上市（一年訂戶新臺幣五十元）。

李賢文家族經營的雄獅鉛筆已有三十七年歷史，讀大學四年級時，李賢文有了想辦美術雜誌的想法，徵得父親同意。後來因緣際會，在巴黎遇到高中同學奚淞，透過奚淞，又結識了蔣勳和其他藝壇朋友，先後奚淞與蔣勳都成了《雄獅美術》主編。至一九九六年停刊，《雄獅美術》在二十五年七個月中，共出刊三〇七期。

李　敖•三月十九日，李敖繼柏楊坐牢兩年之後被捕。至此，東北有三寶——人參、貂皮、烏拉草；臺灣有三寶——柏楊、李敖和瓊瑤。三寶只剩瓊瑤仍然自由逍遙，她當時正在寫小說《海鷗飛處》。

彭正雄•八月，彭正雄離開學生書局，以九萬元資金，創辦文史哲出版社。一方面，彭正雄繼續維持與老東家學生書局同樣領域，和文海出版社、藝文印書館等同業，出版古籍，推廣學術經典，但另一方面他也必須尋找新的出版路線；幸好，一九七九年，他出版了一本張仁青編著的《應用文》，這本早已成為「文史哲」招牌書的暢銷書前後已銷售五、六十萬冊。手上有了暢銷書，終於讓他一步步朝著出版理想往前走，也圓了許多作家的夢，譬如幫詩人紀弦出版二十多萬字的《千金之旅》，幫無名氏、羅門、墨人出版全集，也幫蕭蕭主編的《詩儒的創造》、《詩癡的刻痕》和《人文風景鐫刻者》三本分別討論瘂弦、張默、葉維廉的冷門論著印行出版。

白先勇•九月，白先勇《臺北人》出版，由晨鐘出版社印行。作者為紀念父親母親以及「他們那個憂患重重的時代」而寫；此書早已成為兩岸三地華人經典文學之光。也是國民「必讀小說」首選，書中多篇小說改編成電影、電視劇及舞台劇，另有多種外文譯本。

歐陽子•十月，歐陽子大量改寫原先在文星書店出版《那長頭髮的女孩》，以新書名《秋葉》，和康芸薇的《十八歲的愚昧》，同時在晨鐘出版社出版。

1972（民國六十一年）

——民國史上特殊美好的一年

美好生活

……我們生活在的這個時代，有種偉大事物都過去了的感覺，文學與哲學都冷了，還有真正的藝術。查拉圖斯特拉出山，準備在人世間奮鬥一番，發現沒人理他，年輕人低頭在玩手機，中年人在忙於掙錢，老年人成天忙於延年益壽，只有查拉圖斯特拉還在想人生究竟為何這問題。當然找不出答案，但尋找這個問題很莊嚴的，不是嗎？孔孟老莊還有佛陀，豈不也在思考類似的問題？有沒有答案並不重要，重要的是有人注意，覺得它莊嚴，但在我們的時代，是沒有人想它的，更沒人像理查・史特勞斯般的為它寫交響詩了。是的，哲學與文學都冷了，還有藝術，還有很值得留戀的古典的感情也沒了，包括真誠的信任與愛情。

像中國的漢唐盛世、西洋的文藝復興，雖然不會再來，但畢竟存在過，也夠了，紙上的輝煌總比沒有好。這是我此刻的心情。

引自周志文《黑暗咖啡廳的故事》後記

周志文的《黑暗咖啡廳的故事》，是一本十一個短篇小說集。周志文最早寫時論，後來寫散文，爾雅曾先後為他出版三本散文集——一九九七年的《冷熱》（二〇一一年重出二十五開本），二〇〇三年的《布拉格黃金》和二〇〇七年《風從樹林走過》，他是學人中的幽人和荒人，心底雖有滿腔熱血，但流露在筆端的卻是鬱悶的冷調子。

從臺大中文系退休後的周志文搬到南港後寫起小說來，雖謙遜地說自己寫這些小說「有點把它當作日常生活的點綴，一點娛樂的性質……」其實周志文的作品都是學人心懷寄託之作，娛樂的成分少，知識的成分多。讀他的小說，可學到人生中的優雅，就像柯慶明為周志文另一著作《時光倒影》所寫的序文——點出周志文博通宋明思想、古典詩詞、中西酒話，乃至於行旅、樂理，生活情趣頗豐。

在〈名字叫黑暗〉和〈林禮問先生〉兩篇小說中，我們就見識了周志文從音樂到對西方學者、藝術家的了然，從康拉德的《黑暗之心》改編的《現代啟示錄》，說到懷海德和羅素，還有蕭伯納、D．H勞倫斯以及H．G威爾斯，讀他的小說，彷彿回到教室，又在聽歷史老師講故事了。

我眼睛剛好，周志文的小說雖引人入勝，卻不敢一篇接一篇讀下去，深怕讀多了眼睛又會看不見。啊，閱讀，多麼美好的生活。素樸的年代，文藝和文學曾經是我們長久的精神食糧和心靈潤滑劑，校園民歌流行的年代，經濟雖不富裕，但人人懷抱夢想，還記得中華商場鐵路邊的「點心世界」嗎，叫一客鍋貼外加一碗酸辣湯似乎就心滿意足，如果能到西門町成都路白熊冰淇淋吃根冰磚或叫客冰淇淋，更是眉開眼笑，怎麼進入二十一世紀，民主了，自由了，卻反而予人「我們生活在多麼紛亂的世界呀」。

《聯合報》前著名文教記者徐開塵在為聯經出版公司寫的一篇專訪中曾說：「一九七〇年代的臺灣……經濟的躍升，反映出國人對美好明天的期待……隨著中小企業主拎著皮箱主動到海外去尋找機會和市場，也打開了面向世界的窗，許多人更渴望透過閱讀豐富心靈，開拓視野。」

為何七〇年代充滿「美好生活」的回憶？就以我自己記錄的《遺忘與備忘》中的一九七二年為例吧——

齊邦媛在一篇題名〈蘭熙〉的文章裡，劈頭第一句就說：「一九七二年，是個奇妙的一年。那一年在臺灣，我和我的朋友們想的和做的都是開創的事。」（見《一生中的一天》，頁一二四）。

一點也不錯，一九七二年，齊教授開始為國立編譯館編譯臺灣文學選集的英文本。

一九七二年，臺大外文系創辦《中外文學》月刊，由朱立民、顏元叔、胡耀恆三人

臺北文壇十景之一，除了當年臺北武昌街明星咖啡館前的「詩人周夢蝶書攤」之外，就是「到林先生家作客」。林海音（中）示範包餅，夫婿何凡（夏承楹）在其身後觀看，作者當時年輕，所以擔任端菜的角色，桌面的菜色多麼豐盛。
望著美食的作家，左起：張素貞教授、姚宜瑛、李唐基、琦君夫婦、潘人木和彭歌。

掛名。學院走入社會，這是第一次，讓愛好文學的人，看到了教育很實際的融合進群眾的生命裡。

一九七二年，**林語堂**（一八九五—一九七六）主持，殷張蘭熙主編的《中華民國筆會英文季刊》（*The Chinese PEN*）發行創刊號。編輯顧問王藍、姚朋（彭歌）。

一九七二年，洪建全基金會創辦的《書評書目雙月刊》於九月一日問世，這也是我從軍中退伍之後找到的第一份工作——主編一本有關書評的雜誌。

一九七二年，**吳美雲**、**黃永松**與**奚淞**合作，聯手創辦一本大型的彩色藝術英文雜誌《漢聲》，為臺灣在國際上發聲。

一九七二年，**林文月**翻譯的《源氏物語》開始在新出版的《中外文學》逐期刊出，後由洪範書店出版。

「港是水手的妻子／酒是水手的血液／而海啊／是水手芬芳的土地」這是**沈臨彬**寫在《泰瑪手記》中的詩句。一九七二年，沈臨彬還留著長長的黑髮，他是寫詩的黑髮男子——他剛出版第一本書，就成為當時年僅十九歲的林文義的偶像。

一九七二年，巨人出版社出版《中國現代文學大系》（共八冊），由余光中擔任總編輯。

一九七二年五月，**子敏**的《小太陽》由純文學出版社印行，此書長銷四十年，以本名寫兒童文學作品的林良，從此成為家喻戶曉的作家，甚至「小太陽」也成了他的外號。

一九七二年五月，建國中學數學老師**子于**，在「驚聲文物供應社」出版短篇小說集《艷陽》。本名傅禺的子于（一九二〇—一九八九），讀的是礦冶系，晚年鍾情於文學，五十歲始出版第一本小說集，起步雖晚，作品卻具特色，曾四次入選「年度小說選」。子于摸索的，無論是題材、技巧或詞句的表達，都是獨門絕活，他很少用超過十個字的長句。他說：「我摸索我自己的，盡我的力量。」

一九七二年，籍貫上海市的**傅佩榮**，時年二十二歲，就在先知出版社出版了第一本書《從上帝到人》，自此寫作不停。臺大哲學系博士，也到美國耶魯大學修得宗教系博士，他的創作文類以論述為主，也旁及散文，著述已超過二百種以上，深入淺出，擁有廣大讀者群。

一九七二年，**白萩**詩集《香頌》，由笠詩刊社出版，巨人出版社發行。這本詩集，無序文、無後記，僅扉頁有一行字：「獻給與我生活在新美街的伴侶。」

一九七二年，還在師大國文系讀書的**沈謙**（思兼，一九四七—二〇〇六），接編《六十一年短篇小說選》。一九八〇年代起，沈謙「以個人的學術影響力與廣泛的人脈，積極推動兩岸文化交流……並結合現代修辭學，成一家之言，為兩岸學者所公認推崇。」

一九七二年，十九歲的**陳義芝**，在「復興文藝營」遇到擔任營主任的詩人瘂弦；也

七〇年代，林海音家的客廳，永遠有笑容滿面的客人——後排左起高信疆、張系國、彭歌、馬各、隱地、何凡，前排為柯元馨、王信、林海音、夏祖葳、殷允芃。

是這一年，他與洪醒夫、蘇紹連、蘇文皇、呂錦堂、陳珠彬等六位臺中師專先後期同學合辦《後浪詩刊》，「後浪」即《詩人季刊》前身。

一九七二年，停刊已三年多的《創世紀》詩刊復刊號三十期出版，自此從一九五四年創刊的《創世紀》一路昂首前進，成為臺灣詩刊壽命最長的雜誌。

一九七二年，繼一九六八年**林海音**創辦「純文學出版社」，**姚宜瑛**也創辦了「大地出版社」，之後，爾雅（一九七五）、洪範（一九七六）、九歌（一九七八）接續創業，這五家均由文人主持的出版社，出版以文學圖書為主，前後風光三十年，提起「出版五小」，幾乎成為臺灣愛書人的共同記憶。

一九七二年，三月十八日，兩百多位詩人在臺北中華路國軍文藝活動中心舉行「文武青年春季詩歌朗誦會」。

一九七二年，**張曉風**原先連載於《中外文學》的劇本〈武陵人〉，於十二月五日，由基督教藝術團契搬上舞台，在植物園臺灣藝術館演出。

除了文學作品和雜誌的出版，一九七二年，社會上也處處呈現正面的能量，省主席謝東閔為消滅貧窮，宣布實施推行「小康計畫」，展開家家戶戶「客廳即工廠」的勤奮畫面；一九七二年，不但吹起了文藝風——開書店、辦雜誌或成立出版社；國家整體建設也在積極推動，行政院長蔣經國宣布，為讓臺灣邁向工業化，全面推動十項建設；同時推動十項革新，以整飭政風，建立廉能政府；一九七二年，國父紀念館落成啟用；一九七二年，成大航空測量中心裝置完成第一座人造衛星觀測站；一九七二年，美和青少棒球隊首次奪得世界青少棒冠軍；中華少棒亦榮獲世界少棒賽冠軍。

是的，一九七二年持續至一九八九年，臺灣所有的人想的和做的都是開創的事，如今回想，越發覺得，那真是「美好生活」的年代。

在最美好的年代，仍然有痛苦之人，一九七二年四月二十二日，對作家陳列來說，是他「永遠的一天」——一種孤獨無告和憂慮愁苦，是的，就是那人們認為最美好一年的四月二十二日，陳列被情治人員帶上飛機（他生平第一次坐飛機），從花蓮到臺北，進了看守所，放入一間押房裡，從此失去了自由，只因為做預官和後來在中學教英文，讓人聽到了他的幾句反攻無望論調，從此莫須有的罪名就強壓在身，就此定罪，且有了四年牢獄之災。

二〇一五年，陳列以《地上歲月》和《躊躇之歌》得到了《聯合報》一年一度的文學大獎。只是，正如評者張瑞芬所說：「獄中書、政治牢，莫名其妙的災厄，在全身都被污毀了以後，如何還能保住心靈的一點潔白。」只怪陳列，誰叫他年輕時候讀外文系，直接看 *Time* 和 *News Week* 雜誌，讓他聽到了窗戶外面的聲音，人生如果可以重來，不知陳烈是否也會像別人，世故的沉默以對。

1973（民國六十二年）

何懷碩・三月，何懷碩在大地出版社出版美學著作《苦澀的美感》，這也是何懷碩的第一部作品，全書所要表達的是他所崇奉的古典精神，而古典精神最重要的是理性與感情的均衡，和諧或中庸。此書深獲梁實秋和余光中的讚賞，梁實秋在為他的書寫序時說：「畫家談畫，以文字吐露他的心聲，揭發他的藝術的底蘊，永遠是最耐人尋味的。」

詩人余光中則欣賞何懷碩豐富的知識和討論問題時那種高瞻遠矚洞察全局的眼光。

隔了四十五年，何懷碩透過立緒文化公司，作出一項壯舉，出版了一套四大冊，超過二千五百頁近一百五十萬字的「未之聞齋四書」，書名分別為《批判西潮五十年》、《什麼是幸福》、《矯情的武陵人》和《尊貴與卑賤》。

《出版家》與《愛書人》・五月，《出版家》雜誌創刊，由海洋學院畢業的幾位好友——包括王國華、林賢儒、蔡錦堂、王金平等合夥成立，主要在報導、記錄、評論國內外出版現況，印到五十七期停刊，而一大張報紙型的《愛書人》半月刊仍繼續維持，陳銘磻、陳芳蓉、封德屏均曾輪流編過《愛書人》雜誌。

唐文標・七月，天外飛來一個「老廣」唐文標（一九三六—一九八五），人稱唐大俠，此人最初就讀香港新亞書院英文系，後又赴美改唸柏克萊和伊利諾大學數學系，但最愛談論張愛玲，曾編《張愛玲資料大全集》，也對新詩看不順眼，曾在《龍族詩刊》評論專號發表〈論傳統詩與現代詩：什麼時代什麼地方什麼人〉，並同時在《中外文學》發表〈僵斃了的現代詩〉，引起軒然大波，是謂「唐文標事件」。

陳達弘・八月十日，經唐文標洽談奔走，將停刊的《文學季刊》改名《文季季刊》創刊，改請《大學雜誌》負責人陳達弘任發行人，何欣、尉天驄擔任編委，僅出三期。

林懷民•九月，二十六歲的林懷民學成歸國，創辦「雲門舞集」，結合史惟亮、許博允、李泰祥等人的音樂，在臺中中興堂首演；十年後，成立藝術學院（即今國立藝術大學）舞蹈系，並出任主任、研究所所長。

高　陽•時年五十一歲的高陽（許晏駢，一九二二—一九九二），火力全開，一年裡出版了五種長篇小說，除了繼續為皇冠寫《慈禧全傳》和《百花洲》；在新亞出版《大將曹彬》；為學生書局寫《明朝的皇帝》，到了年尾，像變魔術，在經濟日報出版已成經典的紅頂商人傳記《胡雪巖》。

子　敏•寫《小太陽》的子敏，他的微笑，是「文化臺北」又一景！一九七三年，他在純文學出版《和諧人生》，銷路再登高峰。

王文興•王文興在環宇出版社出版長篇小說《家變》，引起文壇論戰，但經過三十年時間洗禮，似乎銅像已經建成。

1974（民國六十三年）

古　丁•一月一日，《秋水詩刊》創刊，由古丁、綠蒂、涂靜怡三人負責。

黃春明•三月，黃春明兩本短篇小說集《鑼》和《莎喲娜啦・再見》，以及另外兩本翻譯作品——傑克・倫敦的《生命之愛》和鄭慧玲譯的《開放的婚姻》，由新成立的遠景出版社印行。

•多家出版社不約而同又極為難得的出版了許多著名詩集，一月，「三民書局」出版蓉子《橫笛與豎琴的晌午》；三月，「志文」出版《鄭愁予詩選集》；六月，「現代詩社」出版紀弦《檳榔樹戊集》；七月，「大地出版社」出版余光中《白玉苦瓜》；十二月，「中外文學」出版洛夫《魔歌》；「林白出版社」出版袁則難《飛鳴宿食圖》。

梁實秋•三月，七十三歲的梁實秋（一九〇二—一九八七）出版了兩本頗為耐讀的散文，其一為《看雲集》（志文出版社），十篇文章，倒有四篇悼文，張道藩、夏濟安、左舜生和陳西瀅。梁實秋說：「這年頭兒，彼此知道都還活著，實在不易。」

這是一本十分蒼涼的書，它裏面所寫的人與事都在逐漸消逝。翻開目錄，非憶即悼，再看自序，梁實秋先生劈頭第一句話就是：「人到老年，輒喜回憶。因為峰迴路轉柳暗花明的階段已過，路的盡頭已在望，過去種種不免要重溫一番。」隨著他的筆觸，讀者被他帶到了人們常常談論的三〇年代，那彷彿是一個人才濟濟，文人輩出的年代。溫文爾雅的讀書人，一派書生本色，個個特立獨行，如今使我們琅琅上口的名字至少還有徐志摩、朱自清、夏丏尊、羅家倫、蔣夢麟、吳稚暉……從書中十位先生的信札看來，友情濃郁，翰墨書香，真是一個和眼前完全不同的時代。十二月，遠東圖書公司又出版了梁實秋的《槐園夢憶》，這是梁先生懷念其夫人的書。

陳芳明●四月，陳芳明引人注目的現代詩評論集《鏡子和影子》，在志文出版社印行。

胡蘭成●五月到臺灣的胡蘭成（一九〇六—一九八一）時年六十九歲，住華岡，在文化學院任客座教授，原先開三門課，禪學研究、中國古典小說和日本文學概論，因胡秋原在《中華雜誌》發表〈漢奸胡蘭成速回日本去！〉而回日本，隔了三個月，返臺，搬到辛亥路朱西甯家隔壁講學，並由三三出版社出版其著作《禪是一枝花》（以李磬筆名發表）和《中國禮樂》；一九八一年七月，因心肌梗塞，於東京青梅市自宅逝世，享年七十六歲。

「聯經」●五月四日，取《聯合報》和《經濟日報》字首而命名的「聯經出版公司」創立，首任總經理為劉國瑞。

「時報」●「聯經」和次年成立的「時報出版公司」最大的不同，前者出版書籍較重學術性，「時報」則以商業路線為重。「時報出版公司」是目前國內唯一一家出版業股票上櫃公司，早在一九九九年，營業額已達五億元。

殷允芃●九月，《天下雜誌》創辦人殷允芃在書評書目出版社，出版《新起的一代》。

鹿　橋●九月，旅美作家鹿橋，隔了十五年後，又交出轟動文壇的《人子》，由出版界外號「小巨人」的沈登恩爭得出版權，讓「遠景」更增優勢。

1975（民國六十四年）

李長青●一月十五日，詩人李長青誕生於高雄市。這位和爾雅同年誕生的文藝青年，三十歲時（二〇〇五年）在爾雅出版詩集《落葉集》；四十四歲時（二〇一九年）在爾雅出版讀詩隨筆《詩田長青》。

「爾雅」●五月十二日，爾雅出版社成立。七月二十日以第一批爾雅叢書出版日為社慶日。

《草根詩刊》●五月，提倡「生活的詩·詩的生活」的《草根詩刊》誕生，詩人羅青發起，先後加入詩友為邱豐松、林月容、夏宇、胡寶林、萬志為、方莘、白靈、林燿德等人，共出詩刊五十期。

何政廣●六月一日，何政廣離開擔任主編的《雄獅美術》，創辦《藝術家雜誌》，從創刊號薄薄的一〇四頁，辦到九〇年代初，由於藝術市場蓬勃發展，雜誌厚度一度達到六百多頁，比一塊厚厚的「磚頭」還厚。如今已創刊四十四年，辦到五二六期，何政廣於二〇一五年，榮獲金鼎獎特別貢獻獎。

王榮文●九月，二十六歲的王榮文離開遠景，得到吳靜吉和薇薇夫人協助，創立遠流出版社，從五個人變成一百人，從美金十萬元的年營業額到超過五百萬美元。如今他已是出版業的龍頭，並於二〇〇七年，取得華山創意園區經營權。

校園民歌●一九七五年同時創業的還有「時報出版公司」（一月）、國內第一份報紙型的書訊刊物《愛書人雜誌》（一月）……也是這一年的六月六日，楊弦以余光中的詩〈民歌手〉、〈車過枋寮〉等九首譜曲，在中山堂舉辦「現代民謠創作演唱會」，從此啟動校園民歌的熱潮。

三　毛●三毛（陳平，浙江定海人，一九四一—一九九一）開始從西屬撒哈拉加納利群島寫文章給《聯合報》副刊，次年出版《撒哈拉的故事》（皇冠），從此一路爆紅。

1976（民國六十五年）

《戶外生活》●耗盡一生，只為圓一個夢。自稱「瘋子」的陳遠建，於一九七六年創辦《戶外生活》雜誌。他說：「任何事，只要做到一個量，就會有它的價值。」他成立了「臺灣地圖資料庫」，超過三百冊旅遊休旅叢書：《北臺灣最佳去處》、《全覽百科地圖》……陳遠建可謂是：臺灣地圖之王！

平鑫濤●一月，《聯合報》副刊主編平鑫濤因《皇冠》業務擴大，無法兼任編務，「聯副」再度由馬各接任，二度上任的馬各，創設「聯合報小說獎」。為審核大量參獎作品，需找一名助手，於次年，三十三歲的季季，進入《聯合報》副刊組，開始其後三十多年的編輯生涯。

魯　蛟●詩人魯蛟，以本名張騰蛟寫散文和小品，一九七六年，是他創作史上最豐收的一年，在水芙蓉出版散文集《鄉景》，在聯亞出版《海的耳朵》，前者書中竟然有三篇文章——〈諦聽〉、〈溪頭的竹子〉和〈那默默的一群〉分別收入各類教科書，另一篇〈讀山〉更離奇，先後十次被選進各種教材和選集，連大陸教科書《中等職教語文》一書，也將〈讀山〉一文，收入其教材。

《明道文藝》●三月，《明道文藝》月刊創刊。一生重視教育和人文學養的汪廣平校長，請到陳憲仁負全責，陳亦全心全力為《明道文藝》打出一片天地，千里馬遇上伯樂，人間美事一樁。

陳若曦●三月，陳若曦一系列反映「文化大革命」的短篇小說集《尹縣長》，由遠景出版社印行，引起各界注目，立即成為暢銷書。

張拓蕪●四月，臺灣文壇出現一本書名奇怪的大兵文學——《代馬輸卒手記》，一夕之間，張拓蕪成名了，於是「續記」、「餘記」、「補記」、「外記」，五年之間，張拓蕪出版了五冊「軍中閒話」，只聽過「軍中笑話」可以賣錢，沒聽過「軍中閒話」居然也能成為暢銷書，讓人嘖嘖稱奇。

楊　牧•八月，洪範書店創立，由詩人楊牧、瘂弦和葉步榮、沈燕士四人共同經營。

許家石•十二月，曾以〈一九七二年的冬天——長門賦〉選入《六十二年短篇小說選》（林柏燕編）的許家石，在「聯經」出版第一本小說集《上昇的海洋》。

1977（民國六十六年）

林語堂•遠景和德華，一南一北兩家出版社都譯了全套林語堂的作品，為了傾銷，兩家出版社大打折扣戰，從七折、六折一路下殺到四折，甚至三折，書店因此拒銷，林語堂的書全都成了地攤貨，三、五十年來，林語堂的作品幾乎進不了書店，對一位「兩腳踏東西文化，一心評宇宙文章」的我國大文豪來說，未蒙其利，先受其害，在出版史上，林語堂顯然是一位受害者。

朱家班•文壇出現朱家班姊妹花。朱天文與朱天心，聯合馬叔禮、唐諾（謝材俊）、丁亞民、仙枝等人創辦「三三集刊」。一九七九年和家人、朋友成立「三三書坊」。天文擔任發行人，天心擔任經理。一九七七年，姊妹二人都有新書出版，天文於皇冠出版《喬太守新記》，天心由言心出版小說集《方舟上的日子》（後改在時報公司出版），由臺南長河出版社出版《擊壤歌——北一女三年記》。而作為朱家班大家長的朱西甯，一九七七年，他還在為長篇小說《八二三註》苦戰，此書於次年出版，成為《朱西甯全集》之十七。至於朱家老三朱天衣亦加入的《三姐妹》一書，則遲至一九八五年三月，始由皇冠出版。

言　曦•七月，言曦（邱楠，一九一六—一九七九）的《世緣瑣記》（爾雅），贏得普世叫好，連散文高手琦君都說：作者的「世緣」，也是你、我、他的「世緣」。那些瑣事，也是人人生活中都有的瑣事，他卻寫得如此之妙、如此之逗，如此之自然、平易、幽默、生動。

胡金銓●九月，電影大導演胡金銓，在拍《俠女》和《空山靈雨》之間，他同時也是一位研究老舍（一八九九—一九六六）的專家，利用拍電影的空檔，完成並出版了《老舍和他的作品》，由香港文化・生活出版社印行。

夏祖麗●十二月，夏祖麗出版《握筆的人》（純文學），是繼《年輕》之後對幾位傑出女作家的訪問和特寫。文筆清麗、引人入勝。一系列的報導文學書寫，都以為祖麗會接下純文學出版社的棒子，結果他隨夫婿張至璋去了澳洲定居，總是讓人覺得若有所失。

鄉土文學論戰●八月，鄉土文學論戰展開。燃起火苗之因，眾說紛紜，其中之一，源於《仙人掌雜誌》第三期（王健壯主編），以「鄉土與現實」為主題，後各方人馬加入，影響深遠。

歐陽子●一九七七年，歐陽子編了兩本不朽的《現代文學小說選集》，已經四十二年了，這兩本長命書仍在市面上流傳，就像她的小說評論集《王謝堂前的燕子》，書店裡偶爾還可買到。當書的壽命在書店快速折舊，而少數書歷經半世紀仍在書店佔有一席之地，說來也算傳奇了。如今連《現代文學》雜誌都不存在了，幸虧留下了《現代文學小說選集》。

渡　也●以「十七歲的渡也」闖蕩文壇，八月，果然以二十四歲的年紀，渡也就出版了第一本書《歷山手記》（洪範書店），渡也承認，此書深受沈臨彬《泰瑪手記》影響，他說：「經過沈臨彬，走進這種日記體散文發源地，走進更遼闊的更肥沃的紀德的大地。」

1978（民國六十七年）

邱秀芷●一月，本名邱淑女的邱秀芷，寫散文，也寫小說，她為丘逢甲寫傳的書名為《剖雲行日》，由近代中國出版社印行。

蔡文甫●三月十日，作家蔡文甫創辦九歌出版社。首批新書包括夏元瑜《萬馬奔騰》、王鼎鈞《碎琉璃》和葉慶炳《誰來看我》等五種。二〇〇一年十月，出版《蔡文甫自傳——天生的凡夫俗子》精裝本，書的厚度達四七八頁，封面上有他笑容滿懷的立相照片，是蔡文甫最風光的一年。

宋澤萊●九月，宋澤萊的《打牛湳村》由遠景出版社出版，引起各界探討，宋自己也開始關注臺灣農村環境的改變。

時報文學獎●十月，高信疆主政《中國時報》人間副刊，創設的「時報文學獎」揭曉。

孫述宇●孫述宇（一九三四年生，廣州人）寫了一本薄薄的小冊子——僅僅一二四頁的《金瓶梅的藝術》，定價區區三十五元。但這本小書，放在任何「學術大著」之前毫不遜色，內容豐富，小中見大，文字魔力驚人，處處吸引人的眼睛，所謂字字珠璣，而且全書散發智慧光芒，將中國的古典精髓，分析得條理分明，對金瓶梅小說中的幾個人物——西門慶、潘金蓮、李瓶兒、龐春梅、應伯爵、宋惠蓮……都有深刻觀察，見人所未見，譬如他說：「西門慶之死是自取滅亡，不待武松回來報仇，先命喪黃泉了。他死在潘金蓮之手，這讓我想到，他在小說一開頭姘上了潘金蓮時，已經是『豬羊走入屠門，一步步行上死路』。他送命的根由，是缺乏道德與理性的力量。」

孫述宇還有一句頗為關鍵的話：「金瓶梅的主要角色，都要死在自己的慾火裏的……」

林佩芬●十二月，還在東吳大學唸中文系的林佩芬出版了第一本書——中篇小說《一九七八年春》，不過年紀雖輕，她似乎早已看盡人生滄桑，她說：「中國人的故事都是無情的，不管是胭脂淚，還是英雄膽。」

洪醒夫●十二月，洪醒夫連續以異軍突起之姿，獲《聯合報》、《中國時報》小說獎後，十二月在爾雅出版第一本書——《黑面慶仔》；天妒英才，一九四九年生於彰化縣二林鎮原名洪媽從的洪醒夫，不幸於一九八二年七月三十一日因車禍喪生，得年三十三歲。

1979（民國六十八年）

李南衡•三月，李南衡主編《日據下臺灣新文學選集》五冊，明潭出版社出版。

王大空•三月，中廣另一位名嘴王大空，亦加入寫作行列，第一本《笨鳥慢飛》甫出版即大賣，接著再飛、單飛、飛歌，先後出了「笨鳥四書」。

陳銘磻•七月，曾獲時報文學獎的陳銘磻，出版報導文學得獎作品《賣血人》（遠流），陳銘磻曾擔任《愛書人》雜誌社社長兼總編輯，也是號角出版社的發行人，著作甚豐，寫作層面多元，關懷弱勢族群，近年致力於研究日本文學和作家，並親往許多作家出生地，對作家生平展開全方位的追蹤，寫了一系列日本作家的系譜史。

孟　瑤•七月，孟瑤（揚宗珍，一九一九—二〇〇〇）同一年在世界文物出版社，出版長篇小說《浮生一記》，黎明文化公司出版《孟瑤自選集》。

整個七〇年代，孟瑤作品產量驚人，從一九七〇年的歷史長篇小說《杜甫傳》（皇冠），十年中，她竟然寫了十三部長篇和兩部短篇小說集，此外，繼六〇年代完成的《中國戲曲史》（四冊．文星書店）和《中國小說史》（四冊．文星書店）後，又於一九七四年完成了七百六十三頁的《中國文學史》（大中國圖書公司）。

而除了一部部不停地創作小說和寫小說史、文學史以及戲曲史，更不可思議的，孟瑤還為好友潘人木主持的「臺灣省教育廳兒童讀物出版部」有系統的寫了十整冊連續的中華民族歷史——從《治水和治國》、《吳越爭霸》、《楚漢相爭》、《三國鼎立》、《漢武帝》、《從晉朝到唐朝》、《大宋帝國》、《大明帝國》、《大清帝國》到《中華民國》。

孟瑤全部作品在八十種以上，如今要找，極不容易，唯一的辦法就是跑圖書館。

某個年代，某個時候，總有幾位作家炙手可熱，譬如徐訏、張秀亞、郭良蕙、於梨華……

可是時代會突變，不要十年、二十年，讀者崇拜的作家一夕突變，最熱門的書變冷門了。三十年前的孟瑤，打開報紙副刊，總有幾個長篇掛著，她是這麼有名的小說家，後來到中興大學教書，還擔任過中文系主任，寫過許多學術教材，這樣一位學者、作家，走了不過十五年，她的書在書店早就不易找到了。

不要說過世的作家，如今還活得好好的許多作家，在書店找不到自己的作品更是很普遍、尋常的現象。

現在，就不要再說誰的書在書店找不到的話了，因為更嚴重的情況已經發生，張大眼睛到臺北街頭找找看，除了重慶南路還有三、五家，其他任何馬路根本找不到書店了。偶爾在巷弄裡發現一家獨立書店，就已經算是奇蹟了。

孟瑤於一九六二年，在高雄大業書店出版過一部長篇小說《浮雲白日》，就像這書書名，確實，看看天上的浮雲吧，東飄西飄，最後不都自然地不見了。

亮　軒•九月，時年三十八歲的亮軒失去了父親，他為父親寫傳：〈地質學家馬廷英先生平生事略〉，發表於《書評書目》。亮軒原是「早晨的公園」節目主持人，這一年，他辭去中廣公司職務，改到他的母校——國立藝專，擔任廣播電視科主任。

陳映真•十月三日，以《第一件差事》、《將軍族》、《夜行貨車》等書揚名的小說家陳映真，突遭情治人員逮捕，經歷三十六小時的囚禁。

蕭　蕭•十一月，蕭蕭、張漢良合編五冊《現代詩導讀》，由陳信元（一九五三—二〇一六）主持的故鄉出版社印行。

隱地
回到
80
年代
—八〇年代的流金歲月
1981
1982
1983
1984
1984
1985
1986
1987
1988
1989

1980（民國六十九年）

應鳳凰•年初，爾雅請應鳳凰編《作家書目》第一輯，收二〇六位作家；年尾又編《作家書目》第二輯，收一四六位作家，兩集合計，先後為三百五十二位作家整理書目；此事多少刺激了公家單位，隔了四年，「文建會」於一九八四年委請應鳳凰和鍾麗慧合編《中華民國作家作品目錄》兩冊，收錄七百位作家的書目。

趙淑俠 趙淑敏•六月，文壇姊妹花趙淑俠、趙淑敏一個在瑞士一個在臺北，各有成就。趙淑俠長年在《中央日報》副刊連載的長篇小說《我們的歌》（八二二頁），終於由報社出版單行本；趙淑敏在《中華日報》寫方塊，十月，散文集《采菊東籬下》，由道聲出版社出版。隔了五年，一九八五年，她的長篇小說《松花江的浪》，也登上「中副」連載，九月，《中央日報》出了單行本。

劉靜娟•七月，曾任《臺灣新生報》副刊主編的劉靜娟，在大地出版社出版散文集《眼眸深處》，此書讓她獲得國家文藝獎。

楊　澤•八月，楊澤在時報文化公司出版詩集《彷彿在君父的城邦》；命運埋伏在嘉義的一間小小書店，等待鄉村少年楊澤光臨。果然不久楊澤出現了，閱讀讓楊澤的生命起了轉折。他成了詩人，進入九〇年代，楊澤更成為《中國時報》人間副刊的主編。

林雙不•八月，發現作家林雙不在《中央日報》「中學生」版（張子樟主編）發表「和青少年談書」專欄，立即徵求他同意，俟專欄結束，改由爾雅出書。

林雙不當時推薦的三十本書，包括黃慶萱的《修辭學》（三民）、《儒林外史》（三民）、《白話本聊齋》（河洛）、《居禮夫人傳》（志文）、《約翰克利斯朵夫》（遠景）、《齊瓦哥醫生》（遠景）、《蘇東坡傳》（遠景）、《黑面慶仔》（洪醒夫）、《少年中國》（遠景）、《棋王》（洪範）、《在時間裡》

〈領導〉和《眼眸深處》〈大地〉等。

羅　門•十一月，羅門（一九二八—二〇一七）在時報出版公司出版詩集《曠野》——八〇年代，是詩人最意氣風發的年代，詩集一本接一本出版，還出版了論述《時空的回聲》〈德華〉和《詩眼看世界》〈師苑〉——其實，自一九六六年以〈麥堅利堡〉（一九六六年完成）一詩榮獲菲律賓總統金牌獎，羅門一向是讓人議論紛紛的詩人，他更是一位你不注目他也不行的詩人。羅門自誇的本領不輸於李敖，羅門曾在當年峨嵋街「作家咖啡屋」當著洛夫的面說：「我和你是臺灣詩壇的兩座山」，可惜後來他和洛夫也鬧翻了。「羅門鬧場」也是臺北文壇一景。

晨星集團•靠賣《朱自清全集》和《徐志摩全集》兩套書起家的東海畢業生陳銘民，於一九八〇年集湊了一千二百三十元，在臺中市忠明南路租了一間僅容一床一桌的屋子，成立了一人出版社，取名「晨星」，直到一九九五年，收集各式真情小故事的《心靈雞湯》大賣，「晨星」終於成為中臺灣最亮眼的出版社，一九九七年開始，先後成立「大雅」、「大田」、「好讀」出版事業群。

八〇年代•進入八〇年代，圖書出版業勃勃然，一九八〇年整年的新書出版量達到四五六五種。

1981（民國七十年）

蕭　颯•一月，蕭颯在九歌出版《我兒漢生》，三月，中篇《霞飛之家》，聯經出版公司出版；七月，九歌出版社又印行了她的長篇小說《如夢令》。也可以說整個八〇年代——從一九八一到一九八九——是「屬於蕭颯的」，八〇年代，從聯經、九歌、洪範到爾雅，幾家優質出版社，都在競相出版她的書，十年中，蕭颯共有十一部長短篇小說擺在書店最醒目的位置，顯現她是八〇年代文壇最亮眼的一顆星！

小　民•五月，喜愛紫色的小民（劉長民，一九二九—二〇〇七），和先生喜樂（姜增亮，一九一五—二〇〇八），孩子保健、保真全家人合出了一本《紫色的家》（道聲），一時引為文壇佳話。在瑞典和加拿大取得森林系雙博士的保真，著有短篇小說集《森林三部曲》（遠流）。

《天下雜誌》•六月一日，《天下雜誌》創刊，由殷允芃、高希均合辦。

蕭麗紅•六月，蕭麗紅繼一九七七年長篇小說《桂花巷》之後，又完成另一引人矚目的《千江有水千江月》，此書並榮獲一九八〇年《聯合報》第一次頒發的長篇小說獎。

張　默•六月，《創世紀》三巨頭之一的張默，為爾雅編了一本最美麗的詩集——《剪成碧玉葉層層——現代女詩人選集》，說這本詩選「最美麗」，一點也不誇大，因為當年覃雲生設計的封面得了「最佳封面獎」，而詩選中二十六位女詩人，每位詩人均有一幅最美麗的畫像，繪圖人出自大名鼎鼎的女詩人席慕蓉，她也是正統美術系科班出身，一九六六年以第一名畢業於比利時——布魯塞爾皇家藝術學院。而詩選所選二十六位詩人，自一九一一年生的張秀亞到一九五七年生的梁翠梅，中間的二十四位分別為蓉子（一九二八）、林泠（一九三八）、李政乃（一九三四）、胡品清（一九二一）、陳秀喜（一九二一）、彭捷（一九一九）、敻虹（一九四〇）、藍菱（一九四六）、羅英（一九四〇）、劉延湘（一九四二）、朵思（一九三九）、淡瑩（一九四三）、鍾玲（一九四五）、張香華（一九三九）、古月（一九四一）、席慕蓉（一九四三）、翔翎（一九四八）、朱陵（一九五〇）、沈花末（一九五三）、萬志為（一九五三）、夏宇（一九五六），她們可分為三代，都是八〇年代最受人矚目的詩人。余光中推崇這本詩選，但他認為編選人張默漏了一位重要的女詩人——方娥真。

「大地」•七月，姚宜瑛的「大地」因出版席慕蓉第一本詩集《七里香》，業績大好！一九八三年，「大地」再接再厲，爭取到她的《無怨的青春》，有此兩本暢銷書，「大地」等於長了一對翅膀，而席慕蓉的詩集，自此一直是同業最熱門的追逐目標，其詩留傳臺灣各地，也遍及中國大陸。

袁瓊瓊•八月，袁瓊瓊的短篇小說集《自己的天空》在洪範書店出版。這本書的書名，代表臺灣女性處境的轉變，從依賴男人、覺醒到女性該有自己在社會上的位置。不久，袁瓊瓊自己也像臺灣甚多女性，成為單親家庭，往後她寫了《孤單情書》、《繾綣情書》、《冰火情書》、《曖昧情書》，一系列的自白，告訴我們，擁有自己天空的女性，她們或許也有孤單的時候，本質上，她們是快樂且充滿自信的，做為一個人，她們清楚知道自己的追求和需要。

陳恆嘉•九月，《書評書目》出版第一百期，停刊，末代主編陳恆嘉離職。

「年度散文選」•一九八一年起，林錫嘉把編「年度散文選」的構想找上蔡文甫的九歌，《七十年散文選》、《七十一年散文選》連續兩年均由林錫嘉主編。第三年起，由陳幸蕙、蕭蕭、林錫嘉組成編輯委員會，輪流主編。一九九三年起，陳幸蕙換成簡媜，後又解散，二〇〇〇年起改由「九歌」每年聘請散文名家擔任主編。

林雙不•十月，林雙不專欄完成，改書名《青少年書房》，列入爾雅叢書，編號103。

張至璋•十二月，張至璋在純文學出版社出版短篇小說集《飛》。離開中廣，辭去「早晨的公園」節目主持人後，張至璋進入中華電視公司擔任新聞主播，那是他最忙碌的年代，並經常出國採訪。

•本年度新書出版量激增，幾乎比去年多了一倍，新書出版種數為八八六五。

1982（民國七十一年）

木　心•一九八二年，木心從中國大陸去到了美國，身分如張愛玲般傳奇的作家木心，據詩人楊澤回憶，說木心曾於一九四八年來過臺灣嘉義三個月，且就住在楊澤讀過的嘉義中學，一九八三年，楊澤在紐約經朋友介紹，認識了木心，兩人一見如故，成為忘年好友，時任《中國時報》海外版編輯的楊澤立即成為「寫作的木心」與臺灣文壇之間的重要橋梁，但木心先生語出驚人，他說：「散文〈九月初九〉寫於一九八四年，起初投寄《中國時報》，居然一年不發表，我沒有退稿記錄，結果去要求退稿。退回來了。據說，是編輯認為我在文章裡的觀點是不對的。結果寄給《聯合報》的瘂弦，馬上發了。」在我心目中一等的超智慧級作家居然也曾受到如此待遇！

一九八四年「人間」副刊的編者到底是誰？

張系國●一月四日起，《中國時報》人間副刊一連三天刊出張系國的短篇小說〈征服者〉，此篇係張系國《遊子魂組曲》十一篇之一。從〈香蕉船〉（一九七三）到〈征服者〉（一九八二），十年之間，張系國幾乎每年都交出一篇讓人神魂顛倒的小說，那也是張系國生命中最美好的十年。他是「年度小說選」入選作品最多的一位作家；每篇入選小說，結構、情節，均有令人驚嘆之處，所謂十年大運，張系國從七〇年代到八〇年代，就像他另一部長篇《棋王》，處處得心應手，神乎其技，那真是屬於張系國的年代。

洪醒夫●七月三十一日，創作生命正如日中天的洪醒夫（洪媽從，一九四九—一九八二）因車禍不幸去世，得年三十三歲。他留在世上共三本書——《黑面慶仔》（爾雅）、《市井傳奇》（遠景）和《田莊人》（爾雅）。二〇〇一年，黃武忠和阮美慧合編九大冊《洪醒夫全集》，由彰化縣文化局出版。

西　西●九月六、七兩日，香港作家西西，在《聯合報》副刊發表短篇小說〈像我這樣一個女子〉，引起各方注目，周寧（周浩正）選入《七十一年短篇小說選》後，西西更成為文壇新偶像，一九八五年，西西短篇小說集《像我這樣一個女子》出版，洪範自此長達近四十年和西西合作，成為洪範的主將之一。西西本名張彥，廣東中山人，長年和一批香港愛文學的朋友，共組《素葉文學月刊》。

柏　楊●十一月，《中華民國文學年鑑一九八〇》，由時報文化公司出版，柏楊主編。

張　默●爾雅出版社透過詩人張默，代為邀請向明、蕭蕭、李瑞騰、張漢良、向陽等六人，組成「年度詩選編輯委員會」，並展開《七十一年詩選》的編輯工作，爾雅前後持續十年，出版了十本「年度詩選」。

林文欽●一九八二年林文欽離開「三民書局」編輯部，獨創「前衛出版社」，請來李魁賢、葉石濤、李季主編《臺灣詩選》、《臺灣小說選》、《臺灣散文選》，可見八〇年代初，文學叢書尚有可為，各出版社的「年度選集」紛紛出籠，等到各式文選滿天飛，供過於求、「選集」成災的結果，又把讀者都嚇跑了。

1983（民國七十二年）

金石堂●一月二十日，「金石文化廣場」在臺北市汀州路開幕，是臺灣第一家採現代企業化經營的複合式書店，果然打響招牌，不久一家家在臺灣各地區加開分店，同時展開每個月書店暢銷書的公布，是謂「排行榜」。

林海音●「爾雅出版社」已經走到第八個年頭，主人福至心靈，居然敢向有著自己出版社的林先生爭取暢銷書《城南舊事》，讓「爾雅」同樣也取得出版權。當時林先生臉上露出驚訝表情，她說：「純文學自己印得好好的，爾雅又印出來，別人不會覺得奇怪嗎？」

爾雅主人回說，純文學老招牌，口碑在外，只是批給書店的折扣太高，八折，又不可以退書，而「爾雅」的書，只要七折，且可退書。《城南舊事》讓「爾雅」銷售印行，至少可以多賣五萬本；純文學的老版本，可繼續發售，「爾雅」如印新版，就有版稅可領，您成天付版稅給作家，這回不妨換個身分，改做作家，也試試領一些別家出版社送上的版稅……就這樣，從一九八三年六月起，「爾雅」版《城南舊事》上市，至今已三十六年，果然，爾雅主人沒有說大話，生前，林先生自己領到七萬零五百本《城南舊事》的版稅，二〇〇一年十二月一日，林先生過世後，十七年間，《城南》又前後加印了七萬四千冊，版稅先由夏伯伯領，一年後，夏伯伯仙逝，接著由夏家四位子女續領。

白先勇●也是一九八三年，「爾雅」取得白先勇在「晨鐘出版社」已印行了十一年的《臺北人》的出版權。

這本書的出版必須提到先勇的長篇小說《孽子》——一九七六（民國六十五）年，《孽子》完成，準備出書，「言心出版社」的高信疆（一九四四—二〇〇九），「遠景出版社」的沈登恩（一九四九—二〇〇四）和我的「爾雅」，三方角力，都想爭取出版，先勇不得已只好和三家一同簽約，擬由三家共同印行，三個封面三個版本，各賣各的，後因高信疆重新投入「時報集團」，沈登恩反悔，先勇遂改以《臺北人》交「爾雅」出版，《孽子》則由「遠景」於一九八三年三月獨家印行。

為何一九七六年的事，要延至一九八三年，《臺北人》才在「爾雅」的書目中出現，這當中的六、七年，到底發生了什麼事？原來，儘管作者想將《臺北人》從「晨鐘」搬到「爾雅」，但先勇的弟弟先敬不答應，先敬希望「晨鐘」叢書全部綁在一起，能找到一個新的金主接手，而不是一本本各自流散，尤其《臺北人》是「晨鐘」最主要的招牌書；但出版不像其他強勢行業，容易找到接手，癡癡等了幾近三千個日子，倉庫裡的書頁，顏色都等黃了，仍無買主，不得已先敬只好放手，《臺北人》終於等到自由。一九八三年起，《臺北人》新版本誕生，我親自送版稅給先勇，他說：《臺北人》出版這麼多年，這可是我第一次收到版稅。原來先勇創辦「晨鐘」，惟恐資金不足，自己的書，連版稅都不敢收取，最重要的是，必需先讓「晨鐘」存活。早年先勇的儲蓄，最初要養《現代文學雜誌》，後來又有「晨鐘」的各項開銷，都是為了實現文學的夢想啊！有了這些經驗，還有文人敢創辦文學雜誌、且再加開一家文學出版社嗎？到頭來都是血本無歸啊！

《臺北人》和《城南舊事》到了「爾雅」，如今這兩本書持續長銷，加上余秋雨《新文化苦旅》成為「爾雅三不朽」，四十三年的「爾雅」，還能一息尚存，我真要感謝一九八三那關鍵的一年啊！

王盛弘•

一九八三年，王盛弘十三歲，正讀彰化和美國中初一，因讀到琦君光啟出版社的舊版本《煙愁》，他決定請出版社轉信給琦君，沒想到真的收到琦君回信，一來一往，居然以一位小讀者的身分，和她通了二十年的信，十三歲變成三十三歲，從鄉村少年成為都市作家，成為《聯合報》副刊編輯。二〇〇六年，

這張照片拍攝於八〇年代中期，彼時新聞局時有邀作家至各地參觀政府的各項建設，照片後排最高的一位為新聞局副局長甘毓龍，左三為新聞局出版處處長唐啟明，他右邊穿西裝的是退輔會第九處處長唐健華，前排右一為新聞局承辦專員王隆良，負責社區雜誌推廣。

前排左起管管、郭良蕙、隱地、陳恆嘉、周浩正、桑品載、李約翰。

後排左起分別為黃永武、陸震廷，唐健華右邊的是誰，已想不起來；然後是魏子雲、上官予、甘毓龍、何凡、黃海、康芸薇。至於劉靜娟和王令嫻（最右）中間戴眼鏡高高的男士，也無人相識。

琦君八十九歲，三民書局為她辦了一個場面溫馨的與老友和讀者的見面會，王盛弘終於和她第一次會面。「王盛弘啊」，王盛弘形容兩人的第一次見面——她眼中有一脈溫柔的純真與疑惑，嘴裡喃喃念著「王盛弘哦」，但王盛弘知道，琦君只是複述旁人的話，「她已經不記得我了」。

《文季》•四月，《文季》創刊，李南衡任發行人，共出刊十一期。

應鳳凰•五月，應鳳凰編《一九八〇年文學書目》，大地出版社出版。這是臺灣第一本「年度文學書目」。次年，大地續印《一九八一年文學書目》，中斷兩年後，大地再邀應鳳凰編《一九八四年文學書目》，前後六年，共出「年度文學書目」三種，看得出兩方都在盡心地努力，但書目叢書本來就是冷門貨，的確要有幾分傻勁，才有機會出版。

《文訊》•七月一日，《文訊》月刊創刊。雜誌當初係中國國民黨文化工作會，為服務作家及藝文界人士而辦，國民黨曾於前一年設立「文藝資料研究及服務中心」，等於是《文訊》的先行軍。展開各項作業，三十五年來，《文訊》已發行三九八期。每期藉專題企畫方式，探討不同階段的文學發展，將各個階段的作家作品、學術思想記錄下來。先後舉辦「抗戰文學研討會」、「當前大陸文學研討會」、「近代學人風範研討會」，每年的「文藝界重陽敬老活動」、「少年十五二十時——作家年輕照片」巡迴展、「臺灣文學雜誌展」等，肯定前輩作家的文學表現，也重視文壇新秀的努力創新。二〇〇三年元月，因國民黨經費拮据，終止相關經營補助，在當時總編輯封德屏堅持及奔走下，同年五月成立「財團法人臺灣文學發展基金會」，獨立經營，讓《文訊》月刊繼續存活。進一步發展文學推廣的多元工作，編輯《臺灣文人出版社30家》等叢書，執行三年「臺德文學交流合作」計畫，辦理「臺北的告白」文學展，承辦四年「臺北文學季」。二〇一一年七月接受臺北市文化局委託，經營臺北第一個文學館舍——「紀州庵文學森林」，至今累積活動超過二千場次。

敻虹•八月，十七歲就有詩在詩刊發表的敻虹（胡梅子），繼《金蛹》（藍星）、《敻虹詩集》（大地）之後，又出版了第三部詩集《紅珊瑚》（大地）。在余光中一萬五千字的長序裡，說她是「繆思最鍾愛的女兒」——另有一說，此句來自另一詩人瘂弦。一九九二年，敻虹的第四部詩選《愛結》（大地），由瘂弦寫序，他在書裡稱敻虹「我們這個年代最優秀的女詩人」。

李　昂•十一月，李昂（施叔端）以《殺夫》（聯經）震驚文壇，且以此書殺進國際文壇，美、德、法、日均有譯本。世界稀奇的，還不光是「殺夫」可以殺進國際文壇，更稀奇的是，美國人馬丁・庫柏（Martin Lawrence Cooper）一九七三年研發世界第一支手機，最初以行動電話原型機出現，十年後——一九八三年以商用行動電話推出，重量將近九百公克，俗名黑金剛，售價高達三九九五美元，自此逐年改善，已成為全世界人類幾乎「人手一支」的手機。手機顛覆了貝爾發明的電話，顛覆了人類閱讀和聽唱片的習慣，顛覆了整體人類的生活起居，更改變了人的價值觀，小小手機，容量之大，把中國的四庫全書，大英和大美的百科全書，徹底化為烏有，以前「如貴族般，被供奉在圖書館裡」（見二〇一七年五月九日聯合副刊王岫〈公車上的百科全書〉），看來，人類文明亦隨之改寫。「改變歷史的書」，也被「改變歷史的手機」替代，小小手機確實改變了世界，這才真是世界稀奇，稀奇世界啊！

1984（民國七十三年）

鄭寶娟•二月，鄭寶娟的第一部長篇小說《望鄉》，聯經出版。這雖是她讀大二時的作品，卻立即引起文壇注目。文壇才子蔣勳為她寫序，更等於對她作品的加持。

淡江大學英文系畢業的鄭寶娟，原為《中國時報》藝文記者，八〇、九〇年代出版過散文、小說近三十部，現旅居法國巴黎。

歐宗智•二月，歐宗智用書信連綴起來的一部長篇愛情小說《春衫猶濕》，皇冠出版。

朱秀娟•三月，中央日報出版《中央日報》副刊連載小說《女強人》，隨即登上金石堂排行榜冠軍，作者為朱秀娟。同一個月，朱秀娟也在皇冠出版長篇小說《晚霜》。

夏　宇•四月，詩壇出現一位神龍見首不見尾的神秘女詩人——夏宇，本名黃慶綺，筆名童大龍，另以筆名李格弟，用來寫歌詞，薛岳好幾首好聽的歌，歌詞均出自其手。詩作《備忘錄》和《夏宇詩集》都是暢銷書。夏宇絕不在正規的出版社出書，其詩集向來由自己策劃，產銷一體，詩人自有一套自己賣書的哲學，不辦新書發表會，不接受訪問，除了家人、朋友，好像甚少讀者看過詩人，顯然是一位圈子外的詩人。

瘂　弦•九月，「爾雅」出版了創刊三十年的《創世紀詩選》，厚達六三〇頁，由詩人瘂弦主編，共選九十七家兩百三十餘首傑作，詩人在〈編選後記〉中說：「《創世紀》三十年來共刊出詩作四千餘首，作者六百七十五人。」要在這麼多詩中挑選，幸虧動員了創世紀的老同仁和少壯新銳，他們是辛鬱、沈志方、洛夫、商禽、張默、張堃、張漢良和碧果。《創世紀詩選》共銷售了五千冊，就數量上來說，亦屬驚人，現在如果再出同樣詩選，想要售出一千冊也不容易了。隔了四分之一個世紀，再來撫摸、把玩這本早已斷版的《創世紀詩選》，格外讓人珍視、懷念。詩中佳品如雲，幾乎每一首都可朗誦，至今讀來，都已成經典。

四大詩刊•出版《創世紀詩選》的同時，爾雅主人其實也作過一個夢——如果也能出到《現代詩選》、《藍星詩選》和《笠詩選》，四大詩刊的詩選集，若排在一起展示，多麼有氣派，且具歷史意義。

陳少聰•一九八四年，出版才女陳少聰的短篇小說集《水蓮》，後改名為《無槳之舟》。詩人張錯曾以「隱藏在水鏡下的波濤」來形容陳少聰小說中人物的心理轉折。

張曉風•九月，張曉風散文集《我在》一出版，即榮登金石堂排行榜冠軍，此書共印六十二版，且於二〇〇四年出版「二十周年紀念典藏版」，更換封面，改為二十五開本，並放大字體。

許多從前出版的書都絕版了，《我在》仍在。曉風說：「樹在。山在。大地在。歲月在。我在。你還要怎樣更好的世界？」

《聯合文學》•十一月一日，《聯合文學》創刊，迄二〇一八年十二月，共出刊四一〇期，這本創刊長達三十四年的文學雜誌，歷經無數次變革、創新，從紙張到編排，均以高格調之姿展現。雜誌創辦人張寶琴，總編輯瘂弦，首任主編梅新和簡媜。二〇一三年十一月開始，雜誌改由聯經出版公司接手，屬《聯合報》系刊物，發行人林載爵，總編輯王聰威。

向明•一九八四年，輪到詩人向明主編《七十三年詩選》，這一年詩人五十六歲，正是春秋鼎盛，他卻拒絕了大部分社交活動，無時無刻不在設想如何編好當年的「年度詩選」，他挑金揀玉，把一九八四年最好的詩，選錄進《七十三年詩選》，在五十四家入選詩作中，他又推薦十首別具風格、且達圓融之境的詩作：〈上游〉（蕭湘）；〈不忍開燈的緣故〉（余光中）；〈養鳥須知〉（陳斐雯）；〈遲佩的黑紗〉（大荒）；〈蟋蟀之歌〉（洛夫）；〈家鄉的女人〉（梅新）；〈鐘乳石〉（白靈）；〈米〉（藍菱）；〈深閨〉（沙穗）；〈時空奏鳴曲〉（羅門）。

經過三十三年，如果你肯把這本墨綠淺綠色封面的《七十三年詩選》重讀細讀，禁不住要說：啊，這是多麼好的一本「年度詩選」啊！

根據《一九八四年文學書目》（應鳳凰編，一九八六年三月，大地出版社印行）統計，全年出書共四八三冊。

1985（民國七十四年）

蔣勳•一月，蔣勳出版第一本散文集《萍水相逢》（爾雅），此書由臺靜農教授特為蔣勳題了書的封面「萍水相逢」四個字，臺老師落了款，鈐蓋了印章。初版本為三十二開本，封面用了蔣勳青年時期的自畫像，由王行恭設計，總共印了四萬二千冊。二〇一二年起，因應市面潮流，重新編排，改以二十五開本發行，封面由大觀視覺團隊嚴君怡設計，仍保留臺靜農教授題字。

楊　逵●三月十二日，作家楊逵（一九〇五—一九八五）辭世，享年八十歲。

龍應台●三月，文壇撞進一匹女野馬，她放了兩把火——先在《新書月刊》（周浩正編）上批評白先勇的長篇《孽子》，接著向好幾位小說名家開刀，後彙集出版，是謂《龍應台評小說》（爾雅）；寫小說批評的同時，她左右開弓，又到《中國時報》人間副刊開闢新戰場，一篇〈中國人，你為什麼不生氣〉，搧風點火，還只是一個引子，後來她一篇接一篇地寫，到了年底，由圓神結集出版，書名《野火集》——不論文學批評或社會批評，兩書均有犀利且辛辣的共同特色，引起社會各界激烈迴響。說龍應台是女野馬，是因「野馬」一詞已早有所屬——指的是司馬桑敦。《龍應台評小說》自一九八五年出版以來已印二十一版。一本小說評論，能銷出三萬九千冊，就臺灣出版史上，真是史無前例。

梅　新●六月，一份緊扣「知識的、實用的、全民的」三大鵠的，又集結了國文學界以及相關科系的專業人才，創辦了《國文天地》雜誌。雜誌的構想由詩人梅新提出，他跟著顏元叔教授一起轉職到正中書局。梅新後來當了《國文天地》的社長，總編輯為龔鵬程。這本雜誌的撰稿人擁有幾乎最多的博士群，專欄作者，更是一時之選，如羅肇錦的「中國話」，王仁鈞的「文法講話」、竺家寧的「古音之旅」、楊振良的「有趣的中國字」、王邦雄的「古典新詮」、康來新的「畫龍點睛」……其他的專欄，約請不同的學者輪流執筆，如魏子雲、王熙元、鄭明娳、黃永武、呂正惠、劉君燦、洪淑苓等。

郭明福•七月，郭明福的《琳瑯書滿目》是應爾雅之邀而寫的一本推薦當時除爾雅之外，在市面上流傳的好書。爾雅出版社成立的宗旨，除了出版國內作家的優秀作品，同時也希望讀者能讀到其他出版社出版的好書。重新翻閱這張幾乎讓人流淚的書目，說不完的感嘆。但確確實實，這些都是一九八五年前大家耳熟能詳的書，它們是愛書人一部分的記憶，也可說，這些書曾經陪伴著許多人長大。

子　敏　《小太陽》（純文學）
司馬中原　《狂風沙》（皇冠）
鄧克保　《異域》（星光）
吳魯芹　《師友．文章》（傳記文學）
宋澤萊　《打牛湳村》（遠景）
朱西甯　《鐵漿》（皇冠）
梁實秋　《雅舍小品》（正中）
陳若曦　《尹縣長》（遠景）
吳敏顯　《靈秀之鄉》（水芙蓉）
梅濟民　《北大荒》（星光）
彭　歌　《從香檳來的》（三民）
陳之藩　《旅美小簡》（遠東）
王鼎鈞　《碎琉璃》（作者自印）
張曉風　《步下紅毯之後》（九歌）
許達然　《含淚的微笑》（遠行）
三　毛　《撒哈拉的故事》（皇冠）

徐鍾珮《餘音》（純文學）
孟祥森《萬蟬集》（遠景）
夏祖麗《握筆的人》（純文學）
杏林子《杏林小記》（九歌）
蕭　颯《我兒漢生》（九歌）
陳映真《夜行貨車》（遠景）
金　兆《芒果的滋味》（聯經）
江彤晞《清水海岸的冬天》（時報）
趙　寧《趕路者》（皇冠）
張秀亞《北窗下》（光啟）
喻麗清《青色花》（光啟）
羅　蘭《飄雪的春天》（現代關係）
王禎和《嫁粧一牛車》（遠景）
夏志清《中國現代小說史》（傳記文學）
吳念真《邊秋一雁聲》（遠景）
段彩華《龍袍劫》（名人）
季　季《拾玉鐲》（慧龍）
尼　洛《近鄉情怯》（世系）
洪素麗《浮草》（洪範）
桂文亞《墨香》（皇冠）

白先勇《孽子》（遠景）
張至璋《飛》（純文學）
鄭清文《最後的紳士》（純文學）
蔣曉雲《隨緣》（皇冠）
劉靜娟《眼眸深處》（大地）
琦　君《燈景舊情懷》（洪範）
林海音《剪影話文壇》（純文學）
張愛玲《秧歌》（皇冠）
張系國《香蕉船》（洪範）
思　果《香港之秋》（大地）
席慕蓉《有一首歌》（洪範）
粟　耘《空山雲影》（林白）
鄭明娳《現代散文欣賞》（東大）
吳　晟《農婦》（洪範）
陳幸蕙《把愛還諸天地》（九歌）
邵　僩《白泉》（水芙蓉）
余光中《焚鶴人》（純文學）
苦　苓《只能帶你到海邊》（蘭亭）
王　璇《彼岸》（洪範）
黃維樑《中國詩學縱橫論》（洪範）

孫述宇　《金瓶梅的藝術》（時報）

楊　牧　《柏克萊精神》（洪範）

陳冠學　《田園之秋》（前衛）

李　文編　《文藝之窗》（世界文物）

陳銘磻編　《傳家寶》（號角）

吳榮斌編　《八〇〇字小語》（文經）

柏　楊●八月，柏楊在林佛兒主持的林白出版社出版《醜陋的中國人》，再度造成話題，當然，書也一定暢銷。

平　路●八月，平路第一本短篇小說集《玉米田之死》，由聯合報社出版。其中，用來做書名的〈玉米田之死〉，係聯合報第八屆小說獎榮獲第一名作品，此篇曾收入李喬編《七十二年短篇小說選》。《玉米田之死》，二〇〇三年改由印刻出版公司印行。

席慕蓉●九月，爾雅出版席慕蓉散文集《寫給幸福》，此書作者於二〇〇二年收回版權時，共印三十七版。

張曼娟●十月，文壇冒出一顆新星，張曼娟的小說集《海水正藍》，更像天邊掛著一隻紅艷艷的蘋果，和藍色海水對望，在在引人注目，「張曼娟奇蹟」延續三十五年，每一顆文曲星都黯淡了，張曼娟的書仍平擺在書店展示台的主櫃上，時間之神，仍在為她的一本又一本新書打光。

愛　亞●十一月，愛亞長篇小說《曾經》出版，長銷四十四版，引來一陣「愛亞熱」——《曾經》之後的《給年輕的你》、《給成長的你》、《有時星星亮》，幾乎本本暢銷。至少十年，愛亞的書，成為成長過程中的年輕人必讀。

二〇〇二年，愛亞的作品以簡體字版本由烏魯木齊．新疆人民出版社合成四大冊出版，打入中國大陸市場，殊為不易。

陳映真●十一月，《人間》雜誌創刊，發行人為小說家陳映真。

1986（民國七十五年）

「五小」・

是「五小」最親密的年代。這一年「五小」合辦《五家書目》，分送五家出版社的廣大讀友。在七〇年代，流傳於作家間一句話：「文章發表要上兩大（報），出書則找五小。」五家出版社的主持人，分別為林海音（純文學）；姚宜瑛（大地）；隱地（爾雅）；楊牧、瘂弦、葉步榮、沈燕士（洪範）；蔡文甫（九歌），由於都寫作，早在認識之前就是文友，說來都有淵源，成為同業之後，就經常聚會，從一九八四年起，「五小」每月固定聚會一次。地點在福華飯店中庭，是謂「早餐會時期」，那時大家都還年輕，早晨爬得起來，朝陽還未露面，「五小」的發行人竟然大清早都聚在仁愛路的「福華」，快樂的吃著早餐，笑聲此起彼落，那也是最文學的年代，我們五家出版的文學書籍，幾乎占了市場的一大半，後來，有人說早晨爬不起來，餐敘的時間改成中午，約會的地點也由「福華」轉移到統一牛排館、馬可孛羅、明宮、誠品西餐廳、希爾頓牛排館……再後來，林先生有些走不動了，我們把聚會的地點移到靠她住家逸仙路隔一條巷的法德吉西餐廳，直到一九九五（民國八十四）年八月，林先生的純文學出版社結束，「五小」聚會也自然停止。如今二十三年過去了，林先生一走，文學由盛而衰，啊，記憶裡的那些笑聲再也回不來了。

林先生是我們最高領袖，一個團體只要有了她，就不容易散，果然二〇〇一年她一走，剩下的「四小」就不再聚會了。

林先生，臺灣苗栗頭份人，一九一八年生於日本，長於北京，直到一九四八年十一月，三十歲時才與先生夏承楹、三個孩子、媽媽愛珍及弟弟燕生、妹妹燕玢返回故鄉臺灣。像一場豐富的旅行，林先生在世上度過八十二年快樂且有意義的人生。

顧肇森●三月，顧肇森（一九五四—一九九四）出版短篇小說集《貓臉的歲月》（九歌）。得年僅四十歲的顧肇森，東海大學生物系畢業，紐約大學醫學院理學博士，曾任職紐約醫院神經科。小說寫得一等一，當大家正在期待他再一本偉大的傑作誕生，他已經揮揮手和讀者說再見了。顧肇森有一雙銳利的作家眼睛，把人性剖析得血淋淋。有人曾問過我，最看好文壇的作家是誰，我說蕭颯和顧肇森。可惜日正當中，顧肇森像一顆劃過天空的流星不見了。

孟東籬●四月，孟東籬（孟祥森，一九三七—二〇〇九）出版《素面相見》（爾雅），年底，爾雅又出版了他的《愛生哲學》——從「愛生」到「素面」，孟東籬要人反貪，要人過純樸生活，他搬到花蓮鹽寮，幾乎過著「原人」的生活，他生活中至為重要的要素就是散步。他說：「散步，就像長江的洞庭湖一樣，是調節我的長江水。」

《當代月刊》●五月，《當代》月刊創刊。金恆煒主編。

阿　城●一九八六年，郭楓創辦「新地文學出版社」，出版自己的作品多冊後，八月，引進大陸作家鍾阿城描述文革期具有環保和生態觀念的《棋王　樹王　孩子王》，由於兩岸隔絕四十餘年，此書頗引人好奇，購買閱讀者眾，口碑亦佳。

《民生報》●八月八日晚，於一九七八年二月十八日創刊的《民生報》，為慶祝突破四十萬份，特訂下臺北市中華體育館，舉辦「讀者聯歡晚會」；同年九月六日，《民生報》與中華民國電視學會在中華體育館主辦「風雨送愛心」，為當年韋恩風災的重災區賑災，由十二位主持人——高凌風與崔苔菁；趙樹海與蔡琴；葉青與徐風；倪敏然與潘迎紫；凌峰與張琍敏；田文仲與陸小芬，分六階段共同主持。

八〇年代，一般家庭均屬中產階級，經濟生活改善，文化水平跟著提高，很多家庭都一口氣訂三份報紙，除了訂一份《聯合報》或《中國時報》（八〇年代是「兩大報」對壘的年代）之外，媽媽還為自己訂一份《民生報》，為孩子訂一份《國語日報》，可以說，八〇年代，是臺灣報業的鼎盛時期；重視理財的家庭，常常再加訂一份《經濟日報》。

令人始料未及的是，銷路四十萬份的《民生報》，到二〇〇六年十一月三十日卻吹起了熄燈號，所以，《民生報》前後共辦了二十八年九個月另十二天；發行人王效蘭，現旅居法國巴黎。

蕭孟能●九月，停刊達二十年之久的《文星雜誌》復刊，出版第九十九期。蕭孟能先生想東山再起，在敦化南路信義路口重新租了辦公室，但時代不一樣了，續辦不到兩年，一九八八年六月只得再度宣布停刊。

張素貞●十月，研究韓非子專家的張素貞，出版《細讀現代小說》（東大），七年後再接再勵出版《續讀現代小說》（東大），再隔八年，三寫細讀現代小說，但這一次換了出版社也改了書名，二〇〇一年在九歌出版《現代小說啟事》，前後三次「細讀」，時間長達十五年，從沈從文、林海音、王藍、彭歌、朱西甯、袁哲生到郝譽翔均有論及，用力至深。

荊　棘●「生長需要時間，成熟需要等待。」這是荊棘的名言。

一九八六年十二月，「爾雅」繼《荊棘裏的南瓜》之後，出版荊棘的《異鄉的微笑》，荊棘再往前一步，交出新的成績單。荊棘少女時代，就住在白先勇松江路家的隔壁（就是現在的「六福客棧」四周）也因而偷偷將少作〈等之圓舞曲〉寄給鄰家臺大學長主編的《現代文學》，想不到稿子真的刊出了，這段五十多年前的往事，白先勇和荊棘相互寫在二〇〇八年出版的《白先勇書誌》一書中。

段彩華●一九八六年底，爾雅向段彩華約稿，他交出一冊短篇小說集《野棉花》。在〈自序〉裡他說：「遠自十七歲，便獻身文學創作的我，慘淡的心營意造，至今已有三十六年了。在這漫長的歲月中，我坐車也寫，坐船也寫，倦極也寫，受傷也寫，害病也寫，甚至在夢中也能得到文章中的情境。整個算起來，發表的小說、散文、詩和劇本，至少在一千萬言以上。」

三十年前就寫了一千萬字，往後的三十年，段彩華繼續不斷地寫，先後完成了短篇小說集《一千個跳蚤》（世茂）、《百花王國》（世茂）、《奇石緣》（華欣）；長篇小說《上將的女兒》（九歌）、《華燭散》（九歌）、《清明上河圖》（九歌）和《北雁南歸》（聯合文學）等，以及為近代中國出版社寫傳記文學《轉戰十萬里——胡宗南傳》；為行政院文建會寫《王貫英先生傳》。一直寫到二〇一五年元月十三日因心肌梗塞過世，身邊還留下七、八萬字的童年回憶。二〇〇三年，他在彩虹出版社還出版過一本《我當幼年兵》。

段彩華寫作一生，他與朱西甯、司馬中原齊名，號稱「軍中三傑」，但他不喜歡這稱謂，他說他是三人中寫作起步最早，卻永遠列名在朱西甯和司馬中原之後，何況，他擅寫北方鄉土及現實生活題材，以軍中為背景的小說反而少之又少，所以一向低調的他，居然大張旗鼓的寫信給國立臺灣文學館，希望不要以那樣的封號，限制了讀者對他作品的想像。

朱西甯，山東臨朐人（一九二六・六・十六—一九九八・三・二十二）七十二歲。

段彩華，江蘇宿遷人（一九三三・二・十二—二〇一五・一・十三）八十二歲。

司馬中原，江蘇淮陰人（一九三三・二・二誕生）。

為何讀者總把朱西甯、段彩華、司馬中原三人名字並列，並標榜他們是「軍中三劍客」或「軍中三傑」，主要三人都是一九四九年來臺，都出身軍中，都寫鄉土小說，但稍有不同的是，朱西甯是軍人中的文人，在投筆從戎前，他曾讀過杭州藝專，司馬中原十五歲從軍，段彩華是少年兵。至於段彩華不願被稱為「軍中三傑」，主要，朱西甯和司馬中原，前者有「三三集團」的光環，左右門生環繞；後者皇冠出版的「鄉野傳說」也為司馬打響名號，只有段彩華獨來獨往，始終像孤獨俠，和文友之間也較少互動，處事低調，不苟言笑，作品雖多，東一本，西一本，沒有一家出版社好好為他企畫行銷，寫了一甲子，似乎永遠沒有人重視他，難免有落寞之感。

其實早在一九五一年十八歲時，段彩華就以中篇小說《幕後》，獲中華文藝創作獎，被稱為天才；一九六八年，又以〈酸棗坡的舊墳〉選入第一本年度小說《五十七年短篇小說選》，和白先勇、舒暢、王禎和、黃春明、曉風等人同列，臺大教授張健，早年就對段彩華的小說推崇備至，他說「幽默或嘲弄，同情或悲憫」是他作品的趨向和特色……白描的簡淨有力，在臺灣文壇段氏也是數一數二的。

•年度新書出版種數破萬，出書量為一〇二五五種。

1987（民國七十六年）

報禁解除•一月，解除報禁。開放報紙登記，原報紙三大張增為六大張，甚至後來的十六張。

張錦郎•一月，七位對文史資料有共同興趣的朋友，在臺北正式成立「當代文學史料研究社」。他們的名字是張錦郎、秦賢次、莊永明、陳信元、吳興文、應鳳凰和鍾麗慧。每人出資五千元，希望為前人建檔，替今人勾微。並於當年五月創刊《當代文學史料叢刊》，接著又有莫渝、邱各容、向陽、林煥彰、林明德、林文寶等新社員陸續加入。

梅　新•二月一日，詩人梅新接掌《中央日報》副刊，十年中，他積極且富創意，希望把已走下坡的「中央副刊」，能在「聯副」和「人間副刊」的夾縫裡重新打出一番新局面。

梅新幹勁十足，創辦《國文天地》，促成《聯合文學》創刊，《現代詩》在他主導、詩人林泠出資資助下，也終於復刊；而《年度詩選》能不中斷，他的奔走聯繫亦是主因；更讓人折服的是，他的創作之路並未因編務忙碌荒廢，一九九二和九七年，「聯合文學出版社」為他出版《家鄉的女人》、《履歷表》，詩藝精進，令人刮目，顏元叔、熊秉明、向明、余光中，鄭愁予……均曾對他的詩作發出讚嘆之聲。

一九九七年十月十日，梅新因積勞成疾病逝，享年六十四歲。「大地出版社」印行《他站成一株永恆的梅》，許多文友寫文章悼念他、思念他、紀念他。

做為一個有成就的詩人和編輯，梅新也頗能自我享受，自我陶醉，請讀這四行詩：

昨日黃昏謁風景
今日黃昏謁風景
發現自己更風景
立也風景臥也風景

「臺灣筆會」●二月十五日，「臺灣筆會」在羅斯福路耕莘文教院成立大會，由一百多位作家發起組成，這是臺灣新文學運動四十年來首次由本土產生的筆會。

葉石濤●二月，葉石濤著《臺灣文學史綱》，由高雄「文學界雜誌」印行，二十五開本，三五二頁。臺灣第一部本土文學史誕生。

林獻章●四月，創辦「名人出版社」的林獻章，結束出版業，改辦國人自己的讀者文摘——《講義雜誌》。《講義》打出的口號是「提倡幸福」的雜誌——「生命的幸福饗宴，一篇文章就可能改變你的一生。」在八卦當道的社會裡，更彰顯其可貴。雜誌《講義》一如報紙《人間福報》，都是濁流社會難得的精神讀物中的清流。

鍾　玲●七月二十日，《鍾玲極短篇》出版。八〇年代前後，一度流行輕薄短小的小小說，後來《聯合報》副刊瘂弦極力提倡「極短篇」，爾雅也因此從愛亞開始，一連出版了雷驤、袁瓊瓊、羅英、喻麗清、陳克華、邵僩、陳幸蕙等十七、八本極短篇，一陣風過，三十年後，仍繼續不停，常在《聯合報》副刊續寫極短篇的，只剩下鍾玲一人而已！

楊　牧●八月二十八日，詩人楊牧在臺北耕莘文教院，講「文學以詩為代表」。

林燿德•九月一日，臺北「光復書局」出資創辦《臺北評論》雜誌，由詩人林燿德擔任執行主編。

奚　淞•九月，藝術才子奚淞在爾雅出版《姆媽，看這片繁花！》，這本書，有至情至聖的描繪母親和父親的文字，另篇〈我的生活與藝術〉，更有奚淞的木刻和繪畫十餘幅，一本握在手裡感覺得到至為珍貴的書。奚淞寫本書是為了「獻給已不在世上的父親和母親。然而仰頭看父親遺留的肖像畫，低頭摩挲母親手縫的唐衫，我漸漸明白了其中深意——無論如何，要盡情盡性的活著，熱愛生命，並追尋生命所可能有的最高完成。世間一切藝術或手藝若顯出它的重要性，不過出之於此罷了。這是父親與母親教給我的藝術。」

紅唇族•一九八五年張曼娟《海水正藍》的熱銷聲音已觸動另一些出版業者的敏感神經，不能永遠讓「五小」專美於前，於是有一九八七年的「紅唇族策略」，「希代書版公司」發行人朱寶龍在《明道文藝》編輯苦苓（王裕仁）協助下，展開出版新計劃：專攻各大專學系學生，凡得文學獎者均簽下合約出書，如已成焦點的張曼娟、尚未走進螢光幕的吳淡如、還未進中副的林黛嫚，以及楊明、郭強生、安克強、彭樹君、詹玫君、陳稼莉等，帶起一夥青春活力的大學生俊男美女作家，是謂「紅唇族」。此舉甚為奏效，「五小」等老文學出版社立刻受到衝激。後來，吳淡如朝電視圈發展，一度離開電視圈，經營餐廳如今再回媒體，成為女強人；郭強生和張曼娟進了學院，兩人都持續寫作，張曼娟一九八五年出版的短篇小說集《海水正藍》和一九八八年的散文集《緣起不滅》，三十多年來，始終是文壇長銷書，而新作源源不絕，長短篇小說左右開弓，散文創作跨足兒童文學領域，「並致力於經典文學通俗的創作，賦予古典作品現代的面貌」。

郭強生•愛唱歌的郭強生完成了引人矚目的長篇小說《斷代》，這部小說或許可以接上白先勇的《孽子》——郭強生透過《斷代》想要表達的是——人們不會告訴你愛充滿扭曲、變形、黑暗。

林黛嫚•林黛嫚一九八九年進入中副，這一段經歷，讓她寫成一本《推浪的人——編輯與作家們共同締造的藝文副刊金色年代》；楊明到四川大學讀書獲得博士學位，現任香港珠海學院中文系副教授，八人中，郭強生、張曼娟、楊明和她寫得最勤，四人小說、散文均超過四十種。

1988（民國七十七年）

王盛弘•喜好文學、藝術與植物，也熱愛旅行、觀察城市百象的王盛弘，剛自南部農家北上，進輔仁大學後開始寫作、投稿並學攝影，一九九八年在「爾雅」出版第一本散文集《桃花盛開》，之後十年，幾乎每年都有新書出版，現擔任聯合報副刊編輯。

東　年•小說家東年（陳順賢）繼《去年冬天》（一九八三，聯經）、《失蹤的太平洋三號》（一九八五，聯經）之後，又出版《模範市民》（聯經）。

「國際學舍」•一月，電影三級制分級辦法正式實施；八月，信義路「國際學舍」舉辦最後一次書展之後，準備拆除。

鄭明娳•三月，出版《當代文學氣象》（光復書局）的鄭明娳，是八〇年代最活躍的文藝評論者，從一九八一到一九八九，九年間，出版了九本文學論述：

《讀書與工具》（商務印書館，一九八一年）
《西遊記探源》（文開出版社，一九八二年）
《珊瑚撐月》（漢光文化事業，一九八六年）
《現代散文縱橫論》（長安出版社，一九八六年）
《現代散文類型論》（大安出版社，一九八七年）
《薔薇映空》（幼獅書店，一九八七年）

《古典小說藝術新探》（時報出版公司，一九八七年）

《當代文學氣象》（光復書局，一九八八年）

《現代散文構成論》（大安出版社，一九八九年）

透過這張傲人成績單，可以看出鄭明娳長年投注古典和現代文學批評的研究，正如苗栗興華高中國文老師李婉玲所說：

「在鄭明娳之前，臺灣的散文批評是被忽略的……更致力於系統散文基礎理論的建立……使現代散文不僅在創作上，同時在理論上也能與現代小說、現代詩鼎足而三……」

歐陽子・五月，歐陽子（洪智惠）在九歌出版散文集《生命的軌跡》，書中有一篇談及〈書・書架與我〉，說到短短返臺三周，由於五年未見家人，想到近親之中三位相繼作古，無限感觸。父母仍住在臨沂街那幢日式平房。只是當年姊妹兄弟共用的書房，現已換成另一面貌。

本來七兄妹，每人一桌，排在書房裡，就像一個教室，後來一個個離家，父母便於女兒偕女婿偶然歸來有個住處，把教室改成客房。七套桌椅雖已不在，那個老書架仍安穩沿牆而立……歐陽子站在書架前，瀏覽一本一本的書名。這是泰戈爾的《漂鳥集》、《採果集》……這是朱生豪翻譯的莎士比亞《威尼斯商人》、《仲夏夜之夢》……這是莫泊桑的短篇小說、狄更斯的《大衛・科波菲爾》……每一冊書名，都引回一段往日的記憶，彷彿遙遠，又恍若近在眼前。

讀著書脊上印著的書名，到了書架的另一頭，歐陽子突然一愣。有幾本相當新、未受時光汙染的書：《秋葉》、《王謝堂前的燕子》、《現代文學小說選集》……「是我父母放進去的。」那一片刻，歐陽子眼裏湧起了淚。

十位詩人聯合慶生●由於一九二八年誕生了眾多詩人和作家，到了一九八八年，這夥詩人剛好年滿六十，此時爾雅的「年度詩選」正辦得火熱，詩人之間來往密切，詩人向明便利用「年度詩選」的結餘，邀了余光中、洛夫、羅門、蓉子、沈甸（張拓蕪）、文曉村、李冰、王幻、管管以及他自己，共十位詩人，在仁愛路空軍新生社共同慶生，成為當年文壇佳話。

大陸文學●五月二十二日，《聯合文學》和《文訊雜誌》在文苑舉辦「當前大陸文學研討會」，這是臺灣首次舉辦探討大陸文學發展的會議。

白　樺●七月，「三民書局」出版大陸作家白樺正式授權的小說《遠方有個女兒國》。隨著兩岸政策的開放，各出版社大量引進大陸作家作品，如古華《芙蓉鎮》、張賢亮《男人的一半是女人》等。

張良澤●九月，曾致力於臺灣文學史料研究與整理的張良澤（奔煬），出版《四十五自述——我的文學歷程》（前衛）。

魏子雲●十月，魏子雲（一九一八—二〇〇五）在臺灣學生書局出版《金瓶梅的幽隱探照》，這是魏老研究「金瓶十四書」中的第九種。從《金瓶梅探原》（巨流圖書公司）到《深耕《金瓶梅》逾三十年》（文史哲出版社），魏子雲可謂「兩岸金瓶第一人」。十四部研究金瓶的書，厚達四三八七頁，每頁以五百字計，毫無疑問，單單一部《金瓶梅》，魏老至少為它寫了二百萬字的研究分析。

一九六五年，魏子雲四十七歲以前，他喜歡閱讀西洋文學名著和國人的創作，他在「皇冠出版社」出過一本《偏愛與偏見》，評析和談論的作家計有覃子豪、趙滋蕃、周夢蝶、思果、艾雯、楊喚、管管、朱西甯、侯榕生、徐訏、林適存、郭良蕙、余光中、司馬中原、王令嫻、白先勇和陳若曦……古今中外，魏子雲一生鑽研文學，著作等身，卻未受到文壇禮遇。

魏老過世前二年——二〇〇三年九月，文史哲出版社負責人彭正雄為他出版《深耕《金瓶梅》逾三十年》，總結魏老一生筆墨精華，也是功德一樁！

趙玉明・一九八八年，六十一歲的趙玉明，原任泰國世界日報總編輯，奉命接任社長，續兼總編輯。趙玉明，可說是新聞界的基層老兵，一九七〇年自軍中退役，就擔任《民族晚報》編輯，接著出任《臺視周刊》、《徵信新聞報》、《經濟日報》編輯，一九七四年專任「華視」節目部編審，一九七九年起進《聯合報》，從副總編輯、代總編輯到總編輯，一九八五年外派，前往泰國世界日報，代表聯合報系統向僑社進軍，擴大中華文化影響力，是《聯合報》擴展海外市場的一大功臣。

1989（民國七十八年）

舒國治・出國六年的舒國治，返臺停留了好幾個月，他「隱隱感到八〇年代末期的臺灣比我未出國的八〇年代初期，明顯的好玩多了；新電影也奠下了根基，創作人在夜裡也曉得找有風格的酒館去喝酒也同時高談闊論更偶一高唱台語歌以宣洩胸懷……」

「誠品書店」・股市首度破萬點，一九八九年更讓臺北人興奮震撼的是居然在敦化南路東區商業區出現了一家與眾不同的「誠品書店」，向來，重慶南路的一些書店，是從來不講什麼店面設計的，這家書店讓每一本擺出來的書都有了氣質，也增添了整體臺北的文化水平。

吳娟瑜・一月一日，已有四十年歷史的《大華晚報》正式停刊。副刊「淡水河」末代主編為吳娟瑜。

阿　盛・三月，以寫〈廁所的故事〉揚名的阿盛（楊敏盛）在號角出版《春風不識字》，七月，在時報出版《阿盛講義》。整個八〇年代，是阿盛最豐收的散文年代。從一九八一年九月的《唱起唐山謠》，十年中，他共出版了十二種散文集。

錢　穆・五月，發生素書樓事件。位於臺北市士林區外雙溪東吳大學旁的素書樓，是一九六八年時任總統的蔣中正為迎錢穆直接下令興建的一座樓房，供錢氏夫婦家居及著述立說而建，但民進黨立法委員陳水扁和臺北市議員質詢政府財產遭錢穆不當佔用，要求錢穆搬家改設「錢穆紀念館」，被迫搬離時，錢穆已九十有六，他幽默苦笑著說：「活的不許住，還沒死就要做紀念館。」搬離三個月後，於一九九〇年八月三十日錢穆在臺北市杭州南路過世。

文學大系•五月，「九歌出版社」編印的《中華現代文學大系》共十五冊出版。

陳信元•七月，出版《從臺灣看大陸當代文學》（業強），陳信元（臺灣臺中人，一九五三—二〇一六）對大陸當代文學研究，著力甚深。

藍博洲•七月，藍博洲三喜臨門，先以發表在陳映真主持《人間》雜誌上的報導文學〈幌馬車之歌〉，被詹宏志相中，選入《七十七年短篇小說選》，詹同時又將其推薦為第七屆「洪醒夫小說獎」得獎人；之後，藍的第一本書《旅行者》，列入爾雅叢書234號。做過油漆工、送過報，在聖誕燈飾工廠做小工，也曾做過綁鐵條的建築鐵工……後來因讀赫曼．赫塞的《鄉愁》，立志寫小說，終於完成了《旅行者》。三十年後，藍博洲萬萬想不到他的〈幌馬車之歌〉混合郭松棻的小說，加一些當年的《自由中國》案，成了二〇一九年的熱門電影《返校》（引自楊渡〈把紅旗塗綠，狡猾的喜劇〉（二〇一八年十月三十日中國時報A十四版））。

陳映真•九月，陳映真的《人間》雜誌因不堪持續虧損，出版第四十七期後宣布停刊。

張小鳳•十二月，原先寫小說的張小鳳，突然想回到自己的老本行。輔大應用心理系畢業之後，她得到美國威斯康辛大學心理諮商系碩士，回臺後再讀政大心理系，獲博士學位。於是她在自立晚報社出版《一輩子的事——生涯規劃與潛能開發》，並正式成立現代人力潛能開發中心。

經濟犯罪•八〇年代末，經濟成長率為11.68%，但錢多引來經濟犯罪，臺灣最早詐騙集團鴻源爆發非法吸金案。

隱地

回到90年代

——九〇年代的旅遊熱

1996
1997
1998
1999

1990（民國七十九年）

陌上桑•一月，陌上桑在「前衛出版社」出版《臺灣抓狂》，單從書名看，就知道一九九〇年的臺灣正處在臨界點上，龍應台剛放了一把「野火」，已把臺灣一切要「欲蓋」的保守因子，更加「彌彰」開來，連年輕小妮子都要拿起輕行囊就往天涯海角闖蕩，政治上的角力，以及一切對制度的衝撞更是隨處可見（立法院打群架，朱高正一九八八年為了要羞辱老立委衝上了主席台），而陌上桑面對社會上種種不完美，他要扮演一個不討人喜歡的烏鴉。

蘇偉貞•一月，蘇偉貞出版長篇小說《離開同方》（聯經）；她寫此書，雖僅三十六歲，但因成名作《陪他一段》的影子太大，中間雖然又出版了八本長短篇小說，寫《離開同方》時，她亟欲擺脫一些什麼，正因為她感覺到「現實的我與內在的我是那樣互相扞格」。

蘇偉貞曾任「聯合報」讀書人版主編，在她任內，舉辦「聯合報最佳書獎」，推動讀書風潮，也鼓舞了寫作人的創作慾望。一九九四年，她以《沉默之島》獲第一屆時報文學百萬小說評審團推薦獎。

蘇偉貞後來從文壇，轉向杏壇，從北臺灣轉向南臺灣，現執教於成功大學中文系。

證嚴法師•一月，「九歌出版社」關係企業設在長安東路上的「九歌文學書屋」開幕，專售文學類書。這是「九歌」最風光的一年，因出版證嚴法師的《靜思語》，銷路突破五十萬冊。營業額激增，「九歌」因而自「五小」脫穎而出。從原先的小型出版社，轉變成中大型的出版集團。更從「一家」擴充為「三家」──「九歌」之外，另成立了「天培」及「健行」兩家文化出版公司。

「九歌文學書屋」共維持了九年，至一九九九年，因書店業務拓展不易，轉而將房屋租給85°C咖啡屋，至少每年有穩定租金可收。

蘇紹連•七月，蘇紹連詩集《驚心散文詩》，爾雅出版。

吳敏顯●七月，詩人吳敏顯，繼《弦月谷》（光啟）、《青草地》（爾雅）之後，又在「漢藝色研」出版第三本散文集《與河對話》。一九四四年誕生於宜蘭鄉下的吳敏顯，一向自稱鄉下人，散文大家張曉風，早就對他另眼相看——稱讚吳敏顯的散文寫得敏銳細緻—是那種對大地婉轉情深而生的細緻：「對大地依戀，對鄉土執著，對人情懷舊，於生活中每一涓滴皆有其虔誠。」

這是張曉風對九〇年代初那段時期吳敏顯的讚美。經過將近三十年，吳敏顯仍在不停地創作，詩、散文、小說，他已經成為一個全方位作家，且一以貫之，他仍是那個淳樸和天真的鄉下人—守著他的土地，抗拒著資本主義對原生鄉間美好生活的鯨吞蠶食。

現代人類全然迷失了，「追求速度」的同時，科學家和所謂財團到底要把人類帶往何處？錢、錢、錢，一味想著錢的結果，不少的財團老闆們最後沒有敵人，敵人是自己！自己將自己送入牢獄，走向死亡。至於科學家，研發、研發再研發，如今往「AI人工智慧」的大道上前進，讓「機器」越來越多功能，科學家最過分的，莫過於甚至要把「機器」變成「人」，難道，大地上人還不夠多嗎？「機器」越聰明，對人的威脅多麼大，而科學家似乎看不到這一點，一副「蠢蛋」相，卻不自知，一天天往毀滅自己的路上走，卻還得意洋洋！人類最後一場大戰可以預期—人和機器大戰！失敗的一方，必是人類無疑。

在吳敏顯的書裡，人類是破壞者，先是讓河流失去了姿色，一條美麗河流，一經人間歲月，遲早就會失去嫵媚眼波……清澈河水，成了黃泥水，電魚、毒魚，如今還讓整個宜蘭農地變色，在他的新作〈老祖宗的寂寞〉一文中，更明顯地訴說著，科技日新月異，人們思維越趨刁鑽古怪，任何上了年紀的人，想過以往那種平靜安穩的日常生活，再也不可得。

林燿德●七月，林燿德（一九六二—一九九六）在「尚書文化出版社」出版詩集《一九九〇》，收長短詩十七首，羅門為其寫序——〈一九九〇年向詩太空發射的一座人造衛星〉。

詩、散文、小說、論評……三十四歲就過世的林燿德是寫作全才，他除了寫《羅門論》，也為臺灣新世代詩人「初探」，《一九四九以後》（爾雅）論及羅青、蘇紹連、杜十三、白靈、楊澤、向陽、羅智成、夏宇、歐團圓、焦桐、劉克襄、林彧、吳明興、陳克華、曾淑美、也駝、陳斐雯等十七位年輕詩人，如今多數已成臺灣詩壇的主流詩人。

齊邦媛•七月，為人尊稱齊先生和齊老師的齊邦媛教授，在爾雅出版社出版了她的第一本著作——小說評論集《千年之淚》。

遲至六十六歲始出版第一部書，當然是因為齊老師求全心理。她一直希望多評介幾本同樣重要的書，何況她說：「對於出書，我始終抱著虔敬的心情。」

從五十歲就在朱立民、胡耀恆、顏元叔合辦的《中外文學》上寫小說評論，到六十六歲才出版第一本書——《千年之淚》在她紙筆之間研磨長達十六年之久。

王禎和•九月三日，以《嫁粧一牛車》（金字塔）和《三春記》短篇小說集打響名號的王禎和（一九四〇—一九九〇），因鼻咽癌過世，得年五十。王禎和以悲憫小人物，兼以擅用臺語方言，形成滑稽中卻讓人落淚的嘲諷力量，寫出了小人物的掙扎與悲哀命運。由於金字塔和晨鐘等出版社均已結束業務，目前王禎和的新舊作品均改由洪範書店印行。

簡政珍•十月，《臺灣新世代詩人大系》，由詩人簡政珍、林燿德主編，書林出版。

1991（民國八十年）

劉　墉•一月，以《螢窗小語》（共出七集）出名的劉墉，一九九一年自組水雲齋文化出版公司，專出自己的作品，從《肯定自己》到《你不可不知的人性》，整個九〇年代，劉墉的書印不停，後來連兒子劉軒也來參一腳，出版了《屬於那個叛逆的年代》等書，水雲齋等於父子出版族。二〇〇七年起，劉墉作品轉到時報出版公司，顯然象徵整個臺灣出版事業已開始走往夕陽工業了。

三　毛●一月四日，幾乎半生在「流浪」的三毛，竟然以自殺了結生命，讓她的讀者震驚和哀傷。

●《臺灣作家全集，短篇小說卷》日據時代，共十冊，由張恆豪主編，前衛出版社印行。

李　黎●一九九一年六月七日，李黎的《悲懷書簡》（爾雅）經臺北市政府「文學與美術類圖書展」選為優良圖書，獲市長黃大洲獎牌一面。

鄭明娳●七月，鄭明娳和林燿德合編的《書香》出版。這是黃肇珩上台擔任正中書局發行人後，重新推展新文學作品中重要的一環，她重用鄭明娳和新銳詩人林燿德合力主編壹套十二冊的「現代散文精品系列」，幾乎將檯面上的老中青三代文人作品全部選入，分門別類加註。而《書香》一書是「探討」書的書，所收散文，篇篇閃爍智慧光芒。

敻　虹●一九九一年新詩出版計有敻虹的《愛結》（大地）、胡品清的《薔薇田》（華欣）、夏宇的《腹語術》（現代詩季刊）、林煥彰《愛情的流派及其他》（石頭）、沈花末《每一個句子都是因為你》（圓神）、白萩《香頌》（石頭）、沈志方《書房夜戲》（爾雅）、嚴力《這首詩可能還不錯》（書林）、方群《方群小站》（四集·自印）、楊牧《完整的寓言》（洪範）、許悔之《家族》（號角）、周鼎《一具空空的白》（創世紀）、孫維民《拜波之塔》（現代詩季刊）、德亮《水色抒情》（林白）、張國治《雪白的夜》（師之筆）等五十種，比起前一年的九十種，減少近半。

這是一種警訊，代表詩集的銷售正走下坡。

黃明堅●一九九一年文學書沒落不代表整體出版業轉趨衰微，剛好相反，就是從這一年起，出版業大翻盤，除了文學書不能銷，非文學書反而大幅翻昇。譬如黃明堅的旅遊書和女性自覺書寫獨領風騷，時報出版公司由郝明義接下張武順擔任總經理之後，三年中，不斷推出新書系列，其中艾文·托佛勒的《大未來》及馬克思的《資本論》均創下亮眼業績，而最令人傻眼的是，一本怪書《腦筋急轉彎》居然出現銷售奇蹟，銷量竟高達一百萬冊，讓出版社工作人員信心大增，時報出版公司很快從最初的七、八個工作人員，一下子增添了三、四十人，成為少數超過五十員工的出版公司，而王榮文的遠流出版公司，在一九九一年，亦大有斬獲，總編輯周浩正將「實用」和「歷史」混血，創造了新書系「實用歷史叢書」，本本銷量驚人。另一套《德川家康文庫版》五十二冊，亦為遠流財庫增血不少。對王榮文來說，一九九一年讓他揚眉吐氣，年出書量高達三百種，因此他豪氣萬千的說：「讓我們構築一個沒有圍牆的學校，沒有邊界的心靈！」

高希均●高希均和王力行合作，以經濟口號為品牌的「天下文化出版公司」，業績亦大幅成長，全年營業額比前一年成長了百分之二十五，銷售本數在一萬冊以上的就有十六種，一年總共銷售量達到五十萬冊，更顯現出版業一片好榮景。

1992（民國八十一年）

出版分流●這是出版界明顯的分流年，讀者一分為二，高標的往知識、智慧層面追求，低標的完全往吃喝玩樂感官層次沉淪，原先中間層面的讀者流失，多元性的社會，大家追求的，更加個人化，業者對讀者的捉摸不定，更難掌握，於是有人喊出「整合」、「創新」、「突破」口號。

市場上出現「輕、薄、短、小」的書籍，如《軍中笑話》十五集，如「秀斗」的《腦筋急轉彎》，據傳總銷路超過一、二百萬冊，但這股魔力似的狂風，來得急也去得快，不久就煙消雲散，反而像知性的人文傳記類書崛起，如天下文化出版的《居禮夫人》、《理性之夢》以及爾雅余秋雨著的《文化苦旅》和《山居筆記》都成為長銷之書。

白先勇●三月，白先勇的《臺北人》榮獲一九九二年香港教育署指定為中學生課餘自行閱讀書目之一。兩年來，《臺北人》因而多銷了一萬二千冊。

「洪範」主人葉步榮也曾說過，張系國的《棋王》亦列入香港中學生課外讀物，多銷了許多書。後來香港教育署改名香港教育局，繼續推薦中學生課外讀物指定書單，如余秋雨《文化苦旅》、余光中《記憶像鐵軌一樣長》、思果《香港之秋》、鹿橋《未央歌》、蔣夢麟《西潮》、殷海光《人生的意義》等，作為中學生選讀參考。

臺灣的公家機關，譬如教育部、文建會、國家圖書館就甚少主動推薦優良讀物，寧願東補助、西補助，反而予人感覺文化出版都是可憐兮兮的行業。

沈臨彬●五月，為老同學沈臨彬出版《方壺漁夫——泰瑪手記完結篇》。沈臨彬是與眾不同的詩人，俗世裡無法容忍像他這樣的詩人，二〇一三年，只好住進汀州路三總護理中心，六年了，他仍然是一個不肯說話的人。其弟沈雲龍，手足情深，他寫過這樣一段話：「家兄心思敏銳，情感內藏，不善言表，皆發抒彰顯於作品之中。」

沈臨彬一生受紀德影響，熱愛《地糧》，紀德影響他一生思想及散文寫作。他在一則〈茄冬樹〉中形容自己：「一個人默想時是愉快的，假如叫我去參加交談或走進人叢裡，那時自己就不存在了。」二〇一八年十月十三日，傳來他的惡耗。

詩人沈臨彬，如今真的已不存在我們的世界。

嚴歌苓●一九九二年，大陸作家嚴歌苓，以〈少女小漁〉獲得「第三屆中央日報文學獎」小說類第二名，自此打入臺灣文壇，嚴歌苓不停地在報紙副刊發表作品，一九九三至九八年，六、七年間，大大小小臺灣文學大獎皆成她囊中物。

次年，嚴歌苓又以《少女小漁》之名，在爾雅出版了短篇小說集，未久，續出長篇《雌性的草地》。

銀正雄●從軍職退役的銀正雄，進了時報文化公司擔任文學叢書主編，他自己也開始寫長篇小說，四月，一部《飛龍在天》，分三冊出版，由漢藝色研印行。

●九月，張至璋滿懷希望終於又回到中國大陸，展開相隔四十年的萬里尋父之旅。

余秋雨●十一月二十日出版余秋雨教授《文化苦旅》（爾雅），這本經白先勇介紹，獲得授權在臺印行的書，出版不久，即獲許多愛書人的熱烈回應，並榮獲一九九二年聯合報「讀書人」最佳書獎；金石堂一九九二年「年度最具影響力的書」，以及入選誠品書店一九九三年「誠品選書」。

《吹鼓吹》●十二月，詩人尹玲、白靈、向明、李瑞騰、渡也、游喚、蘇紹連、蕭蕭等八位共同創辦《臺灣詩學季刊》，至二〇〇三年六月，詩學同仁蘇紹連以個人力量開設「臺灣詩學・吹鼓吹詩論壇」網站，二〇〇五年九月紙本《吹鼓吹詩論壇》在蘇主導下出版，至今已出三十五期。二〇一二年，蘇紹連編《新世紀吹鼓吹——網路世代詩人選》，由爾雅出版社印行。透過此書和每期的《吹鼓吹詩論壇》，一個龐大的、新鮮且異類的詩人族群已來到我們眼前……

淘兒唱片●麥田出版社成立，推出文人書系；第一家淘兒唱片行，於西門町紅樓劇場旁開幕。

1993（民國八十二年）

鉛字掙扎●老祖宗遺留下來的活字印刷——一種代表人類智慧、藝術的文化，經歷數度掙扎，和爾雅長期合作的中寶印刷廠宣布不得已改為電腦排版，爾雅創辦人為懷念鉛字書即將消失，將尚未完成的《翻轉的年代》提前印行，成為隱地最後一本鉛字書。

蔡素芬●二月間，蔡素芬又回到了臺灣。淡江大學中文系畢業後，她到美國德州大學聖安東尼奧分校雙語言文化所唸了一個碩士，四年待在美國，讓她思念自己的故鄉。回到臺灣，發現臺北的物價變高、房價也飆漲，顯然面對的是一個政治與社會正在變動的城市，她接了一些譯書工作，同時靜觀其變。不久在報上讀到一則臺南縣大片鹽田將闢為新建機場，由於自己正是臺南人，對此新聞特別敏感，想到那片「四季變化著不同光線與水影的鹽田封鎖在混凝土之下，變成飛機跑道」，她即刻快速結束手邊翻譯書，決定以鹽田為背景，寫一部長篇小說，把自己對鄉土的懷念、對勞動婦女的感動，一起寫入小說，設法留下自己長久以來對鹽田風光的緬懷。這就是蔡素芬寫《鹽田兒女》（聯經）的動機和背景。

張作錦●三月，筆名龔濟的張作錦，在天下文化出版公司印行《第四勢力》，文筆犀利，展現了知識分子的熱血俠情。二〇一九年九月，繼《江山勿留後人愁》之後，遠見天下文化又出版《姑念該生——新聞記者張作錦生平回憶記事》，這也是一位有血性的新聞老兵的回憶錄。正氣，止氣，這本書是另外一首〈正氣歌〉！

王德威●六月，王德威由新成立的麥田出版社出版評論集《小說中國——晚清到當代的中文小說》。二〇〇七年，九歌出版社出版了《王德威精選集》。

韋政通●十二月，韋政通出版自傳《思想的探險》（正中書局）。

「我們要相信自己，在最倒楣、最挫折的時候更要奮發，你不要輕易被打倒。」

這是哲學大家韋政通教授在自己最不順心的年代自我期勉的話。他也用這句話鼓勵尚在學校讀書的年輕人。一九二七年生的韋政通教授，江蘇鎮江人，一九四九年來臺，從未受過任何學院的正規教育，但戰亂年代，自小艱苦的生活，磨鍊了他的意志，立志向學，受哲學大師牟宗三先生影響，走上學術思想研究之路，從一九六五年出版第一本著作《傳統的透視》（太平洋文化公司），之後已出版三十種有關哲學思想的書。除編有《中國哲學辭典》（臺北大林出版社、北京世界圖書出版公司），另著有《中國現代思想家梁漱溟》、《中國現代思想家胡適》和《一陣風雷驚世界——毛澤東與文化大革命》。韋政通將梁漱溟、胡適、毛澤東三人，視為二十世紀中國思想三大主流中分別代表文化保守主義、自由主義和激進主義。

TVBS●第一家衛星電視台TVBS開幕。

1994（民國八十三年）

黃仁宇・一月，歷史學家黃仁宇（一九一八—二〇〇〇）由臺灣食貨出版社出版《萬曆十五年》，歷朝歷代的歷史故事，只要寫得好，就是最動人的文學。籍貫湖南長沙的黃仁宇，原是二次大戰和國共內戰時的國軍軍官，後赴美並取得美國密西根大學歷史博士學位，他另有《中國大歷史》（聯經）、《黃河青山。黃仁宇回憶錄》等書。

林文義・一月，林文義出版《母親的河——淡水河紀事》，「台原出版社」印行，此書出版未久，旋獲臺灣筆會「本土十大好書獎」。

一喜之後常有一憂。同年十月底，林文義服務多年的老東家——自立報系賣掉，原先擔任《自立晚報》副刊主編的他，只得傷心離開。從此飄蕩，幸好，始終緊握紙筆，一顆心才找到了港口。

隔年四月，應時任民進黨主席施明德之邀，擔任國會辦公室主任，至一九九八年十二月辭職，開始專業寫作。

臺灣職業作家不多，專職寫作之後的林文義，果然彈無虛發，二十三年來，他幾乎每年出書，在出版環境如此險峻的情況下，林文義開始創作長篇小說，也開始寫詩，二〇一一年出版大散文《遺事八帖》，榮獲二〇一二年臺灣文學獎圖書類散文金典獎。二〇一四年榮獲吳三連文學獎。寫到二〇一九年在時報文化公司出版《掌中集》，六十六歲的林文義，已經出版了六十六冊各種不同類別的書。

瓦歷斯・諾幹・二月和六月，瓦歷斯・諾幹出版兩本詩集——《泰雅孩子・臺灣心》和《山是一座學校》。

・年度新書出版種數首度破二萬種，總數為二四四八三。

洪　荒・一九九四年爾雅版「年度小說選」，大膽邀請翻譯家張芬齡主編，她選了新人洪荒的一個短篇〈吶喊〉，一九九七年又以〈誤解〉贏得《中央日報》第九屆中篇小說特等獎，之後停筆二十年，雖遠離文學，始終未忘情文學。二〇一九年在天下文化出版《你的傷只有自己懂》。

1995（民國八十四年）

「立緒」●元月，原在正中書局服務的鍾惠民和天主教徒郝碧蓮女士創立立緒出版公司。雖然不是文學出版社，卻頗有文人情調和文人脾性，並不熱衷賺錢，兩人合作出版事業，純粹是對知識的敬重，希望出版一些有價值且對社會具有指引的優質出版品。

《國語日報》●三月一日，林良（子敏）接早在一九四八年十月二十五日，就在臺灣創刊的《國語日報》董事長。《國語日報》的前身是中華民國教育部於一九四七年一月五日在北平所創辦的《國語小報》，主要籌辦人員是魏建功和王壽康。首任董事長為臺灣大學校長傅斯年（一九八六－一九五〇）。

呂赫若●五月，《呂赫若全集》出版。呂被譽為日據時代臺灣第一才子，林至潔為其編譯的小說全集由「聯合文學出版社」印行。

鄧麗君●四月八日，時年四十三歲的鄧麗君（一九五三－一九九五）因氣喘病發在泰國清邁猝死，消息震動全亞洲，鄧麗君是華人心目中「永遠的情人」。作家李黎在〈收音機年代〉一文中曾說鄧麗君無所不在：「她仍在無數唱碟的封面上巧笑倩兮；一播放，她就在身邊耳畔。」

邱妙津●六月，女同志邱妙津在巴黎自殺身亡。一九六九年出生的她，死時年僅二十六歲，但她已有二冊長短篇小說集出版，包括一九九一年在聯合文學出版的《鬼的狂歡》，一九九四年在時報文化出版的《鱷魚手記》。一九九五年九月，她過世後，聯合文學為她整理出版《寂寞的群眾》，一九九六年五月，又為她出版《蒙馬特遺書》。二〇〇六年後者版權轉移，改由印刻出版。「我是一個未經成熟便已衰老的女人」，邱妙津在書中這樣形容自己。但她又說：「我已完全燃燒過，我已完全盛開了。」

張愛玲•九月八日中秋節，旅美華人作家張愛玲在洛杉磯寓所被人發現已過世，享年七十五歲。

一老一少，不同年代誕生的兩位華人女作家，均選擇在異國死亡。巴黎和洛杉磯，到底還有多少寂寞的靈魂？

張愛玲是華人世界極為聞名的作家，特別是在臺灣，她擁有數以百萬計的熱情讀者，更特別的是，她也是許多作家有意識無意識模仿的對象，學她寫作風格或文體的作家，數目成班成校，若集合在一起，幾乎像開校慶同學會。

這位一九二〇年出生於上海，原籍河北豐潤的作家，其實和臺灣甚少交集，僅於一九六一（民國五十）年曾來臺灣，她的真正目的，據說是為了蒐集長篇小說《小團圓》的寫作材料，同時想見到因西安事變被軟禁在臺的張學良將軍。那次來臺，她見到了《現代文學》幾位創辦人如白先勇、王文興、陳若曦和王禎和等人，王禎和因家居花蓮，還帶她到花蓮旅遊。

隔了十四年後，遺作《小團圓》於二〇〇九年三月，由皇冠出版。

杜十三•八月，《八十三年詩選》出版，杜十三（黃人和，一九五〇—二〇一〇）寫了一篇編序，其中有這樣一段文字：「詩的『生生不息』比什麼都來得重要。臺灣沿海的土地因超抽地下水而逐漸陸沉、高山的森林遭盜伐濫砍而逐漸稀疏、傳統的文化遭慾望扭曲而逐漸荒蕪、徬徨的人心遭政客擠壓而逐漸空虛……，在這一連串逐漸混沌、逐漸寒涼、逐漸喪失的過程中，幸好還有近百位詩人嘔心瀝血從文學的使命感出發，為這個汪洋中的海島擎起人性的希望，傳遞歷史的體溫，留下經驗的結晶，為我們這一代，甚至下一代的靈魂建構一處可以靠岸泊心的『碼頭』，在日趨虛無紛擾的土地上置放一些可供希望和創造力反彈的『跳板』——正如同我們『喪失』了唐朝，卻仍擁有唐詩可供倘徉於夢幻的長安；『喪失』了宋朝，卻仍然擁有宋詞可觀宋時的天地——具象的世界隨著時間流轉淪為抽象的歷史記憶，然而抽象的詩，只要是好的詩，必然隨著時間的遞嬗而浮現成為具象的世界，豐饒我們做為一個人的可能——詩經、楚辭、唐詩、宋詞如此，元曲、白話詩以至民國八十四年出版的《八十三年詩選》，又何嘗不想如此？」

杜十三，曾經是臺灣島上的活動藝術風景，他讓你感到時時在你我左右，「光的對話」、「詩的聲光」，他不停地策劃多媒體現代詩在舞台與畫廊展演……他著有《地球筆記》、《火的語言》等，然後，二〇一〇年他突然像一道消失的光，從此不見了。

宇文正‧十月，宇文正（鄭瑜雯）在遠流出版了第一本書《貓的年代》，是一本短篇小說集。東海大學中文系畢業，在美國南加州大學東亞語言與文化所取得碩士的宇文正，自此朝著文學之路前進，目前不但擁有作家頭銜，還是重要文學園地《聯合報》副刊的主編。

1996（民國八十五年）

陳育虹‧三月，四十四歲的陳育虹在遠流出版社出版第一本詩集《關於詩》。

起步雖晚，但自此，每隔三、兩年，陳育虹甚至有規律的總保持詩創作的持續出版，她的詩與眾不同，豐富的內涵像一座礦，越往深挖，越發覺得詩意無窮，分歧的詞意，一如其詩集名《魅》——不是魅力四射的「魅」，而是讓人覺得她的文字有一種引誘力，鬼斧神工的引誘力，水做的女子果然和男人不一樣，男讀者如我，一時負氣不跟了。

但她也有理性的一面，譬如在她《365°斜角——2010／陳育虹》日記——四十八頁開頭有這樣一段：

> 對那會痠會痛的骨頭我們能說什麼？它比肌肉硬，但比肌肉藏得更深；它會斷會裂，終究要化成塵土；它塑形也被形塑；不能彎曲，卻有關節，在死亡後幽幽發光的這一身骸骨，也是我們存在時的支架。

二〇〇四年，陳育虹以〈索隱〉長詩榮獲「年度詩獎」，二〇一七年更破天荒的，以詩摘下第四屆《聯合報》文學大獎，一般說來，這類主流文學大獎，大都頒給長篇小說，偶爾也頒給中短篇小說或散文類，詩經常被排除在門外。

《聯合報》文學大獎僅設一名，獨享獎金一〇一萬新臺幣，是目前臺灣文學獎最高的獎額，前三屆均由男性作家贏得，陳育虹是首位女性與詩人得主。

童元方•五月和六月間出版童元方兩本書——一本翻譯和一本創作，前者為《愛因斯坦的夢》，後者為《一樣花開》。林先生的純文學出版社辦了二十七年，她說年事已高，準備結束出版社的業務留些時間，她還想寫作，但其中最新的一本書《愛因斯坦的夢》，她不捨得市場斷貨，要爾雅接著印，她因此介紹剛從國外回來的童元方和隱地認識，童在把《愛》書轉給爾雅的同時，也將散文稿《一樣花開》一併交給爾雅出版。她還記得那是最後的鉛字手排稿，承載著畢昇以來千年的油墨……一卷在手，輕撫摩挲，那些字隱隱凸起，彷彿小小的浮雕。

睽違二十三年，二〇一九年十一月，童元方新書《在風聲與水聲之間》重返「爾雅」出版，說來也是書緣重續。

任　真•六月，任真（侯人俊）在臺南「先見出版社」出版散文集《竹林棲隱》。影壇有人演了一輩子戲，始終當配角；文壇亦不乏寫作一輩子，但總無法找到一家一線出版社，讓自己終於完成的作品，印得光鮮亮麗，可以放在最明顯的位置，讓讀者一走進書店，就立即看見。從青年時期就投稿的任真，寫到一九九六年，總算也出版了十三本書，但仍然引不起主流媒體注目，所以接到「文藝雅集」的邀約，他會寫下這樣一段感觸：「謝謝封社長與《文訊》諸好友，年年辛勞，讓我們享有一日榮寵，一生卑怯地爬格子，終於有一天成為檯面上人物，面子裡子都有，好樂。」

廖鴻基•六月，原以捕魚為業的廖鴻基在臺中晨星出版《討海人》，從此改變命運，成為臺灣著名的海洋作家，二〇一七年更以一條塑膠筏完成獨自在海上漂流一百個小時，並寫成《黑潮漂流》，二〇一八年由「有鹿」出版。

簡　媜•九月，簡媜《女兒紅》在「洪範書店」出版。

簡媜，一九八一年，也曾和文友張錯、陳義芝合夥辦了一家「大雁書店」，最特別的是封面用鯉紋雲龍紙，內文用海月紙，出版的書目計有卞之琳《十年詩華》、馮至《山水》、何其方《畫夢錄》、辛笛《手掌集》、簡媜《夢遊書》、席慕蓉《寫生者》、張錯《檳榔花》、陳義芝《新婚別》等，本本都可愛，至今在二手書店，都是愛書人願以高價尋覓的寶貝。

城邦集團•十月十四日，由原「麥田出版社」的蘇拾平、陳雨航；貓頭鷹出版社的郭重興，PC home 的詹宏志，「格林出版社」的郝廣才等人成立的「城邦集團」，於凱悅飯店舉行成立酒會，主持人為作家張大春。組成「城邦出版集團」目的當然是希望開拓更大的出版市場，但二〇〇一年香港富商李嘉誠入主，如今城邦集團已成為港資出版公司。

1997（民國八十六年）

臺文系•一九九七年，淡水真理大學成立第一所臺灣文學系，至二〇〇〇年第一次政黨輪替的政策允諾，國立成功大學成立「臺灣文學研究所碩士班」，宣告「臺灣文學」正式進入國家教育體制。陳水扁還親自為成大臺文所揭牌，不久，許多學校為了補助款，而紛紛開設相關系所。

藍　雲•一月，詩人藍雲、丁文智、徐世澤等發起成立《乾坤》詩刊，最大特色是新舊詩兼容並蓄，古典與現代結合，讓寫舊詩的人也有一個發表園地。《乾坤》當時社長和總編輯分別為詩人龔華和林煥彰，古典詩主編林正三，現代詩執行主編紫鵑，她也經常採訪資深詩人，用心書寫，充分表達對老詩人的禮遇。

虹　影•二月，先接虹影長篇《女子有行》；五月，又為她出版《飢餓的女兒》，後者獲一九九七年《聯合報》讀書人最佳書獎。

夏曼・藍波安•五月，出版《冷海情深》（聯合文學）的夏曼・藍波安是蘭嶼小島的達悟族作家，他從小和海洋生活在一起，他覺得一般在陸地上生活的人對海太不瞭解了，連寫《老人與海》的海明威也不懂海，他居然八十四天釣不到魚，代表他不懂月亮與潮汐，不是一個好漁夫。

朵　思●五月，「爾雅」出版詩人朵思的詩集《飛翔咖啡屋》。

朵思說：哭泣的時候，我聽見自己被撕扯碎裂的聲音，然後，一擦乾眼淚，我又重新捏塑了另一個自己。又說：「詩，裝潢美化了世界這一棟空空的屋子。」

朵思又引赫曼．赫塞的話：藝術家、思想家的寂寞，是想高人一等所必須付出的代價。做為一個詩人，擁抱寂寞似乎也是理所當然的事。

從這些角度切入朵思的詩，會讀出她作品的韻味。朵思有許多寫寂寞的詩，寫得傳神又引人入勝；有些因寫得準確且深入，甚至會引起讀詩人心靈陣陣隱痛。

「被音符、線條、文字統御過的靈魂，似乎要比一般粗糙的人生精緻些。」讀到朵思的藝術觀點，我們對「人人都有困境」終於放心，因為還有一句鼓舞人心的話：「人人都有生存之道。」

透過詩，讓我們面對人生的寂寞和孤獨吧。孤獨滌洗靈魂，寂寞讓人清醒反省，正如朵思的另一句話：

「寂寞的去處，有些流向看不見的四方，有些流成藝術。」

尹　玲●六月，《一隻白鴿飛過》，尹玲詩集，九歌出版。

法文老師尹玲，十四歲自越南來臺，從文藝青年成為文學博士，遊走於臺法之間，如今是詩人、美食家和退休教授。

路寒袖●詩人路寒袖，在元尊文化公司出版詩集《我的父親是貨車司機》；元尊結束營業，改由遠流接印。二○○二年，在金安出版公司印行《路寒袖臺語詩選》。

李瑞騰●《一九九六臺灣文學年鑑》由文建會出版，文訊雜誌社李瑞騰策劃，封德屏主編。

楊　渡●這年，楊渡三十九歲，七月一日，香港主權回歸中國大陸，《中國時報》發行人余紀忠是始終關心中國前途的人，他的報紙需要一篇社論，他選擇楊渡執筆。

「這是中國歷史上非常重要的一刻」，余紀忠肯定鄧小平的開放改革，百多年來，中國人歷經列強侵略壓迫，八十八歲的余老闆，仍每日親自督導重要社論，他把楊渡從《中時晚報》總主筆的位置調到日報來，要他負責撰寫香港九七回歸的社論。

余老先在六月二十九日清早八點就給楊渡電話，要楊中午十一點到他大理街的家，討論如何寫這篇社論，次日早晨八點，問楊社論改好沒有？十點楊在余老辦公室，等他定稿。楊渡記得，余老把他從晚報調到日報來的那次，也曾約自己來辦公室，到了之後余老並不多話，只是叫楊上車。車子開到南海路歷史博物館，直上三樓可以看到植物園荷花池的茶座，叫了兩杯茶。那個早晨，余老一反常態，未談國家大事、政治祕辛，而只是談他年輕時參加愛國學生運動，還差點被警察抓走……

楊渡是余紀忠最後少數幾位年輕愛將之一。余老一生愛才，特別愛發掘傑出的青年，從高信疆開始，他提攜了無數年輕人。為了一篇社論，他如此全心投入，他愛自己創辦的報紙，一如自小愛自己的國家，可惜，二〇〇二年，余紀忠九十二歲過世後，他的報業王國不到一年就傾塌了，如今只剩「時報文化出版公司」，令人感嘆世事變幻無常。

而中年楊渡，即將邁入六十大關。本名楊炤濃的他，臺中人，輔仁大學中文系畢業，中國文化大學藝術所碩士，最早是一位詩人，九〇年代初，曾在三民書局出版《解體分裂的年代》及《兩岸迷宮遊戲》，一九九四年和二〇〇〇年，寫過兩部長篇小說——《終站的月台》和《三兩個朋友》，分別由皇冠和大塊文化公司出版。

章緣•曾以〈更衣室的女人〉，入選廖咸浩編《八十四年短篇小說選》的章緣，七月，在聯合文學出版第一本短篇小說集《更衣室的女人》，經過二十二年的衝刺，章緣已成為當代令人注目的一支筆，出手不凡。

楊照•十一月，在大田出版公司出版《在我們的時代》。

朱夜

十二月，小說家朱夜（朱蔚軍，安徽廬江人，一九三三—一九九五）在黎明文化公司出版四大冊長篇小說《籲神錄》（共一六三三頁）。朱夜離開安徽的家才十六歲，他和詩人沙牧一樣，還沒有一枝步槍高的年紀就離家了，朱夜跑到國軍中最善戰的七十四軍當兵，七十四軍是張靈甫的部隊，在抗戰年代張靈甫就是有本領把日本兵打得東奔西逃。

張靈甫後來在一場戰役中自殺身亡，他不是死在日本人手裏，他是在國共內戰中，死在自己同胞的眼前，張靈甫臨死之前，目光掃到年輕的朱夜，他竟憤怒的對他說：「傻小子，你還不快跑？」

就像寫《我向南逃》（爾雅）的余之良一樣，抗日、內戰，朱夜從大西北，一路「向南逃」，兩個文藝青年，都逃到了臺灣。朱夜在中華文藝函校混飯吃，閒來寫起小說，一九五七年一年中，他就出版了中篇小說《雪地》（晨光）和《聖愛》（太平洋），後來還在「文星書店」出版了《朱夜小說選》，在「洪範書店」出版了《拉丁美洲散記》，書裡有一段令人感傷的回憶：「打從少小離家，只揹上一撮故鄉的泥土，從而流浪；乘烏篷船淌過長江，少年的衣衫還沾帶著未褪色的硝煙，而流浪歲月，卻使我生命充實……」

真的充實嗎？余之良說：「朱夜一直在臺北打混，他當過三流影片導演，當過臨時演員，他沒有固定住所，有時候只得睡在新公園的音樂台上，那也是寫四大冊《微曦》（共一四四一頁）的小說家馮馮（一九三六—二〇〇七）睡過的地方。有一次他窮得連理髮錢都沒有，皮鞋的後跟也鬆脫了，他拖著一雙腿來找我，我就帶他到公家餐廳吃飯、補皮鞋，並給他一點零用錢，後來我調到南部，聽說他結婚了，那是一個十六歲喜愛文學的高中女孩——後來也成了作家的呂美黛——愛上了他，他倆後來遠赴南美巴拉圭定居，最後朱夜就死在那裡，他再也沒有回過他的家。」（見余之良《我向南逃》頁一八〇）

朱夜去世前完成了四大冊一六三三頁的長篇小說《籲神錄》，這本鉅作，前後費了他六年心血，此書以「文化大革命」描述一場真實浩劫的背景與真相，文學與歷史兼而有之，黎明文化公司在他過世後兩年

——一九九七年終於出版，可惜文化界冷漠以對，大多數讀者似乎完全不知道有這樣一本大書出版。

寂寞的作家何止只有一個朱夜！

朱夜的知音——作家金劍，曾於二〇〇三年十二月號《文訊雜誌》（第二一八期）悼念朱夜過世。發表〈人道主義的寫作者——論朱夜及其作品〉一文，強調：「朱夜向以人道主義色彩，反戰思想和發揚人性為創作的主導，所以才能寫出《籲神錄》這部發人深省和重視人權的長篇鉅作。」

1998（民國八十七年）

顏艾琳・二月，繼詩集《骨皮肉》在時報出版之後，顏艾琳再出版散文《畫月出現的時刻》。近年顏艾琳活躍於兩岸，推動新詩復興不遺餘力。

鍾怡雯・三月，鍾怡雯得獎作品《垂釣睡眠》散文集，九歌出版社印行。

・四月，爾雅邀請王德威主編《典律的生成》——「年度小說」三十年精編（共兩集）。王德威說：「爾雅小說三十年的成績也可藉以衡量臺灣小說形式流變的指南。」

錢　穆・五月，在錢穆先生過世八年後，聯經公司大手筆為錢穆出了共五十四冊的全集，書名《錢賓四先生全集》。聯經，是真正的文化出版公司。

李進文・七月，李進文第一本詩集《一枚西班牙錢幣的自助旅行》在爾雅出版，令他意外的是，隔了四年，「爾雅」又接了他的《不可能；可能》。

夏　菁・十月，和余光中於一九五四年就發起創辦《藍星》的詩人夏菁，出版第八本詩集《澗水淙淙》（九歌）。在六〇年代，他曾被稱為「具有新古典主義傾向的詩人」。夏菁早年服務於花蓮山區，後任農復會技正，一九六八年應聯合國聘請，前往牙買加服務，長年旅居海外。

郭松棻•十二月，前衛出版社邀陳萬益教授為郭松棻編的小說集《郭松棻集》出版。二十五開，六二八頁，除收作者重要小說，也收了吳達芸的重要評論〈齎恨含羞的異鄉人——評郭松棻的小說世界〉。

1999（民國八十八年）

羅智成•一月，羅智成四十四歲，他在聯合文學出版社同時出版了第六本詩集《黑色鑲金》和第四本散文集《南方朝廷備忘錄》。

從年輕時，羅智成心中就有一座荒島。他愛說：「一個人的星球」。白靈論羅智成的詩，說他是書寫孤獨的高手……迷倒了諸多孤獨無依的青年。

羅智成是詩壇的羅大佑，走到那裡總是一襲黑色西裝大衣不離身，再加上一九七〇年代末期就建立起「鬼雨書院」的牌匾和教示，早已為他贏得「微宇宙中的教皇」的綽號。

不論他擔任什麼新的職位，他始終不停地在寫，他說：「寫，對我的意義重大……有寫有助於我存在的品質……」

彭　歌•三月二十七日，九歌文教基金會，在師大綜合樓第二會議廳舉辦「彭歌作品研討會」，開幕式由朱炎主持，彭歌親臨致詞。出席研討會來賓有張作錦、黃文範、彭鏡禧、瘂弦、張素貞、保真、李瑞騰、黃慶萱、陳曉林、沈謙等人。

高行健•四月，「聯經出版公司」出版高行健長篇小說《一個人的聖經》，全書六十一節、共四五六頁、二十五開本，三十五萬字。彷彿一首大合唱，當最後一個音節止住，樂曲的繞梁，仍在耳際迴響。

是的，這部小說就像劉再復在〈跋〉文中說：「是詩的悲劇，悲劇的詩。」

這是一部極好看的小說。這樣說或許有點褻瀆了此書，畢竟，這是寫文革的小說，寫文革，就是寫悲劇

——一場絕無僅有的人間大悲劇，怎可說好看呢？

作者高行健，一九四〇年生於江西，祖籍江蘇，現住巴黎。他在「聯經出版公司」曾出版過長篇小說《靈山》，但未引起注意；除小說外，高行健也是畫家和戲劇家，許多劇作已被譯成十多種文字，且不停地在歐洲上演。他曾經是寂寞的，在《一個人的聖經》書中留下了這樣一段話：

管你是一條蟲，還是一條龍？更像一頭沒主人的喪家之犬，也不用愉悅誰……你為你自己寫下了這本書，這本逃亡書，你一個人的聖經，你是你自己的上帝和使徒……（頁一〇五、三〇五）。

蘇雪林●四月二十一日，蘇雪林（一八九七—一九九九）辭世，享壽一〇二歲。籍貫安徽太平的蘇教授，早年留法，在里昂國立藝術學院讀書，一生研究楚辭屈賦，她也是五四時期自由主義的倡導者，寫得一手好散文，一九二八年就在上海出版散文集《綠天》，九十四歲時，三民書局還出版她的回憶錄《浮生九四》。

李　敖●五月九日，李敖在臺北國際會議中心舉辦李敖禍臺五十年「慶祝十書」活動，並以〈你為我顛倒，我為你開封〉為題作演講，昭告天下自己融合新舊創作，如何橫掃五十年的浮光掠影。

陳雙景●五月，陳雙景在遠流出版社出版《阿母的甘苦人生》。陳雙景從出生四個月就罹患小兒痲痺症，他的母親陳楊愛玉不管自己如何命苦，硬是咬著牙將他扶養長大，且讓他受教育，完成碩士學位。陳雙景的母親生於民國十二（一九二三）年，當時臺灣為日本人統治，社會貧困至極，日人嚴禁臺灣百姓私藏稻米。陳雙景說：「外祖父收割的稻米須全部繳給日本當局，以供軍隊食用，誰私藏一把稻米，日本警察馬上抓去痛打。」民國三十二至三十四（一九四三—一九四五）年，是臺灣最不安寧的時期，為了逃避炸彈，躲防空壕成為家常便飯。陳雙景說：「有天母親煮了一鍋蕃薯籤（戰爭時期物資缺乏，很難吃到米飯）放在桌上，遇到空襲警報，大家急著擠入防空壕。等警報解除，屋角已被炸一個洞，煙塵大量掉入鍋內，那一餐大家都沒有吃。」

2000

由於民生物品嚴格管制，稍微有錢人家想吃魚，必須到「甲長」（鄰長）的家抽籤，抽中才可以買魚。運氣差的人，往往一個月都抽不中。何況不是天天有魚貨進來，而一次進來，也不過三、五條魚。

侯吉諒•十月，侯吉諒在「麥田出版社」出版散文集《那天晚上的雨聲》。侯吉諒曾主持「明日工作室」和「未來書城」，出過許多文學書籍，現從事水墨、書法、篆刻等藝術創作。

陳大為•十一月，詩人陳大為散文集《流動的身世》，九歌出版。

簡政珍•十二月，「書林出版公司」為簡政珍出版《詩心與詩學》，簡政珍在詩創作、詩評論和詩論述三方面均著力甚深，亦一以貫之，在教學之餘，始終在詩的天地馳騁，並擴及對音樂和電影的鑽研。

陳丹燕•十二月，「爾雅」繼《上海的風花雪月》之後，又出版了陳丹燕的《上海的金枝玉葉》。如果在「爾雅」的八百二十種書中要選出十本最令人難忘的書，陳丹燕為上海公主戴西（郭婉瑩）寫的傳記《上海的金枝玉葉》，一定名列其中。此書是百年中國的縮影，郭婉瑩是一位有品格有風範的女性，讓我們學到了人在風浪中如何抵抗人生。

城市之光•年度新書出版破三萬種；誠品敦南店首創24小時營業。

《文訊雜誌》社長封德屏於二〇〇〇年六月，帶領臺北地區作家參觀臺南國立臺灣文學館。聚餐後合影——
前排左起：畢　璞、陳若曦、陳昱成、岩　上、蓉　子、封德屏、張　默、鄭雅雯、曾麗蓉；
二排左起：胡瑞珍、段彩華、愛　亞、陳彥儀、盧芳蕙、黃志韶；
後排左起：向　明、桑品載、劉維瑛、隱　地、簡弘毅。

跨世紀悲喜劇

世人歡欣鼓舞期待千禧年，從二十世紀進入二十一世紀之後，舉世哀傷，以前人們碰到的難題不過是失財或失業，而二十一世紀連老天也來打劫，地球成為一個災難體，水災、旱災、地震、冰風暴、沙塵暴、龍捲風、海嘯，甚至從未聽過的火山灰也來攪局，所有天災人禍聯袂而來，把世界每一個原先美好的地方全吹得東倒西歪，歐洲、美洲、亞洲無一倖免，在這種大災難壓境的同時，人類更加自虐自殘，甚至轉過頭去殺人搶劫……人間道德價值淪喪，犯罪率節節上昇，喪心病狂和冷血變態之士，像連續劇搬上新聞版面，不停的出現，在如此惡質環境裡成長的藝術家、文學人和媒體，日日夜夜製造各式各樣讓人看了頭皮發麻的所謂藝術品——電影、小說和詩，還有各種次文化怪胎八卦麻辣媒體，讓快發瘋的人類，心情更加瀕臨滅頂。

面對沉重壓力，人們最需要的恐怕是整理自己，放鬆心情，把紊亂的思緒清理清楚，發揮正能量，善待自己，照顧好身體，與人為善，時時仰望星空，讀讀天上的流雲，會發現活在人間還真美好！

「詩壇五小」難得合影。左起：焦桐、陳義芝、向陽、蕭蕭、白靈。

詩壇五小

——蕭蕭、白靈、陳義芝、向陽和焦桐

相對於詩壇三大元老——覃子豪、紀弦和鍾鼎文，以及眼前的十位資深且創作力旺盛的詩人——周夢蝶、林亨泰、洛夫、余光中、羅門、向明、商禽、鄭愁予、葉維廉和楊牧，那麼蕭蕭（一九四九）、白靈（一九五一）、陳義芝（一九五三）、向陽（一九五五）和焦桐（一九五六）就是詩壇的「五小」了。

會把他們的名字合在一起，且稱之為「詩壇五小」，主要，他們五個人自二〇〇〇年起，即一直聯合掛名編選「年度詩選」，至今已進入第十一個年頭，五人每年由一人主選，每人均已主選兩次，五位詩人，還有一個共同背景，即均在大學任教，其中陳義芝和焦桐，原在報社副刊室工作，一在《聯合報》，一在《中國時報》，後來，焦桐創辦「二魚出版社」，陳義芝進了「師大」，早年，向陽也主編過《自立晚報》的「自立副刊」，五位詩人教學之餘，並未放棄詩的創作，新詩集一本本地誕生，其中焦桐多才多藝，還鑽研飲食，如今已有美食家稱謂，二〇〇九年更以新書《暴食江湖》打入《中

國時報》「開卷版十大好書」之林，乘勝追擊，年底又出版以小吃為主的新書《臺灣味道》，真是羨煞人也。

「詩壇五小」，各有來頭，先說蕭蕭，他連編帶寫，其出版數量，已超過百部，我們可以為他取個外號——「書人蕭蕭」。他為創世紀三大元老——洛夫、張默、瘂弦編過專輯——《詩魔的蛻變》、《詩痴的刻痕》和《詩儒的創造》；他也為蓉子編過《永遠的青鳥》，早在一九七九年前後，他和張漢良合編一系列的《現代詩導讀》，說起來，此人是詩壇義工，總是拔刀相助，為他人做嫁衣裳；至於自己的詩作，計有《舉目》、《悲涼》、《毫末天地》、《緣無緣》、《雲邊書》、《皈依風皈依松》、《凝神》等九種，而蕭蕭的詩觀是——「一片空白」，他說「詩之所在，就在空白處」。一個當初一無所有的少年，憑著認「字」、寫「字」、解釋「字」，這一切的「字」，使他從「無」到「有」，且尋找到了「詩」，就算以後蕭蕭仍「一無所有」，但透過蕭蕭，人們已認識了「詩」，會知道世間曾有一個蕭蕭。

白靈是詩壇「頑童」，可惜他玩心太重，一直把詩當作遊戲，居然還以《一首詩的玩法》為名，硬是寫了一本書，玩詩的結果，多少玩掉了一些對詩的莊重。近期作品也就讓人懷疑是虛是實，其實白靈當年的《大黃河》和《沒有一朵雲需要國界》氣勢足、眼界寬，而他的詩評，不論為碧果寫的〈水的上下、火的左右〉或《可愛小詩選》（與向明合編）的編序〈閃電和螢火蟲〉，在在顯現，他是一位詩評健將，可以左手寫詩右手評詩，但他似乎志不在此，以遊戲江湖的心情在詩壇闖蕩，看來會變成老年管管，而管管屬於自然的「大膽潑辣奇怪」，白靈應趕快回頭尋找自己的本性，發揚之後，將光大無比。他若肯繼續向前跑，無人趕得上他。

陳義芝，師大國文系出身，果然是詩中之儒，古籍在他的現代詩創作中處處隱身，是五人中最溫婉的詩人，柯慶明評其詩，引韓愈詩句「根之茂者其實遂；膏之沃者其光曄」，所以柯慶明結論：「一寫寫了三十年，越寫詩路越廣、充滿了深情與睿智……」

五人之中，聰明絕頂，詩作最多的是向陽，共有十二本之多，向陽的詩，也有陳義芝詩中的浪漫和溫柔，若論詩評，他也不在白靈之下，但向陽的詩更具當年所謂「工農兵」文學的特質，這句話，毫無褒貶之意，我要說的可能意思是，向陽的詩有更多的向度。

焦桐目前是多元性發展，寫詩寫散文都是他一部分的興趣，暴食江湖，遊走人間，教書出版之餘，還有別的志趣，離開中國時報「人間副刊」之後，他的世界變得無限廣闊，於是看來，他似乎比白靈更像「頑童」，甚至更上層樓，已成生活中的精靈。

總括而言，「五小」都是詩壇菁英，十年之後，「詩壇五小」各有天地，到底如何，只有向時間探索答案。

——原載《朋友都還在嗎？》（二〇一〇年三月）

2000（民國八十九年）

「秀威」•二〇〇〇年，創辦人宋政坤以神準眼光，投資POD數位印刷和BOD的營運系統，成立「秀威資訊科技公司」，滿足個人化、客製化和網路化的需求，由於電腦、手機、網路和各種電子媒體的迅速發展，原本傳統的出版市場早已受到衝擊，書報雜誌節節衰退，閱讀習慣改變，數位出版和小額印刷乘機而起，只要提供費用，人人都可出書，但影響所及，主客位置互換，原先寫書的人，透過出版社印行，可以拿到稿費和版稅，現在反過來，想要出書，就得先付出各項製作費用，當讀者全成了作者，原先的作者無形中已逐漸失去讀者，當傳統出版市場成為一灘死水，本來的讀者卻正快樂在製作自己的小額印刷書籍，彼此互送，多數今日生明日死的小額紙本書活蹦亂跳，在讀書會和讀書會之間流轉，形成另一種風景。所以，二〇〇〇年「秀威」數位印刷書籍出現，明顯就是一種分水嶺。「秀威」目前員工五十人，比起衰微的傳統出版業工作人員僅能保持十數人，三、五人甚至只有一個人獨自前後場吆喝，未來的趨勢一起一落，現象至為明顯。

「年度詩選」•一月，「年度詩選」全體編委小聚，老一輩的編委——余光中、洛夫、向明、瘂弦、辛鬱均屆退休之齡，決定自二〇〇〇年起退出編委行列，由中生代詩人蕭蕭、白靈、陳義芝、焦桐、向陽接棒，展開新世紀「年度詩選」全新的編輯工程。

鄭樹森•一月，一向關心世界文學動態的鄭樹森，在聯經出版公司出版《二十世紀文學紀事》。一九六六年就從香港來臺就讀政大西語系的鄭樹森，一向關心兩岸三地中文文學，也參與香港中文大學人文學科研究所的香港文化研究計畫，對香港文學的整理及研究極有貢獻。

張　默•三月，張默、白靈合編的《八十八年詩選》（創世紀詩雜誌）出版。

「世紀詩選」•「爾雅出版社」一年裡竟然出了十四種詩集，除了十二家「世紀詩選」，還有一本陳義芝編的《爾雅詩選》，以及爾雅主人自己的詩集《生命曠野》；「世紀詩選」十二家分別為周夢蝶、洛夫、向明、管管、商禽、張默、辛鬱、席慕蓉、蕭蕭、白靈、陳義芝和焦桐。

管　管•七月，爾雅世紀詩選，繼周夢蝶、洛夫、向明之後，出版《管管・世紀詩選》。一九二九年生於山東膠州的管管，本名管運龍，在黃粱為他寫的序文中，說他大膽潑辣奇怪：「管管這個人，細膩粗獷，喜近青春，七十邋遢，居然還心志活潑，挺詩意地活著。吾想，奇人必有奇詩，陪它玩玩，嬉笑怒罵也無妨。詩齡四十年……管管這個人，醜俊，高個長髮，老嬉皮樣，人挺風趣健談，比多數年輕人看來瀟灑（精神上）。洪範版《管管詩選》出書十年，第一版還沒賣完（好種！），現在再接再厲又將出版爾雅版《管管・世紀詩選》（好種加三級！）」

是的，管管還在寫詩……二〇一九年，管管九十大壽，印刻初安民送上大禮，為他出版《燙一首詩送嘴，趁熱》，說來難得，奇人管管如今應算「臺北一景」！

•七月二十日，爾雅創社二十五周年，同時出版陳義芝編《爾雅詩選》，王德威主編的兩集《爾雅短篇小說選》，柯慶明主編的兩集《爾雅散文選》。

張國立•八月，就像書名《一口咬定義大利》，張國立寫了好幾本義大利、西班牙和波蘭的遊記；此外張國立的長短篇小說也寫不停，他的小說頗為超現實，有時也以歷史為背景，二〇一九年，他終於以推理小說《炒飯狙擊手》擠進國際舞台，報載，他的這部長篇，已售出荷蘭版權。

李敏勇•九月，詩人李敏勇在魏淑貞創辦的玉山出版社，出版《臺灣詩閱讀——探觸五十位臺灣詩人的心》。

夏祖麗•十月，夏祖麗為母親林海音寫傳——一本由天下遠見印行的《從城南走來——林海音傳》於九日隆重出版。打開書，有林先生各個階段的彩色和黑白生活照片，書中並附林先生手跡——英子的心，還是七十六年前的那顆心，把家人和朋友緊緊摟在心上，臨老不變。

小眾文學•二〇〇〇年，進入新世紀，九歌出版社請楊景舜寫了一篇〈散文出版概況〉，附在廖玉蕙主編的《八十九年散文選》之後。楊景舜指出，單單散文類，二〇〇〇年出版了四百二十九種，比起前一年的二百二十種，竟然多出了將近一倍，呈現大幅度的成長。這顯然是一種文學的「回光返照」，因為自此之後，文學書的銷售量一年不如一年，成為名實相符的「小眾文學」。

張大春、駱以軍•二〇〇〇年，風頭最健的兩部小說為張大春《城邦暴力團》和駱以軍《月球姓氏》，分別入選——《聯合報》「讀書人周報」二〇〇〇年最佳書獎，《中國時報》「開卷十大好書獎」及《中央日報》「出版與閱讀」二〇〇〇年十大好書榜。

馬　森•十二月，馬森最受歡迎的長篇小說《夜遊》新版本出版（九歌），這部長篇最初在《現代文學》雜誌連載，一九八四年由爾雅首印出版，一九九二年，馬森自辦出版社，《夜遊》改由臺南文化生活新知出版社印行。

弔詭現象•讀書人口快速流失，但出版書種持續每年以二〇〇〇種左右遞昇，形成弔詭現象。本年新書出版種數為三〇八七一。

2001（民國九十年）

唐　捐•元月，詩人唐捐（劉正忠）博士論文《軍旅詩人的異端性格——以五、六十年代的洛夫、商禽、瘂弦為主》通過，獲得臺灣大學中文系博士。

「九歌」•四月，「九歌出版社」出版《九十年散文選》（張曉風編）《九十年小說選》（李昂編）；在出版業不太景氣聲中，九歌顯然一枝獨秀——兩本書在封底都各自引了一段話宣傳，「散文選」是這樣寫的：「二十一世紀已經翩然降臨，有很多種方法可以捕捉二〇〇一年；以印證、鐫刻或銘記這個世紀，而，我們選擇用文學；用《九十年散文選》來記取這個世紀的美好開頭。」；而「小說選」否認了這個「美好開頭」，「小說選」的開場白則是：「九十年在臺灣發表的小說，見證了一個荒謬、不安、焦慮、怪異的臺灣整體氛圍；九十年臺灣文壇最特出的現象，該是在臺灣出生、成長的作家，開始『放眼中國』，以中國為題材，從事小說創作，而民主臺灣，也成了華文作家最好的小說競技場。」

陳雨航•五月，小說家 陳雨航，二〇〇二年退出麥田，和王德威等自組一方出版社，後結束出版業務，受邀為九歌編書，並重新投入長篇寫作。

張素貞•八月，對韓非子素有研究的張素貞，出版《現代小說啟事》（九歌），在這之前，她已有評論集《細讀現代小說》和《續讀現代小說》（三民）兩書出版。近二十年來，張素貞對沈從文、林海音、王藍、朱西甯、姜貴、彭歌、潘人木諸家小說均深入研究，並從小說結構、人物、情節、敘述觀點一一解析，讓讀小說的人更增情趣。

焦　桐•十二月，詩人焦桐的人生有了大轉變。辭去了《中國時報》人間副刊執行副主任的職務，轉任中央大學中文系副教授，並成立了「二魚文化事業公司」。一面教書，一面編書。「二魚」除出版詩集、散文外，並開拓「飲食書寫」出版新路線。

2002（民國九十一年）

於梨華•二〇〇二年，在美國瀛洲出版社印行《在離去與道別之間》，一本寫人性貪婪、自私，在學府裡相互鬥爭的長篇小說。

余之良•二月，小說家余之良（一九二一—二〇〇二）出版自傳體小說《我向南逃》。現在流行說：「我是五年級，你是六年級！」還有，七年級也很熱門；四年級，有一點老，還不太老。至於三年級，已少有人提及。

時代的節奏太快，一過五十歲，大家認為你該閃到一邊，心裡還有什麼話，說給自己聽吧！

一代不聽一代的話，是我們這個民族的特性。長期的戰亂使國人變得不想再談苦難。中國人和猶太人都屬世界上聰明的民族，但兩個民族間最大的不同在於猶太人受納粹迫害，子子孫孫永遠記得納粹的殘暴——小說、電影……不停的控訴，不停的有新的題材，敘述的，還是納粹的無人性。反觀八年抗戰，「我們抵抗日本侵略，光是在戰場的傷亡就超過三百萬人。台澎和金馬，是我們用這三百萬的血討回來的」，但我們以抗日為題材的小說和電影有多少？一、二年級的人不寫，三、四年級的人不看、不讀、不聽，五、六年級的人早已成為「哈日族」，想想，中國人「寬懷大量」「以德報怨」的精神還真感人！

余之良的《我向南逃》是一部中國人的逃亡史。一年級的余之良，初三就讀開封強豫中學，這是他生命中的一段黃金歲月。進入兩河高中的第二年，也就是民國二十六年，七七抗戰開始，從此余之良面對的是八年抗戰，逃，逃，逃，不斷的向大後方逃。讀高二的那年春天，政府下令全國各省的高中生，要把四個月一學期的課程緊縮在一個月內完成，餘下的三個月，實施嚴格的軍事訓練——住進營區、發軍服、軍毯、槍枝。光是河南全省接受軍訓的高中學生就有兩萬人，全國最保守估計至少四十萬人。

余之良的父親是保定出身的軍人，後來他父親在陸官校擔任戰術教官，蔣委員長下令，國家面臨存亡，需人孔急，要他在一年半內造就一千名軍官，那個年代，獻身報考的年輕人多，他父親錄取了六百一十四人，帶著這批從各地招到的愛國青年到成都軍校集結，日軍一路追殺，途中死了十四位學生，余之良身在其中，坐在逃亡的火車上，看著遠處的山影及山上悠然飄浮的白雲，他禁不住問：「這麼美麗的山河，為什麼還會有戰爭呢？」

李　渝・五月和八月，麥田出版社分別為在美國的夫婦檔作家郭松棻（一九三八—二〇〇五）和李渝（一九四四—）出了短篇小說集，前者的書名是《奔跑的母親》，後者的書名為《夏日踟躇》。

梅濟民・七月一日，籍貫黑龍江綏化縣的梅濟民過世，享年六十五歲。特別強調梅濟民的籍貫，是因為他寫了一本暢銷書《北大荒》，《北大荒》出版於一九六八年，至今已超過四十年歷史，卻仍常聽聞有人談論此書，而《北大荒》中多篇作品，還曾選入瑞典政府國家教材。臺大中文研究所畢業的梅濟民，曾任日本東京大學漢語研究所教授、新加坡南洋大學教授；臺灣地方小，成了名的作家，不是被訪問，就是到學校演講，也經常當評審，所以很容易被人認出來，像梅濟民這樣，生前大有名氣，卻絕少有人見過他，也從不和文人有所接觸來往，更別說走動文壇了；自一九八〇年起至二〇〇三年，梅濟民寫了十三本長篇小說，如《北大荒風雲》、《西伯利亞鐘聲》、《東京之戀》、《真空地帶》等，多的是四、五百頁厚的大書，其中《哈爾濱之霧》，更厚達一〇五二頁——但再厚的書，寫到後來，由於作者自己低調，讀者對他也就更加忽略了。

王文興●七月，王文興在洪範書店出版他的第七本書——《小說墨餘》，在他七十年的生命裡，這第七部書更顯得稀奇。因為我讀到了他的自傳——在單調中展露出來的豐富，是多麼與眾不同。所有大自然的奧秘，他大三時在「竹子坑」接受預備軍官入伍訓練時山區裡看到的一幕，令他大開眼界，而他七十年生命的全部內容，就是讀書和寫作。

張　讓●七月，張讓繼《剎那之眼》、《空間流》，繼續在大田出版社出版《急凍的瞬間》。張讓的書，讀的人多半也是作家，作家喊好的書，常常成為小眾之書，這樣的作家，就像導演中的導演，最後都會遇上創作瓶頸，到底要不要和市場妥協，或我行我素，只為自己的創作信仰獨步向前。

葉慶炳●十月，九歌出版社為逝世將近十年的葉慶炳教授（一九二七—一九九三）整理了一本選集——《晚鳴軒的詩詞芬芳》放在「名家名著」中，紀念他曾經獻身教育和文壇。畢業自臺大中文系，又在臺大教書的老教授，從一九六六年自印出版《中國文學史》到晚年的《暝色入高樓》（正中），葉慶炳的人生興趣全集中在古典文學研究、寫作雜文和教育事業。

2003（民國九十二年）

應鳳凰•元月，出版《臺灣文學花園》（玉山社．陳文發攝影）。最初在中央銀行國庫局任職的應鳳凰，純粹因興趣，於七〇年代起，和好友鐘麗慧聯手做書目資料的整理工作，兩人曾合著《書香社會》；一九九〇年，進入舊金山州立大學比較文學所，獲碩士學位；一九九三年取得德州大學奧斯汀分校東亞文學系博士。曾以黃菊筆名寫的小說收入隱地編《十一個女人》——〈阿貴〉由張艾嘉製作成單元電視劇；應鳳凰除《五〇年代文學出版顯影》等出版史料叢書外，亦曾出版短篇小說集——《孤零世界裡的書癡》（爾雅，二〇一〇）。

孫梓評•五月，詩人孫梓評繼長篇小說《男身》後，再寫短篇小說集《女館》。詩人默默寫作，就像默默在《自由時報》副刊，協助蔡素芬，永遠是最好的助手；他的作品，麥田出版公司長期經營，有其固定的讀者群。

童元方•六月和八月，「天下遠見」分別出版了童元方的《水流花靜——科學與詩的對話》和陳之藩散文集《散步》。隔了七年，童元方才有《水流花靜》，兩本書都有一個特色——書中每 篇文章，不管談書，或引詩，總是書中有書，詩中有詩，甚至談到某一些人，也是人後有人，像繁複的景深，童元方的散文，是森林中的風景，各個角落都有看頭，即使只讀一篇文章，得到的收穫，就像讀了一本內容豐富的書。二〇〇三年，「天下」出版的這兩本散文集，告訴我們，詩與科學可以像巫山雲雨，是的，這是兩本應該合在一起的書——一套夫妻書。

董　橋•七月十日，由詩人陳義芝編的《董橋精選集》，列入九歌「新世紀散文家」，堂堂上市。董橋是香港作家，但在臺灣擁有大量讀者群。董橋散文風格別具，幽默風趣之外，也頗辛辣，他不傷春悲秋，在他的散文裡有說不盡的知識典故，豐富的歷史層，讓他有寫不完的人間趣事、雅事，人的生活，到了他的境界和品味，悲憤之事早已不放在心上了。

大　荒●八月一日，安徽無為人的大荒（伍鳴皋，一九三〇—二〇〇三）辭世，享年七十三歲。荒，當形容詞用，是雜草滿地，或年成不好，穀類歉收；當動詞用，是拋棄；當名詞用，荒地是指未開墾的田地。用「大荒」來當自己的筆名，其人內心想必充滿荒涼。最初寫詩的大荒，後來也寫小說、散文。六〇年代，他也風光過，在皇冠出版長篇小說《有影子的人》，一九七九年，劇本《白蛇傳》，曾由許常惠譜曲編為歌劇，在臺北中山堂演出，甚獲好評。詩集《存愁》，序中有這樣一段話：「多情是詩人的悲劇，正義感是詩人的致命傷，耽美是詩人不可救藥的絕症。因為世界充滿且不斷產生殘酷、不義和醜惡，又能做什麼？」把志言得很藝術，詩就輻射出另一功能─提昇人的情操，淨化人的心靈。人的尊嚴性必從此導出。

初安民●八月十五日，《ＩＮＫ印刻文學生活誌》推出創刊前號，九月，正式出版「創刊號」。這是詩人初安民離開《聯合文學》後，重新找到的桃花源。

姚宜瑛●十月，爾雅出版姚宜瑛《十六棵玫瑰》。姚大姐於一九九九年結束一手創辦二十七年的「大地出版社」後，在家悠閒地種花、聽音樂、看書、寫書、含飴弄孫，退休第四年，她繼一九九二年的《春來》之後，又交出新的成績單。

書中所寫人物，不管唐魯孫或高陽、吳奚真或梁實秋、張愛玲或思果、何凡或張天心，全部都已辭世，讀來也就更讓人覺得時間無情，真的是「大江東去浪淘盡千古風流人物。」在悲戚中，人還是要活下去。姚大姐在「後記」中說：「世事如麻，但願國泰民安，在我漸近璀璨瑰麗的夕陽光輝中，享受寧靜的黃昏。」

「臺灣文學館」●十月十七日，國家臺灣文學館正式開館。館址為臺南市中西區中正路一號。二〇〇七年更名「國立臺灣文學館」。

張恒豪●十月，張恒豪主編《七等生全集》，共十冊，由遠景出版公司印行。

黎湘萍●十二月，中國社科院研究生院教授黎湘萍著《臺灣的憂鬱》出版（人間出版社）。這是一本研究陳映真的專論。十年前此書曾在大陸三聯書店印行。陳映真在序文裡說：「把一本討論我自己的作家論，在自己主持的小出版社出版，無論如何，總覺得靦腆。事實上，也正是這種靦腆之感，使這本書在臺灣以繁體字刊行的時間延緩了近乎十年。」

黎湘萍有一支溫柔又敘事清晰的健筆，屬大陸「好學深思，富有知識原創力一代年輕學者的洞見和生命力」，黎湘萍這本「作家論」當然有其高度。

2004（民國九十三年）

聶華苓●二月，聶華苓自傳《三生三世》，由「皇冠文化出版公司」印行。

林文月●二月，林文月的《回首》在「洪範」出版。林文月的散文，淡・雅。像她的人，總是素・美。

莫　言●四月，著有《紅高粱家族》、《豐乳肥臀》的莫言，在麥田出版《小說在寫我：莫言演講集》，莫言說：「小說最重要的……就是要有好的語言，然後還要有好的故事」。他也贊同小說家余華說的：「寫作就是回故鄉」。莫言說：「故鄉情結，故鄉記憶，毫無疑問是一個作家的寶庫」。

二〇一二年，莫言獲得了諾貝爾文學獎。

袁哲生●四月五日，作家袁哲生（一九六六—二〇〇四）疑因躁鬱症自縊身亡，得年三十八歲。小說家黃錦樹在《靜止在——最初與最終》——一本紀念袁哲生的書裡，這樣寫著：「這是個瘟疫年、災難年，從SARS到禽流感。」

「火車是裝了滑輪的房子。」

這是青年作家袁哲生形容「火車」的話。

二十九歲，出版第一本書——《靜止在樹上的羊》，大家開始注意他的才華，短篇〈秀才的手錶〉和〈送行〉分別被選入《八十三年短篇小說選》（張芬齡編）和《復活》（爾雅版「年度小說選」，林黛嫚編）。

白先勇・四月底，白先勇返臺全力投入崑曲推廣。青春版《牡丹亭》在臺北首演，自此擴大地區，把古老崑曲年輕化，經香港，入蘇杭，再到北京、上海演出，造成轟動，場場爆滿，激起兩岸三地崑曲復興。二〇〇六年，還往美國柏克萊、洛杉磯等大學公演十二場，引起西方人士對中國戲曲古典美學的興趣。

沈登恩・五月十二日，有出版界「小巨人」之稱的遠景發行人沈登恩（一九四九—二〇〇四）辭世，得年五十五歲。

說來，沈登恩是七〇年代出版界的一號傳奇人物，他自嘉義商職畢業，在嘉義明山書局當一名小店員，只因從小就愛閱讀，更喜歡和作家寫信，一筆娟秀的字，又恰到好處懂得抓住作家心理，所以，在那個「寫信年代」，只要和他通過三、五封信，立刻視他為知音，等到他握有眾多作家朋友，來到臺北，立即如魚得水，在武昌街明星咖啡館，他擠在作家當中，沒有人不認識他。不久，他進了白先勇和白先敬合開的晨鐘出版社，成為先敬的得力助手；那年頭社會上瀰漫著一股「書展熱」，當白先敬談成和「全臺書城」的諸多合作事宜，以及參加僑光堂（今鹿鳴堂）的書展事項，真正執行，在外面接洽、跑動的全靠沈登恩打點，幾次書展下來，讓沈登恩和出版界大小人物全有了照面，不久，他和臺大、政大畢業的鄧維楨和王榮文成立遠景出版社，自此更上層樓，屬於他的「出版年代」翩然來臨。

不過一年，鄧維楨和王榮文退出「遠景」，各自成立自己的「長橋」和「遠流」，沈登恩一人獨掌出版大局，一九八〇年，國民黨召開「國是會議」，代表出版界出席的不是別人，正是「小巨人」沈登恩是也。

這就是為何，大俠金庸的書明明是禁書，到了沈登恩手裡，他就是有辦法讓他「解禁」，在那個威權年代，沈登恩像中學生的一身穿扮——背了個書包，卻硬是可以大搖大擺走進中央黨部四組直接按「瞇瞇眼主任」楚崧秋的門鈴，主人見到他，還親自微笑接待，這就是沈登恩的能耐！

他到香港，住的是最高檔的麗晶酒店，然後到對街半島酒店喝咖啡。晨起用早餐，也是以最高格的Room Service在床上享用，就像電影裡看到的英國王子式的，有專人將早餐台推進房間，侍者一對一的服務，所以香港出版同仁都知道臺灣有個沈登恩，也羨慕臺灣出版事業蓬勃，若非賺大錢，怎麼可能住得起如此高檔大飯店。

沈登恩是第一個將文學圖書的封面換上彩色裝扮，在「遠景」之前，一般書籍封面都是黑白或至多以套色印刷；沈登恩出書，不只一本一本出，到了他手裡，他以大手筆，竟然一套一套的出，譬如八十巨冊的「諾貝爾文學獎全集」，一百二十種的「世界文學全集」，三十二冊的「臺灣鄉土文學」以及十大冊的「七等生全集」，在幾乎不可能的情形下，他出版了金庸、胡蘭成、鹿橋、林語堂、高陽、李敖、黃春明等大家的作品，只要遇上他心儀的作家，鍥而不捨，他都可以達成目標……可惜的是，畢竟資金不足，他渴望能成立的「出版王國」，像爬一座天梯……一個冒險家，總有失足的時候，到了後期，不只是借了錢，就失去朋友，而是陷入「地下錢莊」泥淖，借到錢，不再只為能到高檔餐廳吃頓好飯，卻只是為了還利息而保命……人到此地步真的是英雄末路。

思　果●六月八日，散文作家思果（蔡濯堂，一九一八—二〇〇四）病逝美國，享壽八十六歲。

琦　君●六月二十一日，時年八十六歲的琦君，旅居美國二十年，偕同夫婿李唐基回到臺灣，定居淡水。

蕭孟能●七月二十三日，文星書店、《文星雜誌》創辦人蕭孟能病逝上海，享年八十四歲。

康芸薇●十月，康芸薇的《我帶你遊山玩水》，在「九歌」出版，找來白先勇、席慕蓉、陳文茜聯合推薦。康是作家們都喜愛的作家，從早年的薛心鎔、水晶、朱西甯、姚宜瑛、朱橋、許家石、汪其楣，都不停呼喊，請大家來讀康芸薇，但讀者不熱情，康芸薇只得「覓知音」，覓到了小讀者王開平，但更多的小讀者還是不肯跟在她後面讀她的書。不過現代作家都寂寞，如今，誰的後面都沒什麼人在跟了。

無名氏・十月，在大陸時期就曾以《塔裡的女人》、《北國風情畫》、《野獸野獸野獸》引起轟動的無名氏（一九一七—二〇〇二）「黃昏五友」——王志濂、宋北超、徐世澤、薛兆庚、彭正雄聯合為他出版紀念文集《無名氏的文學作品——探索與紀懷》，共有黃文範、尉天驄、周玉山等三十家發表懷念他的書與人。由「文史哲出版社」印行。

一代文豪無名氏是現代文學中的一座高峰。

李　潼・十二月二十日，李潼（賴西安，一九五三—二〇〇四）辭世，得年五十二歲。他是一位積極向上的作家，作品洋溢愛心，擅寫兒童文學及少年小說，有「臺灣少年小說第一人」之譽，也能創作歌詞，其中〈月琴〉和〈廟會〉膾炙人口。留下將近七十餘種作品，包括散文、小說、劇本等。

吳清友・年底「誠品書店」出版一本超厚超大的《誠品報告》，負責人吳清友（一九五〇—二〇一七）還寫了一篇出版序，其中有一段話：「書店經營如觀望江河入大海，源源不絕的好書及新書澎湃匯聚，每一本書的內容，陳述著每一位作者、繪者、攝影者、翻譯者、編者、出版者的才智與心力；每一本書的出版及累積，展現一個文化社會的整體氣象與關懷，集結著時代的氛圍與故事。可以說，在書冊與書冊的交會之中，閱讀行為迭換興替的動態，是承載文明演進與當代心智的激盪，是無限大時空的動態。」全書厚達九五〇頁，定價一八〇〇元，二〇〇五又出了一本《誠品報告》，之後，紙版本就消失了，而當《誠品報告二〇〇六》改成電子書之後，連電子書也不再編了。

書　訊・這使人想到「書訊雜誌」，早些年，每一家出版社都有自己的宣傳報紙，造成「書訊」滿天飛，曾幾何時，「書訊」幾乎看不到了。從各家報紙文化廣告消失，到出版社文宣費的省略，在在可以看出，文化出版事業的江河日下，窘態畢露。

書種多‧印量少•令人意外的是：二〇〇四年，新書出版書種高達四萬四千七百七十七種，比一九八〇年的四千五百零五種高出十倍，而最近五年，每年出書量均在四萬五千冊上下徘徊，都說書籍銷售不佳，為何每年還有這麼多新書？主要，高學歷時代來臨，人人都是作家，書種多，印量卻少得可憐，如此而已。

2005（民國九十四年）

張秀亞•三月，《張秀亞全集》十五冊，共七四〇〇頁，由國立臺灣文學館出版。

劉森堯•三月，出版劉森堯的日記。成為「爾雅」「作家日記」的第四棒寫手。其實「作家日記」的構想就是來自劉森堯。他承認他的日記不免包含許多個人的偏見和自戀。他說：

「人沒有偏見和自戀，那真要天打雷劈。」

黃春明•五月，小說家黃春明在宜蘭創辦《九彎十八拐》文學雙月刊。

果子離•六月，「雜家」果子離在遠流出版《一座孤讀的島嶼》，這本只有三一六頁的書，由於用了蓬鬆的紙，看起來彷彿像六〇〇頁般的厚，而龐雜的內容，也不太像一本散文集，更像一本雜文集。

全書讓我記憶最深的是隱藏在書中一角的三行小字：

亂中不一定有序，
但不亂一定沒有思緒。
人有潔癖，我有亂癖。

自認有亂癖的果子離，其實是一隻百寶箱；箱子裡藏著十八般武藝，如果你也肯像他一般「孤讀」，會讀出許多會心的微笑！

陳　雪‧七月，二十五歲的陳雪出版了第一部書——短篇小說集《惡女書》，但因內容書寫女同性戀「充滿罪惡感卻又耽溺其中的情慾」，出版社突然打電話告知因小說內容有些爭議不便出版，後來急轉直下，又跑出一位主編對她說：「不要管別人說什麼，我就算工作不要，也要幫你出這本書！」但書出版後，封面包上了封膜，並標註：「十八歲以下不得閱讀」。陳雪感到那是一件很屈辱的事。想不到的是，這項奇招，讓她的書一個星期就再版，且繼續一直再版……

從第一部小說出版至今，陳雪二十二年勤奮努力地寫，不停地寫，年輕時候她就熱衷寫作，別人問她，寫作需不需要天賦？陳雪回答：「天賦就是熱情。」

陳雪已經寫了近二十部書，如今繼續寫著，寫作就是她夢想的生活。她說：「人只要能創造，生命就會超越這個缺陷的，有限的肉身，成就偉大的什麼。」

陳雪，臺灣臺中人，一九七〇年生，畢業於國立中央大學中文系。

馬　各‧九月十六日，一生為文化、文藝工作盡心盡力的馬各（駱學良，一九二六—二〇〇五）往生，享年七十九歲。

馬各是老資格的編輯、創作者，大陸未淪陷前，他曾是福建《南方日報》編輯，來臺後，任職南部版《中華日報》編輯，遷居臺北後，主持《聯合報》副刊編務，聯合報小說獎的創辦，就是在馬各主政年代規範完成。馬各提拔了無數年輕的小說創作者……，他也是林海音《純文學》雜誌早年的編輯。作家歐銀釧在二〇一九年十月十六日「聯副」上寫懷念馬各的文章，引了他許多詩句，原來，年輕時候的馬各也是一位詩人。

孫梓評‧十二月，孫梓評的散文集繼續在「麥田」出版，一九七六年生，自稱「地球人」，已在「麥田」出版十種書，長篇小說、短篇小說之外，另有詩集兩冊，是年輕的「默默族」，默默地享受自己的成長和成就。他說：「在除與被除的拉鋸中感覺自在與快樂。」

曹又方‧二〇〇五年，曹又方由圓神出版社印行了兩本自傳——年初一本《靈慾刺青》，年尾一本《愛恨烙印》。

2006（民國九十五年）

《中央日報》•五月三十一日，《中央日報》正式停止出報。這份於民國十七年在上海創刊的國民黨黨報，是許多人深刻的記憶，特別是孫如陵時期編的「中央副刊」，更令人懷念；到了梅新和林黛嫚時期，力圖重新開出一條新路，曾經施出多少力氣，可國民黨兩手一攤，說停就停，真令人喪氣！

洪素麗•六月，臺大中文系畢業，又赴美習畫的洪素麗，在聯合文學出版社出版《金合歡》、《銀合歡》二書，八月，又在麥田出版中英對照《綺麗臺灣》。

琦　君•六月七日，一代散文作家琦君病逝臺北，享年九十。幸虧聯副主編宇文正《永遠的童話——琦君傳》，已於二〇〇六年元月，由三民書局出版；李瑞騰．莊宜文合編的《琦君書信集》於二〇〇七年八月，由國立臺灣文學館出版。一九八〇年，爾雅亦曾為她編過一本《琦君的世界》。

琦君（潘希珍，一九一七—二〇〇六）的《三更有夢書當枕》，是爾雅的創業作，也是她的招牌書，共印七十一版。她在爾雅先後出版十本書，連同九歌後期為琦君出版的十二本散文集，以及洪範的《橘子紅了》，連帶早年三民出版的《紅紗燈》、《琦君小品》，可謂本本暢銷。琦君應是大陸遷臺第一代作家中最幸運的一位。四十多年來文壇地位屹立不搖，作品積極正向，像是「給人溫暖的小太陽」，而且她非常「老少咸宜」，讀者從小學生、中學生、大學生到中年男女，幾乎隨時隨地可聽到一句話：「我是讀琦君的書長大的！」

作家張讓在二〇一七年十月三十一日的《聯合報》副刊上發表了六則〈閱讀手記〉，其中第一則，談的就是琦君：

最近重看琦君的《三更有夢書當枕》和《留予他年說夢痕》，發現還是好看，不能不說有些意外。

琦君散文親切易讀，年輕時一本在手總是很快看完，卻似乎沒留什麼印象，也很少想要再看。大約深處覺得太過平凡家常，沒什麼神祕或挑戰（不像翻譯書總有難懂的地方，譬如存在的困惑），再加上少了種眩目文采（如張愛玲的冶豔或維吉尼亞．吳爾芙的剔透），雖然好看，只能算「普通的」好看，不夠迷人。現在看，相距幾十年，感覺不同了。不錯，沒有耀眼的東西，只有平易自然溫厚多情的敘述，而機智暗藏恰到好處。我不斷看到好句拿筆劃線，邊讚好邊笑，不然是嘆息。有的簡直無可劃，除非從頭劃到尾，像〈浮生半日閒〉那篇。

是的，必須承認，我對琦君的鍾情帶了點輕視，是秉著男性眼光的性別歧視，「看不起」女性作者筆下的小哀樂小天地。因此著迷的作家多是男性，而自己寫作（除了起步摸索那些年）也一意追求剛性冷調的風格，覺得那才是好。為什麼呢？

只因年輕無知，喜歡新，喜歡光燦，以為鋒芒就是才氣，搶眼就是好。不知溫柔敦厚，靜水流深，真正好的文字是沒有身段沒有腔的。琦君樸素的文字正像我喜歡的石頭，不閃爍奪目，而光華內斂。她兩本書我還捨不得擺回架上，放在書桌旁小几上，想要親近隨手便可以打開。

許多作家，外表看來謙虛有禮，而其內心，頗多隱藏傲慢之意，難得像張讓一樣，居然肯寫下醒悟之語。

林貴真•七月，林貴真出版她的第十三本書《相遇爾雅書房》。「爾雅書房」，成立於二〇〇二年，果子離在《一座孤讀的島嶼》（遠流）書中曾這樣寫著：「爾雅書房，用讀書會的沙龍形式，舉辦座談會或新書發表會。場地不大，有書則靈，三、五十人，以書會友。和出版社一樣，小而美，給人歲月靜好的感覺，彷彿為隱地這句話做注腳——「讓繁華慢慢的來，它才會慢慢的走。」」

有了「爾雅書房」，林貴真幾乎和「讀書會」分不開。她的「手機小品」更成為她近年來的人生標記，如《讀書會任我遊》、《讀書會玩書寫》，和讀書會有關的書，一本接一本出不停，就像讀書會連續劇，年年播出，日日播出，也像她最新一本書的書名《魅力開門——漫步「臉書」真有趣》。只要手機小品繼續寫，林貴真的生命永遠飽滿充實。

陳義華●七月，接受中華副刊主編羊憶玫的推薦，出版新人陳義華的散文集《東坡驚夢》，此書雖為「爾雅」贏得口碑，但市場銷不動。陳義華出身臺大化工，又具有美國加州大學柏克萊分校機械工程博士學位，基於這樣的背景，「爾雅」希望他能像四十年前的張系國，再出現一位理工出身的文學家；但時代不一樣了，今天讀醫、理工、化工或其他科系畢業的碩士博士，想在文學界域　展身手，且出人頭地，不容易了，不容易了。

「時代創造英雄」，易；「英雄創造時代」，難。

陳義芝●九月，陳義芝出版散文集《為了下一次的重逢》（九歌），其中〈一九八〇年代遺事〉，寫從十八歲認識瘂弦到瘂弦一九九八年辭去「聯合報副刊」主編職務。陳義芝接下聯副主編時，已經四十五歲，中間隔著二十七年的歲月，他從兩頭回想瘂弦種種：「我唯一不學的，是他的寫信功夫。他坐在桌前，抓起筆來就能寫信……他的字跡大方厚重，內容則洋溢著體貼、尊重之情……副刊的盛唐不再，晚唐不再，逼臨晚明的困局，文壇作家最若有所失的，可能就是再也收不到這樣的信了。」

胡品清●九月三十日，一生研究法國文學的女詩人胡品清（一九二一—二〇〇六）教授辭世，享年八十五歲。一九六三年，原在法國巴黎大學研究現代文學的胡品清得知詩人覃子豪生病，從法國來臺，但到了病房發現已有更年輕的女詩人在照顧詩人……自此一生與文學戀愛，成為文化大學陽明山上一則「山中傳奇」。

《民生報》●十一月三十日，《民生報》在完全無預告的情況下停刊，令人震驚。《民生報》和《中央日報》兩份都是有歷史的報紙。也都是讓讀者讀成習慣的報紙。這兩份報，可說都成了某些家庭裡的老朋友。而其中

「愛中副」的讀者，看到數十年的「中副」就這麼消失了，還真憤憤然。

2007（民國九十六年）

作家與臺北•二月，由臺北市文化局編輯出版的《魂夢雪泥——文學家的私密臺北》，收錄了管管、隱地、雷驤、王文興、愛亞、舒國治、李昂七位作家的採訪，以及林良（子敏）自己寫的〈文風拂面話城南〉和季季的〈我的明星咖啡屋〉，透過九位作家的描述，作家眼中的臺北躍然紙上。

向　明•六月三日這一天，《臺灣詩學季刊》聯合臺北教育大學和明道大學的文學系所，特為詩人向明辦了一場「詩作學術研討會」。七十九歲的向明老當益壯，他從一九五九年起至二〇〇九年，五十年裡出版了近三十種書，平均每兩年出版一本，而最近五年裡，向明居然出版了九種書，幾乎每年都有兩種新書出版，真是羨煞人也！

繼詩集《陽光顆粒》，向明又出版了《詩中天地寬》和《生態靜觀》。二〇〇五年「三民書店」又為他印行了一冊詩話集《我為詩狂》。

所以，也可以說二〇〇七年是向明詩的收穫年。

陳雙景•七月，接受陳雙景投寄來的《嚮往美麗》，為他出書，正如《作文方向燈》作者黃肇基所說：「拜讀全書，不僅是感動，更是一種享受……一種對人生永遠抱持光明希望的享受。」書中的〈壁虎〉和〈老籐椅〉，更是讓人回味無窮的散文妙品。

白先勇•七月二十日，白先勇終於出版讓人望穿秋水的《紐約客》。《臺北人》和《紐約客》是兩本兄弟書。前者白先勇係為他父母那一代而寫；後者則是白先勇為自己而寫的書。書前引陳子昂〈登幽州臺歌〉——

前不見古人　後不見來者

念天地之悠悠　獨愴然而涕下

洛　夫•七月，詩魔洛夫再度出手，交出詩集《背向大海》，詩藝登峰造極，蒼涼、老辣，書中附自剖胸懷——〈解讀一首敘事詩——蒼蠅〉，他語重心長，希望正在現代詩路途上的老少朋友醒醒：「讓讀者在真正的詩中迷醉、沉思，讓詩的數量降低一點，詩的品質提高一些……」而眼前許多同仁詩刊卻千篇一律地以人海戰術，不管好壞，天天寫，日日寫，人人都成詩人，難怪詩的讀者越來越少……

朱介凡•十月，朱介凡以九六高齡，繼續出版新書《文藝生活》（文史哲出版社）。此書論及文藝界友人甚多，如陳紀瀅、依風露、童世璋、黃思騁、李霖燦、何凡、林海音、聶華苓等。介公從九十三歲出版《百年國變》（爾雅）起，保持每年出書紀錄，九十四歲出版《我愛中華》（文史哲），九十五歲出版《改變中國的一些人與事》（爾雅）、《夢魂心影》（爾雅）、《秋暉隨筆》（爾雅），九十六歲更為驚人，除《文藝生活》，另外還有三本：《文史謠俗論叢》（新文豐）、《為佛說諺》（新文豐）和《白話文跟文學創作》（文史哲）。也就是說，從九十三歲到九十六歲的四年當中，他共出書九種，這個紀錄，應當成了全世界高齡作家出書之冠。

張　堃•十二月，張堃詩集《調色盤》出版，由唐山出版社印行。張堃早年在南部和寫纏綿情詩見長的沙穗，還有連水淼合辦《暴風雨》詩刊，也曾參與盤古詩頁。洛夫道出，張堃的某些詩作特別表現出人情的溫馨。

2008（民國九十七年）

李進文•二月十日，李進文出版詩集《除了野薑花，沒人在家》，書前附〈李進文獲二〇〇六年度詩獎讚辭〉：

二〇〇六年是李進文先生的豐收年，發表詩作超過二十首，質量俱優，乃年度最受矚目的詩人之一；目前已出版詩集《一枚西班牙錢幣的自助旅行》、《不可能；可能》等。李進文先生以詩作積極介入社會家國，關懷層面遼闊，賦予人民、土地熱情與希望。並持續戮力探索詩藝，繼承溫柔敦厚的傳統詩教美學，有效節制情感，復不斷翻新技巧，音韻優美，圓融；意象準確而飽滿，景深幽遠；喻語新穎奇特，風格成熟，多年的努力，豐富了臺灣詩歌的成績。

詩人不只寫一枚西班牙錢幣的旅行，這些年國家認同產生了問題，李進文的詩裡，我讀到了他的情緒，引其詩兩行：

一面倒的國旗，請起立
向世界看齊

「銀光副刊」●七月五日，《文訊雜誌》二十五周年慶，舉辦「臺灣資深作家照片巡迴展」，並舉辦系列演講，各方反映，老作家最缺少的是重新擁有一座文學舞台，二〇〇九年元月號，文訊果然增闢了一個彩色的「銀光副刊」，專刊一九四三年以前出生的老作家的各類型作品。

余秋雨●七月二十日，爾雅出版社創社三十三年，再次收到余秋雨贈送一項最大的禮物——繼一九九二年《文化苦旅》，一九九五年《山居筆記》之後，余秋雨又完成了他的文化大散文扛鼎之作——將近五十萬字的《新文化苦旅》，他不時地讀到、聽到猛烈批判傳統文化的聲音，難道中國人真的那麼醜陋？於是他開始有系統研讀中華經典，並有計畫的書寫成篇，書成後受到海內外華人讀者的歡迎，白先勇說，那是因為他碰觸到了中華文化的基因；讀這一部書，等於每個中國人讀到了自己，原來我們的血液中都有這種優質文化DNA，爾雅有幸出到這本將近八百頁的中國人智慧結晶大書，確實是爾雅的榮光。

夏　烈●七月二十日，夏烈繼長短篇小說集《最後一隻紅頭烏鴉》和《夏獵》之後，出版第一本散文集《流光逝川》；早在一九六五年春天，夏烈就因在當時的「中央副刊」刊出一篇〈白門，再見！〉引起一陣騷動，而夏烈卻坐上飛機出國留學，從此音訊全無，成為一團迷蹤。

夏烈像一個交響樂團，在他身上，綜合了各類藝術特質，他有橄欖隊球員的力，也有一支能舞動文學之美的筆，工學院出身的他，又具備工程師的身分，在杏壇和文壇均具影響力。人生智慧和處世經驗更有獨到的見解，這樣一位理性、感性兼具的學者、作家，由他來寫一本《大學四年，如何讓自己快速增值：夏烈教授給未來精英的十五條真誠建議》頗為美式文化且實用的書，真是再合適不過。深信他的新書就是一道陽光和一片森林，會讓讀後的同學呼吸順暢，然後邁向一條陽光大道！

《作家作品目錄》●七月，國立臺灣文學館出版《二〇〇七臺灣作家作品目錄》三大冊，由文訊雜誌社封德屏主編，收錄二五〇〇百多位作家小傳及作品目錄。

趙　寧●九月五日，作家趙寧（浙江杭州人，一九四三—二〇〇八）過世，得年六十六歲。

臺大政治系畢業後，趙寧到美國明尼蘇達讀到哲學博士。能畫能寫的他，當年可是媒體寵兒，皇冠出版的《趙寧留美記》銷路火紅，他其實寫得一手正宗好散文，如《趕路者》，不過讀者似乎更喜歡他穿插打油詩談笑風生的諧文。

嚴歌苓●十月，嚴歌苓繼《草鞋權貴》、《倒淌河》、《誰家有女初養成》、《密語者》、《穗子物語》、《太平洋探戈》、《陳沖前傳》、《波西米亞樓》之後，又出版長篇小說《小姨多鶴》。

嚴歌苓的小說寫得好，在當今兩岸三地，如果排位置，她一定可坐上前五位的大位。亮軒在他的書場裡也不停地說：「只要是讀中文小說的，在最近二、三十年以來，不會不讀到她的書。」《亮軒書場》（爾雅）中，就有一篇〈荒謬裡的純情〉，用了將近七千字，討論嚴歌苓的長篇《穗子物語》，也從各個角度研析了嚴歌苓小說的多面性。

至於《小姨多鶴》，知名日本文學研究學者林水福博士說：「嚴歌苓說故事的能力，媲美日本大文豪谷崎潤一郎。」

陳若曦●十月，九歌出版社出版陳若曦七十自述《堅持．無悔》。陳的生命史充滿轉折，是經過大風大浪之人。

２００９（民國九十八年）

曹介直●年初，老詩人周夢蝶帶著一把傘一個布袋突然光臨爾雅找我。他是不苟言笑的人，平時見面就算坐在面前，他也總沉默以對，這樣一位嚴肅的人找我做什麼呢？難道他終於答應要把詩稿給我了嗎？原來他希望爾雅能為他的好友曹介直出一本詩集，他說了介直先生許多好話，也讚美他的詩如何與眾不同……我從來不曾發現，夢蝶老詩人如此慈眉善目，他幾乎是要求我了，他說自己一生沒有什麼朋友，而曹介直與他一生患難與共，看起來他們真的是生死之交，在這種情況下，我完全沒有拒絕的理由，我接下了詩稿，曹介直的《第五季》詩集，於七月二十日出版，編入爾雅叢書５１８號。這是曹介直生命中的第一本書，出書時，他年已八十，連他自己也說：「這恐怕也是一個笑話。」其實曹介直來頭不小，做過蛙人，也是傘兵，正規陸官畢業，後擔任臺灣大學工學院上校主任教官，更寫得一手好字。

王鼎鈞●這一年有許多寫回憶的書：先是三月十日，王鼎鈞從一九九〇年初動筆的回憶錄四部曲之四《文學江湖》終於出版，從一九四九寫到一九七八年，將近三十年的臺灣時光，是他的人性鍛鍊，也是許多人的浮沉年華。

許悔之●二月，寫〈家族〉的詩人許悔之（許有吉），向作家李昂租辦公室，創辦有鹿出版社。

凌性傑●三月十日，爾雅「日記叢書」出到第六棒《２００８／凌性傑》，他是六個人中最年輕的，今年才三十五歲，果然，日記的副題為「美麗時光」。透過他一年的日記，我們知道現在的年輕孩子腦筋裡成天到底在想些什麼，剛好他在建中教書，最知道孩子的心理。校園裡一切怪現象問題的根源幾乎均來自家庭，沒有感受到愛與溫暖的孩子，最易在校園中發洩憤懣。

曹又方●三月二十五日，作家曹又方（一九四二─二〇〇九）走了。原先，她因治療癌病，已離開職場，辭去圓神、方智、先覺發行人職務，搬往珠海，因獲知孟東籬病倒，專誠回臺探病，沒想到自己走在孟東籬之前。

商　禽●四月，《商禽詩全集》出版（印刻）。曾於一九七五年在永和賣牛肉麵的商禽，寫過許多名詩，其中一首〈遙遠的催眠〉，許多二、三年級的愛詩人，當年都能琅琅上口：

島上許正下著雨／你的枕上晒著鹽／鹽的窗外立著夜／夜　夜會守著你
守著孤獨守著夜／守著距離守著你／我在夜中守著夜／我在夜中守著你

商禽說：「我不是超現實主義者，而是超級現實或更現實、最最現實。我判定自己是一個『快樂想像缺乏症』的患者。唯一值得自己安慰的是，我不去恨。我的詩中沒有恨。」

張瑞芬●六月，張瑞芬繼當代文學及散文論評《狩獵月光》之後又出版了一本散文評論專著《鳶尾盛開》，此書問世，毫無疑問，張瑞芬已登上散文研究第一家，她的書評和文評，不但面廣，也同時注意老中青三代，全方位搜尋寫散文的人。

王　璞●六月，國家圖書館為王璞（王傳璞，山東鄒平人，一九二八年生）出版《作家錄影傳記十年剪影》。

齊邦媛●七月七日，齊邦媛老師的書《巨流河》出版，這本傳記裡另有傳記。它是兩個時代的故事，從東北到臺灣，中間的許許多多歷史，我們都淡忘了，也許只記得西安事變或張作霖、張學良的名字，人多麼健忘，如今《巨流河》讓我們重新恢復記憶，一幕幕血的教訓，還有齊老師到臺灣後在臺灣大學、臺中一中、中興大學又回到臺灣大學的種種文學旅程，從國立編譯館到中華民國筆會以及《筆會季刊》，一步一腳印，全有齊老師《一生中的一天》和《霧漸漸散了》的文學記憶，《千年之淚》裡的淚也全是發著文學之光的民族大淚啊。

張曉雄●七月，「爾雅」出了一本特別又特殊的書，舞者張曉雄的傳記《野熊荒地》。「張曉雄的身體，像是詩的語言」，而他的書，整體看來，就像一場舞，一場令人迷醉的舞。

艾　雯•二〇〇九年，像任何一年，總要帶走幾位寫過許多優秀作品的老作家。八月二十七日，高壽八十七歲的艾雯（熊崑珍，蘇州人，一九二三—二〇〇九）病逝，她晚年深受呼吸疾病困擾，一九五一年出版的《青春篇》是當年渡海來臺的青年大兵，行囊裡經常珍藏的書，就是那些書，陪伴著當時離家的寂寞心靈。《青春篇》中有篇〈路〉，五〇年代就收入國中教科書。一九五五年，救國團舉辦「青年最喜愛的作家及作品」選拔，艾雯被選為散文作家第一名。

龍應台•九月一日，龍應台的《大江大海》出版，此書用大時代裡的血肉小故事串連起來，歷史的淚裡有歷史的罪，人性的瘋狂、毒狠和愚蠢在戰爭裡一覽無遺。

孟東籬•九月二十一日，孟東籬（孟祥森，一九三七—二〇〇九）患肺腺癌病逝，次日聯合報上的標題是「現代陶淵明，風流倜儻，難忘曹又方，孟東籬癌逝」。

季　野•十月，終於為季野（一九四六—二〇〇八）出版他生前看不見的詩集《人間閒日月》，天妒英才，原名季滇生的「小魯迅」季野的詩，首首可以朗讀，卻在詩壇不得志，繼而轉向茶道，著有《茶藝信箱》、《紫砂陶》等書，成為茶藝大師。

季野、岑篠瓊夫婦後來遷往臺中精明一街，除了推展茶文化，也經營文物古董，把精明一街營造成一條香榭大道，當年的「有名堂茶館」，更是騷人墨客歡聚之所。

東方白•十月，透過《文訊》林麗如的採訪得知，寫《露意湖》的東方白病了，而且病得不輕，主要，四十年來一直照顧他生活起居的太太先他而走，讓他頓失依靠，二〇〇七年，東方白在出版第七冊《真與美》時，就已對人說「這是他人生的最後一本書」。他說：「一切都變了」，他自認再也寫不好了，他不要勉強自己硬寫。

生命是一場驟雨，青春像一張落葉。關於東方白，臺北的友人一定都熟悉他「太超過」的打雷似大笑聲，如今喪偶使他「滿腦子想的都是死亡的事」，他說自己的退場時間到了，他說這就是人生——有人登場，有人退場，很正常的。

孫如陵•一九一五年生的「中副」主編孫如陵，二〇〇九年在睡夢中過世，享年九十四歲。他前後主編《中央日報》副刊三十餘年，許多作家的第一篇作品都在「中副」發表，筆名仲父的他，寫了無數方塊，《寫作與投稿》是他的代表作，而他編的十數冊《中副選集》，也曾是七〇年代極暢銷的文藝叢書。

2010（民國九十九年）

羅葉•一月十七日，詩人羅葉（羅元輔，一九六五—二〇一〇）因腎臟疾病併發而過世，得年四十五歲。一般人都以為羅葉只寫詩，其實他寫得更多的是散文和小說，一九九四年交出的第一部長篇小說《我的兄弟黃非紅》，二十五開本，厚達三一一頁，由探索文化公司出版，臺人社會系社會工作組畢業的他，畢業後進入《新新聞》周刊任記者，宜蘭籍羅葉，最後回到家鄉，在宜蘭社區大學和慈心華德福實驗中小學任教，他大部分的書都在探索文化公司出版。

羅葉以一首詩，為自己寫下了〈遺書〉：

……
我盼望作一次火浴
之後隨風飄散我的賸餘
無需葬禮，不用墓場
你知道的，我喜歡流浪
……

也許為我出薄薄的詩集
但不必寫長長的序

張光斗•點燈　二月三日，張光斗主持的「點燈文化協會」頒獎給作家王璞，因他以七十高齡開創拍攝「作家錄影傳記」，以「一人公司，全年無休」拍攝超過一百位作家、畫家的新書發表會及書畫展覽等活動，近年更加入筆隊伍，也開始寫作，且遠赴海外，留下許多訪談描繪作家、畫家的珍貴紀錄。

二〇一九年九月十八日，銀嗓子歌后姚莉過世，他還寫了一篇悼文懷念。

魯　蛟•五四文藝節，中國文藝協會出版《文協六〇年實錄》（一九五〇—二〇一〇），由詩人魯蛟（張騰蛟）、張默、辛鬱聯合主編，十六開本，四九〇頁，全書分六卷，共附五百六十七位會員簡介，〈文協六十年大事記〉及二四〇張照片，可謂工程浩大。

李　煒•李煒有一支古靈精怪的筆，唯有他能駕馭經典文學中日月星辰般閃爍的智慧。

九月，爾雅出版社出版一本封面全黑，只有一朵閃著白色亮光的白茶花，在黑夜裡閃爍著——這本書甚至找不到書名，找到了，也只有《４４４４》四個不明顯的「４」字——一般人認為不吉利的數字。

就是這本書，李煒用它來紀念永遠藏在自己心底的母親——曹又方——一位才貌兼具又時尚新潮且風靡藝文界的作家，曾出版過六十七本書，「她一直是自己人生的導演」；甚至有人懷疑，是否她知道自己要走了，所以她把孩子李煒留在世上？

不管說短短，或說長長，在曹又方辭世十年之後，李煒已經出版了將近十本書。

柯慶明•七月，《２００９／柯慶明》出版。這是「爾雅作家日記」第八棒。所以會想到請慶明兄寫日記，主要是讓他有一個辯解的平台，因為同為臺文所所長的陳芳明在《２００８／陳芳明》一書中對他的「控角」行為頗有微詞。但《２００９／柯慶明》全書未對陳芳明教授提不滿之詞，越發感覺慶明兄心胸寬大。

施叔青●十月，施叔青完成「臺灣三部曲」的最後一部《三世人》，連同一九九三年開筆的《她名叫蝴蝶》——「香港三部曲」的第一部，六冊小說，前後耗去她二十年的青春，從青壯寫到白髮，施叔青不但為臺灣寫史，也為香港寫史。

一個偉大的小說家，除了才情，也必須具備歷史使命感。用小說寫史，比實際史家寫史更艱困，除了要蒐集史料，還要能融化史料，然後構思情節，創造人物，簡直比建築一幢宮殿還難，施叔青的毅力、智慧，讓人難以想像，在小說家中，能有她這種紀錄的幾乎絕無僅有。

為了寫「香港三部曲」，她這個臺灣人還特地於一九七八年移居香港（當然，也有可能是因移居香港，長年住在香港，觸景生情，促使她動念寫「香港三部曲」），先寫了大都以香港為背景的《愫細怨》、《情探》和《韭菜命的人》三冊短篇小說集以及長篇小說《維多利亞俱樂部》。

《臺灣三部曲》接著開工，第一部《行過洛津》，洛津就是鹿港，施叔青是鹿港人，她從故鄉鹿港寫起，鹿港原是一個港口，繁華過，儘管後來沒落了。施叔青透過男主角許情——而許情正是「苦情」之意，閩南語「許」、「苦」同音，整本小說的基調都投射在男主角一生的苦情和悲憫身世，明明他是一個男人，卻淪落在一個戲班子裡，要將他改變成一個女人。許情就是臺灣的縮影，臺灣從來無法依照自己的腳步往前邁進。

張世聰●《就是愛爾雅》（二〇一五）的作者張世聰，二〇一八年又出版了一冊《一起讀書真幸福》，他和「建成國中家長讀書會」的成員，前後三次分享讀施叔青的小說，「臺灣三部曲」顯然是他們重點閱讀的焦點，可見當一位小說家寫下了可以傳世的經典作品，讀者不但入迷，而且一個告訴一個，可見好書還是不寂寞。

●十一月，國立臺灣文學館出版《臺灣當代作家評論資料目錄》八冊，由文訊雜誌社封德屏主編，歷時五年，完成了五十位重要作家之評論資料的蒐集整理。

陳幸蕙•十一月，陳幸蕙的《悅讀余光中》三書終於完成。陳幸蕙讀北一女時，因學校就在重慶南路上，整條街都是書店，養成了她逛書店愛買書的習慣，六〇年代，當她買到余光中在文星書店出版的《蓮的聯想》，從此成為光中先生的第一批粉絲，二〇〇〇年，當她完成一系列四冊《青少年的四個大夢》之後，一直在想，還能為青少年做些什麼？她決定從她喜歡且受益甚多的余光中詩作著手，得到《幼獅文藝》和《明道文藝》兩本雜誌主編的應允，都為她開了「悅讀余光中」專欄，書成，交給爾雅出版。

自此陳幸蕙全心投入余光中教授的創作園地，詩卷、散文卷之後，還有旅遊文學卷，一個作家全副心力鑽進另一位作家身心之中，從最初的構想，到夢的完成，三本書，幾乎耗去陳幸蕙十年青春。

作家對別的作家成天談論自己作品有何看法？見仁見智大有不同。有人是喜歡的，如余光中，他為陳幸蕙研究自己的書寫序，她當然視陳為自己的好友團，甚至視如家人，但也有作家有潔癖，並不喜歡經常有人對自己作品說長道短，甚至東引一句西引一句，一篇文章中真正結晶之言，不過就那麼幾句，引來引去，都把自己文章的精髓引走了。

但有時又不好說，也就悶在心裡。假設出版人不瞭解每位作家的特性，還以為出幾本評析這位作家的書，做的是正面推廣，後來才發現兩造想法遙遠如此，難怪彼此都感委屈。

2011（民國一〇〇年）

木　心•二月十四日，作家木心（一九二七—二〇一一）辭世。享年八十四歲。

木心是令許多人傾心的作家，絕大多數作品均先在臺灣報紙副刊上發表，然後在臺灣出版。他書中有許多令人難以忘懷的話，如「生命的兩大神秘：欲望和厭倦」；「偉大的藝術常常是裸體的、雕塑如此、文學何嘗不如此」。

他的另一句話：「生命是時時刻刻不知如何是好」，也讓人思索不已。

木心畢業於上海美術專科學校，長年旅居紐約，他對當今之世不以為然，以下這段話讓人深思不已：

「從前藝術家的風格，都是徐徐徐徐形成的，自然發育，有點受日月精華的樣子。地球大，人口少，光陰慢，物質和精神整個兒鬆鬆寬寬瀟瀟灑灑，所以：人格即風格……近到耳鬢廝磨的近代……世界是這麼小，人口這麼多，光陰這麼快，物質和精神對流得這麼激烈，人那能形成格呢。」

作家資料彙編●三月，第一批十五位《臺灣現當代作家資料彙編》終於由國立臺灣文學館出版。說來也是一樁「不可能的任務」只因前國家圖書館編纂張錦郎於一九九五年十月二十五日在師範大學一場以「面對臺灣文學」為題的座談會上說了一句：「臺灣文學需要什麼樣的工具書」提出專業建議，獲得時任文建會二處科長游淑靜的支持，一步步走來，終於有了這一套書的出版，其間艱辛，外人難以想像。首批列入彙編的十五位作家為賴和、吳濁流、梁實秋、楊逵、楊熾昌、張文環、龍瑛宗、覃子豪、紀弦、呂赫若、鍾理和、琦君、林海音、鍾肇政和葉石濤。

楚　戈●三月一日，楚戈（袁德星，湖南湘陰人，一九三一—二〇一一）辭世，享年八十歲。楚戈多才多藝，詩人、畫家、評論家兼擅雕塑，著有詩集《散步的山巒》（純文學）、散文集《再生的火鳥》（爾雅）、《咖啡館裡的流浪民族》（九歌），論述《視覺生活》（商務）、《中華歷史文物》（河洛）、《審美生活》（爾雅）、《龍史》（自印）等書。

楚戈因戰亂少小離家，生命坎坷，四十八歲正是生命昂揚之年，卻不幸罹患鼻咽癌，但他永遠以微笑示人，「用微笑洗刷傷口」，幽默風趣，他人在哪裡，笑聲就在哪裡，「樂觀者袁寶」——他是朋友們的開心果。

周夢蝶●四月，目宿媒體《他們在島嶼寫作》——一套以作家生活與寫作背景拍攝的紀錄片正式在戲院上映，首批登場的六位傳記主為周夢蝶、林海音、余光中、鄭愁予、王文興和楊牧。

陳芳明●十一月，一生立志要為臺灣文學寫史的陳芳明，歷經十二年，中間兩度停筆終於完成上下兩冊《臺灣新文學史》，由聯經公司出版。

「權力是一座迷宮，文學是一個出口，政治史是興亡史，文學史是傳承史。」這是二○一一年十一月二日，時任政大臺文所所長陳芳明新書發表會時，記者引述作者的一段話：「政治使人分裂，文學讓人和解。」

事實並非如此，一旦政治人物的汙手全面伸進社會各個層面，不少文人也常會勢利的選邊站，文人和文人，常常也互相對立起來。

李長青●十二月，李長青在九歌出版社出版散文詩《給世界的筆記》。莫渝說：「憂鬱少年的長青，躲入『散文詩』的『透明清晰的窗戶』般的蛹，從十三、十四年前的一九九七。在蛹內，自我營養、自我修行、自我凌虐、自我啃噬，意欲蛻變？成蛾？成蝶？成詩？」

蘇紹連則說，「世界這麼大，臺灣出版散文詩集的詩人，怎麼好像都住在臺中。寫《面具》散文詩集的渡也，寫《象與像的臨界》散文詩集的王宗仁，寫《解散練習》散文詩集的然靈，寫《驚心》、《隱形或者變形》散文詩集的我……」如今加進李長青，不知在天上的「散文詩教主」商禽是否看到這支散文詩先鋒隊伍已為臺灣的散文詩帶來願景？

李長青的《給世界的筆記》前後寫了十五年，所以讀者不應該用十五分鐘讀它，你我讀《給世界的筆記》也需要用十五年的時間。

2012（民國一〇一年）

羅　英●一月二十九日，寫過名言「時間在悄悄蹓走」的詩人羅英，在南非「悄悄地走了」。羅英生於一九四〇年，湖北蒲圻人。享年七十二歲。

羅英的詩有其獨特風格，超現實的寫法，走在時代前端；她也是寫極短篇的高手，《羅英極短篇》，在爾雅一系列「作家極短篇」中，她是高度受到好評和肯定的一位。

余之良●一月十五日，寫《番戲》和《我向南逃》的余之良（一九二一—二〇一二）辭世，享年九十一歲。

周嘯虹●二月二十四日，筆名蕭鴻的周嘯虹（一九三二—二〇一二）辭世，享年八十歲。周嘯虹曾任《臺灣新聞報》主筆，著有《三十功名塵與土》和《馬祖‧高雄‧我》。

白先勇●四月二十七日，白先勇出版圖文傳記《父親與民國》——「白崇禧將軍身影集」上下兩冊——「戎馬身影」與「臺灣歲月」，由時報文化出版公司印行。

傅月庵●五月十二日，《中國時報》開卷版刊出傅月庵〈江湖悠悠，春水如藍〉——點檢文學追憶錄。他引：「有人的地方就有恩怨，有恩怨的地方就有江湖。」之後說道：「文無第一，武無第二，競爭本質均無軒輊。文壇遂與武林同為江湖一部分。江湖多傳說，文壇軼聞復多多，有眼見親炙，有摭拾耳聞，筆之成文，都成了書話掌故，這一代的事了。」

傅月庵提到了左列九書，細數文壇往事，也是文壇追憶錄。

①《看雲集》梁實秋（一九七四年三月　志文出版社，一九八四年八月　皇冠出版社）

②《剪影話文壇》林海音（一九八四年八月　純文學出版社）

③《回音》林文月（二〇〇四年　洪範書店）

④《立春前後》董橋（二〇一二年　香港牛津出版社）
⑤《行走的樹：向傷痕告別》季季（二〇〇八年　印刻）
⑥《憶春台舊友》彭歌（二〇〇九年十二月　九歌）
⑦《一棟獨立的臺灣房屋及其他》隱地（二〇一二年四月　爾雅）
⑧《昨夜雪深幾許》陳芳明（二〇〇八年　印刻）
⑨《回首我們的時代》尉天驄（二〇一一年　印刻）

李　黎●五月，李黎出版《半生書緣——一名文學新生與巨擘的靈光之會》（印刻）。李黎早在一九八七年兩岸開放之前十年——一九七七年就踏上神州故國，透過出版界前輩范用先生的引見，她先後訪問了茅盾（一八九六—一九八一）、丁玲（一九〇四—一九八六）、巴金（一九〇四—二〇〇五）、沈從文（一九〇二—一九八八）、艾青（一九一〇—一九九六）、錢鍾書（一九一〇—一九九八）、楊絳（一九一一—二〇一六）、范用（一九二三—二〇一〇）、劉賓雁（一九二五—二〇〇五）、李子雲（一九三〇—二〇〇九）；以及臺灣的兩位——陳映真，是李黎的文學啟蒙施，而殷海光教授，是她心目中最尊敬的師長。

《短篇小說》●六月一日，也是由傅月庵擔任主編的《短篇小說雜誌》創刊，每期以刊出十位作家的十篇小說作為主軸。與其說是一本雜誌，讀來，更像一本小說選。第一期的十位執筆人分別為黃崇凱、劉梓潔、黃麗群、傅天余、張惠菁、柯裕棻、陳雪、楊索、林宜澐和張大春。

沈君山●七月，才子沈君山（一九三二—二〇一八）在天下文化出版《此生泛若不繫舟》，此書因作者二〇〇七年三度中風，長年躺在醫院，無法自己整理，改由他的好友張作錦編選，最後再由夫人曾麗華校讀，沈夫人有序一篇——在〈不繫之舟〉一文中說：「……我視這本選集，有如凝視一幅沈教授的精神畫像，相信它能啟迪無數繼起之心靈，追求寬闊自由的獨立思考。」

書中有一篇〈說大國則平等之〉，是沈君山一九九〇年十二月十六日與江澤民第一次晤談的紀錄，書生報國之情躍然紙上，內容讀來令人感動，而會談前有一段沈君山寫的「晤談機緣」，文字之講究，更是一篇絕美散文。

景　翔• 七月，終於為景翔出版了詩集《長夜之旅》。這件事至少拖延了三十年。最初是景翔忙碌，他有譯不完的稿，影評人的身分，更使他分身乏術，沒有時間好好整理他的詩稿。後來，爾雅的業績開始走下坡路，而詩是票房毒藥，景翔已多年不寫詩，為他出詩集，銷路當然好不到哪裡去，他不主動交出詩稿，也就不去催他的稿了。但景翔是爾雅最初的合夥人，無論如何，爾雅一定要為他的詩集空出個位置。何況，景翔患了脊椎椎間盤磨損，很可能是大部頭譯稿接了太多，他的腰越來越彎了，行動的不便，使他減少外出，終於他想起他的詩了，翻箱倒櫃，找不到的詩作，他也憑記憶，一一拜託朋友為他到圖書館找，到幾家刊登過他詩作的詩雜誌社去影印，排出來，只有一七七頁，稍嫌單薄，於是他決定，寫些詩作背後的故事。有了這一部分，詩和詩人全站了出來，景翔用《長夜之旅》為他自己的同志身分出櫃，終於他把自己一直隱藏著的隱痛說了出來，老來能做真正的自己，表示一切都放下了。

張　堃• 十一月，張堃繼《醒，陽光流著》（一九八〇年．創世紀詩社）、《調色盤》（二〇〇七年．唐山出版社）後出版第三本詩集《影子的重量》。從一九七七年開始寫詩的張堃，要等到四十年後，終於在詩壇有了重量。很少詩人在寫詩超過四十年之後仍能突飛猛進，從《影子的重量》閱讀張堃，發現詩人如今不但能取得置於「明」處的「藥」，亦能解隱藏於「暗」處的「毒」，他能寫「小型的個人性的陰影」，亦能寫「大型的社會性陰影」，路走得遠了，人也看得多了，張堃了然於人性，能從人生的荒涼中尋找人的價值。他找到了詩，他說：「用生命寫詩的人，不會被生命遺棄。」

顏元叔• 湖南省茶陵縣人，一九三三年七月生於南京，二〇一二年底於上海辭世，享年八十歲。臺大外文系畢業後，顏元叔赴美就讀，鑽研英美文學，先後獲得碩士、博士，並任教於美國密西根大學；一九六五年返臺，揮舞著新批評的大刀，在文壇上造成一股旋風，除致力研究莎士比亞，自己也寫小說，並出版《文學的玄思》、《文學批評散論》等書。

一九七二年，榮獲美國威斯康辛大學英美文學博士的顏元叔，在臺大文學院長朱立民號召下，和另一位學戲劇的胡耀恆，三人聯合掛名，以臺大外文系之名，創辦《中外文學月刊》，學院走入社會，這是第一次，讓愛好文學的人，看到了教育很實際的融合進群眾的生命裡。

那也是顏元叔最意氣風發的年代，筆鋒橫掃文壇，惹到老頑童夏志清，兩人在離《中國時報》人間副刊筆戰長達一年，老文人吵架，誰也不讓誰。

一九七七年出版《離臺百日》之後，顏元叔開始改變文風，大量出版雜文，並遷居上海，住到大陸去了，有一段時期，臺灣完全沒有人知道，顏元叔到底去了那裡。偶爾會有小道消息，說顏元叔早已成為大統派。

顏元叔的最後一本書是二〇〇八年十月，由張瑞芬為上海世紀出版集團編的「臺灣學人散文叢書」簡體字版《市井煙火》。

2013（民國一〇二年）

三弦•張曉風、席慕蓉、愛亞三位作家，將她們的文章集為一冊，名為《三弦》，書前有蔣勳的序——〈女曰雞鳴〉一篇，是八〇年代長年高掛在金石堂排行榜上的暢銷書。此書初版於一九八三年七月二十日，至今已滿三十年。三十年後看往昔，張曉風、席慕蓉、愛亞三人仍然各人在各人的路上——有所往，有所返，有所離，有所聚，有所予，有所求……（引自愛亞的《路》）。

藍明•七月，六〇年代初，在正聲廣播公司主持「夜深沉」節目紅極一時的藍明（何藝文），透過汪其楣的穿針引線，由秀威出版藍明自傳《繁花不落》，這也是另一本屬於「回到五〇年代」、「回到六〇年代」的書。藍明現旅居加州，高齡九十四歲，她正在整理另一部文集，希望不久能出版。

碧　果●九月，超現實主義代表詩人之一的碧果，出版了第十三本詩集《驀然發現》，他在〈後記〉中說：「詩人，是一位思維敏銳天賦逾矩自我輕狂的天才。但，也是一位靈肉解放，白食自體，心花朵朵的白癡。」除了每隔一段時日，你會在副刊或詩雜誌上讀到他一則詩創作，他還在忙些什麼呢？詩人曰：讀書、看雲、散步、種花、養鳥、餵魚。

王定國●十月，一個走失的「文學的孩子」回來了——王定國的中短篇小說集《那麼熱，那麼冷》，彷彿天邊掛著的彩虹，這人躲到哪去了？怎麼突然又出現了！五篇小說驚動文壇，二〇一三年的文壇，王定國的出現，小說和文學的話題又有人在談論了，可惜爾雅版的「年度小說選」到一九九八年就停了，這五篇小說，哪一篇都有足夠的資格，選進小說選。

楊佳嫻●十一月，前「聯副」主編陳義芝譽為「美聲抒情女高音」的楊佳嫻出版第四部詩集《金烏》。陳義芝進一步肯定：「楊佳嫻筆底的美聲抒情，瀟灑中透著堅貞風采，表情豐富，無愧於中青世代正旦青衣的地位。」

侯吉諒●十一月，侯吉諒在木馬文化出版《紙上太極——生活中的書法美學》，在〈懸腕寫字〉一章中談臺靜農傳奇，談蘇東坡的啟發，他說：北宋四家——蘇東坡、黃山谷、米芾、蔡襄，他最喜歡的書法家還是蘇東坡，四人寫字的方法——無論習慣和愛好都不一樣，可見書法規矩不必完全遵照，但當他知道文徵明在八十幾歲練小楷時，仍然懸腕，侯吉諒又決定有些規矩還是要遵照，他決心要把懸腕好好練起來。侯吉諒曾經在《聯合報》副刊服務，自己也寫過詩和散文，他擔任過明日工作室副總經理，更實際參與出版實務，主持未來書城。

夏志清●「我已經永垂不休！」十二月二十九日，「向來對任何事情絕不放棄評論，而且語出必驚人」，著有《中國現代小說史》（一九六一年，耶魯大學出版英文本）的夏志清（一九二一—二〇一三）教授在紐約辭世，享年九十二歲。次年十二月，姚嘉為特為他編了一冊夏志清先生紀念文集——《亦俠亦狂一書生》（商務），收王德威等三十三家懷念他的文章。

2014（民國一〇三年）

齊邦媛●一月，遠見天下文化由於齊邦媛的《巨流河》出版後大受歡迎，再出《相逢巨流河洄瀾》——齊老師說：「這是一本大家合寫的書，如千川注入江河，洄瀾激盪。」一本書的誕生，多少能引來一些書信或口頭讚美，但像齊老師這樣，《巨流河》一上市，像千軍萬馬、像潮水般衝激而至懇切又真摯的信，從四面八方集中到齊老師心頭，一時讓她既溫暖卻也沉重，這些以評論、訪談和來函方式表達的意見，齊老師捨不得獨享，她交給長年為她編書的項秋萍，請她整理後也徵求原作者同意，最後輯印成書，成為一種永遠的紀念。

施善繼●二月，詩人施善繼在遠景出版社出版《毒蘋果札記》，全書收作者從一九七九年十月三日陳映真被捕到二〇一三年十一月十一日的日記式雜感；在著有《臺灣文學與本土化運動》（臺大出版中心）陳昭英所撰序文中：「陳映真是一株繁茂、內蘊劇毒、根深蒂固的蘋果樹。」這是官方認定，而毒蘋果樹上盛結著的每一顆小紅蘋果都是毒蘋果，施善繼早就被認定是陳映真的黨羽，當然也是一枚毒蘋果。順此認定，施善繼寫了一系列散文，內容包括音樂評論、人物懷想和兩岸人民生活的在地書寫，貫穿其中的是一顆左翼詩人的心。

薛仁明●四月，薛仁明覺得自己日子過得並不舒坦，心情沉重，且有一種虛浮、無處著根之感，他決定回到老祖宗的經典中尋找智慧，超脫困境，於是他開始讀《史記》，並作筆記，完成了《進可成事，退不受困》（九歌）。

瘂　弦●四月，詩人瘂弦健康情形尚佳，還能坐飛機來去加美之間，一次他和詩人張錯參加南加州詩歌藝術節，會後應文友之邀，到聖地牙哥海灣一處被瘂弦命名為「望海閣」的小樓，當時也在場的小說家荊棘，形容「夜晚的海水靜寂深沉，沿岸的燈火卻璀璨一如天空的繁星」，喝著咖啡喝著酒的文友希望繼續聽瘂弦說愛情故事，他有那麼迷人的聲音，在如此醉人的晚上，怎麼可以不說幾個好聽的故事呢？

瘂弦說了梁實秋和韓菁清的故事；也說了三毛和荷西的故事，但最讓文友難忘的還是以下這個故事：

「從前鄉下，有人結婚了。他進了紅幃四壁、紅燭高舉的洞房花燭夜，新娘子正坐在床上，罩著蓋頭等他掀開。他們就要進行夫婦合歡之禮了，男的想先到外邊上個廁所吧，就穿著長掛往門外走。不巧，掛袍後角被門栓勾住，他用力才拉開來。他一路走一邊想，這個女人不正經，怎麼抓住衣角不想我走呢？就再不回頭地繼續走下去了。幾年以後，他心一動，決定回家看看。家裡一切沒變，還是像他離開時的樣子，他一直往內房走去，推開門一看，還是那洞房花燭夜的情景，新娘子也還是罩著蓋頭坐在床上。他走上去把紅巾掀開，只見一副骷髏，登時粉碎如花瓣飄下來……」

周夢蝶●五月一日，老詩人周夢蝶（河南淅川人，一九二一—二〇一四）往生，一生出版過四冊詩集，而在四本詩集中他居然用了三百四十九次驚嘆號，三百六十三次問號，他的人生，終其一生，在疑問和驚嘆中打轉，他被封「詩僧」，一襲長衫，予人一生在「打坐」形象，可他又是一生「為情所苦」的癡人、傻人、呆人。他是從大觀園走出來的人；或者說他根本是只應走在「大觀園」裡的人。

封德屏●七月二十日，爾雅成立三十九周年。每逢周年慶，總希望出幾本比較特別的書，於是選了封德屏《荊棘裡的亮光——《文訊》編輯檯的故事》。

書出版後，出版同業問我：「這書要賣給誰？」

我一楞，還真不知如何回答。

這樣的書不值得出嗎？多麼豐富的內容，包括臺灣的文化、文學以及作家生活……打開此書，一股撲鼻的人文香，迎面而來，如此提昇精神生活層面的書，怎麼可以不讀？大家都說，《文訊》雜誌做了許多事，透過此書，甚至多買一本送人，也正是我們回饋《文訊》雜誌的時候。

二〇一九年，爾雅繼續出版「《文訊》編輯檯的故事」第二集——《我們種字，你收書》。年底，傳來好消息，封德屏榮獲臺北市政府第二十三屆「臺北文化獎」。

《荊棘裡的亮光》最後一頁，有張一九六五年，李渝（一九四四—二〇一四）和郭松棻（一九三八—二〇〇五）攝於臺灣大學文學院前的照片，就憑此難得一見的照片，以及封德屏寫關於李渝的故事，我們這些自稱為熱愛文學的人，不應珍藏一冊嗎？

陳文發●八月，愛好攝影的陳文發，也加入寫作筆隊伍的行列，在允晨出版《作家的書房》，照片之外，添加了文字，內容豐富。

羅　蘭●八月二十九日，「小語成絕響」！《羅蘭小語》主人因心肺衰竭病逝臺北，享壽九十六歲（一九一九—二〇一五）。羅蘭自民國三十七（一九四八）年隻身來臺，擔任廣播主持人長達三十二年。「在勵志文學尚未流行之前，她的聲音與文字，是許多人的心靈雞湯。」（引自邱祖胤採訪稿）。

陳怡安●十月十三日，一生致力於人文關懷、傳授人文價值的陳怡安，在蘇州寓所備課突然昏迷，延至十五日離開他熱愛的人世，享年七十四歲。陳怡安從小即展現積極自我開拓的精神，熱愛閱讀，對朱熹、孔、孟古賢以及西方哲學家經典瞭如指掌，也永遠鼓舞受到人生挫敗而處於情緒低落之人重新從閱讀出發，著有《積極自我的開拓》、《愛．溝通．成長》、《把自己找回來》、《活出現代人的意義》和《人生七大危機》……都是當年洪建全教育文化基金會最暢銷的書，幾乎人手一冊，影響深遠。

張作錦●十月二十三日，張作錦在《聯合報》副刊發表「感時篇」專欄的最後一篇：〈告別讀者〉，前後二十三年，從一九八三年起，張作錦有時一周一篇，有時兩周一篇，先後和彭歌的「三三草」、張繼高的「未名集」專欄交替出現，張的文章，語重心長，感時憂國，引人共鳴；更獲得中央研究院院士許倬雲推薦肯定，也為作者選集《江山勿留後人愁》，鄭重的寫了序文。

2015（民國一〇四年）

林保寶•一月，著有《永恆之城》，讀羅馬聖十字架大學哲學系、羅馬德蘭學院神學系畢業後，留在梵蒂岡廣播電台擔任編輯的林保寶，住滿羅馬十年後決定回臺，以兩年時間專心一意做一件事——詢問一百個人藏在心底的「幸福角落」，天下雜誌為他出版《幸福角落》；是的，人人都有自己的幸福角落，林保寶歸納一百位採訪者，得到了幸福的答案：一、專注當下，與自己對話；二、尋覓心所嚮往，全心投入工作；三、家是幸福的原點，朋友是分享的起點；四、愛與關懷是人間的頂級美味；五、生活簡單，一生如小神仙。

雷　驤•三月，由傅月庵編輯的「雷驤作品」，分文字書兩冊、畫集一冊，前者書名《人間自諾》選自四十七年來雷驤創作的三百萬字；畫冊《畫人之眼》以「市井」、「異方」、「身體」分輯，由作者自千餘張速寫、素描、版畫中挑選。一盒三冊，由沈雲驄主持的「掃葉工房」出版，並註明：初版印後絕版。

焦　桐•六月，詩人焦桐的二魚出版社，印行如聖經般厚的《味道福爾摩莎》（七六七頁）。焦桐從南吃到北，辛苦記錄全臺灣大城小鎮的各項食物特色和一些讓人回味的美食餐廳，也等於是一本「臺灣美食聖經」。

林德俊•六月六日，六年級詩人林德俊，離開《聯合報》副刊，牽手韋瑋，一同到霧峰蘭生街寧靜巷弄內開了一家「熊與貓咖啡書房」，希望推廣閱讀，也可享受讓心安靜下來如詩般美好的慢節奏人生歲月。

王定國•七月，小說家王定國獲頒第二屆聯合報文學大獎。在這之前，王定國已因《那麼熱，那麼冷》和《誰在暗中眨眼睛》連續兩年獲《中國時報》開卷獎和《亞洲周刊》華文十大好書獎。到了九月，王定國又交出長篇小說《敵人的櫻花》，之後《戴美樂小姐的婚禮》、《昨日雨水》以及二〇一九年的《神來的時候》，果然，「文學的孩子」王定國，只要逃出那個浮華的世界，走進一條蜿蜒小路就能抵達人煙稀少、寂寞最多的文學森林，像一隻鳥拍拍翅膀就能飛過天空……

廖志峰•七月，允晨發行人廖志峰出版了自己的第一本書——《書，記憶著時光》，是一本談「書與作家」的書。作為一個出版人，廖志峰經常自問自答，「為什麼從事出版？」志峰給了我們答案——「出版是一種抵抗，抵抗遺忘，抵抗庸俗。」

朱天心•十月，朱家老二天心出版日記式回憶體散文《三十三年夢》（印刻），朱家班，三三集團……三十三年裡，多少文壇往事，朱天心的心情，全表露在這本書裡。書前有：楊照序文〈說吧，追求「自由」的記憶！〉。

邱七七•十二月，即將九十歲的邱七七，自費印刷《七七八八將近九》，四二四頁，彩色精印，等於是一本自傳。民國十七年生，早年就讀金陵女大中文系，著有散文、小說、遊記二十餘冊，晚年組女作家合唱團，巡迴海內外各地演唱抗戰歌曲，編有《回憶常在歌聲裡——抗戰勝利五十周年獻禮》（爾雅）。

2016（民國一〇五年）

席慕蓉•一月一日，詩人席慕蓉向齊老師拜年，兩人在電話裡說得高興，齊老師向席慕蓉說，這麼多年她注意到慕蓉有一特質，就是她一直在在一條尋找的路上，席不知道自己究竟要找什麼，只是知道自己的一顆心驅動著她一定要繼續往前找。

這種點醒，讓席慕蓉感覺在電話裡聽齊老師說話，就像在上文學課程，是一對一的單獨授課，席慕蓉認為自己是一個幸福之人。

星雲大師●一月十六日，繼《人間福報》後，八十九歲的星雲大師再度創辦《人間佛教》學報，每兩個月出版一冊，內容包括學術論文、小說、散文和報導文學。

曲潤蕃●一月，文訊雜誌社出版曲潤蕃傳記《走出魔夢》，全書係以中共土改和三個女人為骨幹，是作者從大陸到臺灣，從臺灣到美國永遠的夢魘，拖著如此沉重的血淚記憶，寫下了屬於他個人及家族的奮鬥史。曲潤蕃十歲時，就看到二婆婆（爺爺的二嫂）被活活打死，後來，小小年紀，他又目睹了婆婆之死，婆婆不但肋骨被打斷，耳朵也被割掉了，村幹部為何要打死他婆婆，只因聽說了她完全子虛烏有的「隱藏了二十五個金元寶」。

臺灣大學電機系畢業的曲潤蕃，在第二十八節〈上新竹中學〉，談到自己和同學們一起讀書、聊天、打球或是到城裡去逛書店，他讀了當時最暢銷的三本書——王藍的《藍與黑》，徐速的《星星‧月亮‧太陽》和蔣夢麟博士的《西潮》，此外他也讀了許地山、夏丏尊、郁達夫、徐志摩、朱自清的散文，他更買了陳之藩的《旅美小簡》，還有各報副刊和香港亞洲畫報上的臥龍生武俠小說《玉釵盟》，瓊瑤的《煙雨濛濛》和南宮搏的歷史小說，原來他青少年時，就吸收了如此多的文藝養分，可見從小養成閱讀習慣，對我們一生的文筆會有多大幫助。

全書寫到母親之死——埋葬了母親，坐公路局往臺北的汽車上，他想叶。打開窗簾，試著去看遠處的青山。「再怎麼樣擦眼睛，前景仍然是茫茫的一片。」

但再翻一頁，看到〈後記〉兩字，接著是作者的結婚照片，之後還有一張「全家福」大團圓的彩色照，然後從「一九六五年的夏天……」曲潤蕃從臺大畢了業，到一九七〇年，在佛羅里達州找到一個工程師的職位，作者說：「……我們家也隨後一步步走出了貧困。」像一棵被連根拔起拋棄路邊的蒲公英。曲潤蕃說：「我是隨風飄散的 粒種子，在遙遠陌生的地方幸運的落地生根。」

蔣曉雲●三月，蔣曉雲的《四季紅》（印刻），繼兩卷「民國素人誌」之後的第三卷，共收五個短篇，篇篇好看。蔣曉雲停筆三十年，再回文壇，重拾舊筆，對悲歡離合、滄桑人間，有悲天憫人的關懷，她的小說，不停地一篇篇寫下去，也吸引讀者跟著她的篇章流轉。

楊佳嫻●三月，九歌《一〇五年散文選》，邀請六年級青壯代詩人楊佳嫻主編。以前不論編書編雜誌，在選取文章時，心中總記著要講求平衡，何況「年度選集」本來就有其涵蓋面和包容性，如果換個書名——譬如換成《同溫層散文選》，當然可以把不同年齡的人選擇在外。老中青三代作家，最好都能選得代表性佳作，但楊佳嫻完全以革命俠女之姿，將文壇老將除留下一位阿盛，其餘全部掃除在門外——真是一本「一新耳目」的「年度散文選」。隔年王盛弘幾乎有樣學樣，啊，果然文學世界，如今已「煥然一新」！編選集，特別是「年度」選集，畢竟不是自己寫文章出書，過分排他性或潔癖個性之人不適。

「三少四壯」●五月九日，《中國時報》人間副刊「三少四壯」專欄，隨著王定國的一篇〈離場〉，這個長達近二十年的專欄也走進歷史。

「三少四壯」專欄，從周一到周日，每年邀請七位作家，從五月寫到第二年的五月，一年五十二周，讓執筆作家留下五十二篇隨筆，剛好是一本書的份量。

這個出自當時「人間副刊」主編楊澤的構想，稿費從優，一千五百字三千元，比一般一字一元稿費多了一倍，一年寫下來，可收入稿費十五萬陸千元，出書時，又可再向出版社收取版稅，一旦銷路好，如龍應台結集的《傾聽》，再收幾十萬元甚至近百萬元版稅也是可能，所以許多寫作朋友都樂意接筆寫「三少四壯」的稿子。

可惜隨著楊澤、簡白的離職，這個曾經受矚目的專欄無疾而終……作家們有些悵然又無奈，只好再回去寫似乎永遠只有一字一元稿費的稿子了……

舒國治●八月，繼《流浪集》、《理想的下午》、《水城臺北》之後，舒國治在皇冠出版新書《雜寫》，其中一篇〈我今欲去一些地方〉，共十一則。今錄其一：

「我今欲去一地方，到了那處地方，教人不知時候。見月圓知是十五，不見月了想是三十。草生知春，雪覆知冬。」

這當然是舒氏筆法。舒是愛走路的作家。走到那裡，把看到的寫了下來，當然都是一些舒氏見解。在文章裡，經常見他說自己「懶」，久而久之，「慵懶」的分行式散文風格，也就成為舒氏行文的特色啦。

高希均●十月，天下文化出版《閱讀的力量》，書前有負責人高希均教授的序，他說：

我生長在抗日戰亂中的大陸、十三歲來到仍然貧窮落後的臺灣，二十三歲踏上富裕開放的美國。即使在戰亂中，雙親使子女們的讀書從未中斷；其後我自己更是一生投身於教育。

我清晰記得高中在臺北商職讀書，學校圖書館是我最常去的地方。也常去衡陽路的書店，分幾天站著看完一本好書，這是我成長過程中重要的三年。一九五九年，獲得助教獎學金前往美國，成為一生學習的轉捩點。

回臺後，高教授和殷允芃創辦《天下雜誌》，一年後各自獨立。高教授再辦《遠見雜誌》，同時以「天下文化」名義出版叢書；賣書最要緊要找到懂得發行的人，高教授是伯樂，他找到了千里馬——當他發現林天來，只因為他是一個愛閱讀的人。

林天來原先是一位校工，因為愛閱讀，意外得到校長的信任，拿到圖書館的鑰匙，三年苦讀，讓他得到天下文化徵文首獎，一九八九年，他排除萬難，到臺北天下文化上班，從倉庫管理員、行銷企劃……一路往上爬，經過二十五年酸甜苦辣的日子，如今他是天下文化公司的副社長。

「從閱讀裡看見未來的光」，透過林天來，天下文化和遠見的產品，銷售到世界各地讀中文的人；李桂芬執筆的這篇專訪，不但讓我們認識了一個積極上進的人，也讓讀者深信，閱讀是一段可以改變我們生命的重要旅程。

喻麗清•二〇一六年，《葡萄園詩刊》冬季號上有一篇詩人謝勳對喻麗清的專訪，喻麗清說：「天下只有兩種女人：一種是有孩子的，一種是沒有孩子的。我不但是頭一類的，而且有用不完的母性，只希望自己的文章寫女子事，而無小女人習氣就好了。」

喻麗清這幾年，身體受到病魔折磨，她幾乎完全和外界斷絕往來，僅保留住在美國的楊秋生，臺灣的劉靜娟還通訊息，她寧願默默自己承受一切。二〇一七年八月二日清晨，她終於走完人生的路，在離去前，她寫下了：

但願還有來生，可以重溫今生。

我願還有來生，依然有我播種愛的園地。

所有的美好，都值得再來一次。

2017（民國一〇六年）

羅　門•詩人羅門（韓仁存，一九二八—二〇一七）降旗了。元月十八日離開了人世。他永遠不會相信，像他這麼「偉大」的一個大詩人，去世後這個世界竟然無聲無息，完全看不見他，所謂幾家大報，如聯合報、中國時報等等，在他逝世次日一個字也沒有，等於完全無視於他的存在或離去，是可忍孰不可忍，羅門即使到了陰間仍會憤憤不平，他會說：墮落了，墮落了，這庸俗又失掉了靈魂的世界，完完全全墮落了……

高秉涵•二月，爾雅為老兵高秉涵出版了一冊《安魂天涯路》，這本由大陸青年高艷國和趙方新合寫的記錄文學——記錄臺灣老兵高秉涵如何將一罈罈老兵骨灰送回大陸家鄉，原來在尚未開放兩岸探親的年代，許多老兵望穿秋水，眼看自己這輩子再也無法回到大陸老家，於是拜託在老兵中年紀最輕的高秉涵，「有一天如果兩岸通了，至少你要把我的骨灰送回我的老家」，就是這句話，讓高秉涵時刻牢記在心，一九八七年，國民黨中常會終於通過赴大陸探親規定，高秉涵於一九九一年五月，重新踏上祖國土地，回到山東菏澤老家探親，並同時首次捧送老兵骨灰回家，自此一次次展開他的「為老兵安魂之路」，讓許許多多已往生曾日夜心繫家鄉卻再也回不去的孤寂死靈魂終於得到安息，高秉涵信守諾言，至少讓他們的骨灰回到了自己的「家」。

二〇一九年八月，山東齊魯音像出版公司，出版了高秉涵的散文集《鄉愁》。

左桂芳‧四月，祖籍山東萊陽的左桂芳，一九四九年隨父母來臺，因家居臺北市廈門街和平西路口，剛好靠近明星戲院，得地利之便，從小看電影，後來她做了至少三件功德無量之事：其一，作家兼導演潘壘，晚年已經無力提筆，幸虧還能說，留下了一部口述歷史——《潘壘回憶錄——不枉此生》為其記錄編著出版的正是左桂芳，其二，接受爾雅之邀，完成《回到電影年代——家在戲院邊》，第三件，她錄製了「回到年代老歌」，可惜只有聲音，尚未成書。

白先勇‧七月一日，小說家白先勇，臺北友人為他慶八十大壽，沒想到在生日宴上，受邀友人都意外得到一套精裝六大冊《紅樓夢》，其中三大冊以程乙本為底本的桂冠版《紅樓夢》重印發行，並附白先勇〈前言〉，另有〈出版後記〉，詳細說明新書出版前因後果，並感謝桂冠圖書公司賴阿勝應允授權；另三大冊為白先勇的《細說紅樓夢》，將一百二十回曹雪芹的《紅樓夢》細說從頭，巨細靡遺，這也是白先勇的絕活，他從小熱愛此書，說起「紅樓」，不論情節、人物，或小說背後所要表達的思想，或隱或顯，白先勇均能如數家珍，真的是三天三夜說不停，難怪二〇一四年，透過臺大教授柯慶明，邀他重回臺大擔任臺大講座教授，自此，他的「白學紅樓」可說轟動臺大，不但臺大學生愛聽，還引來了一批社會名媛，一傳十，十傳百，教室的椅子再多也不夠坐。如今能把上課時的講義印成書冊，讓一般讀者都能讀到，也是功德一樁。

人世的滄桑、無常，浮生若夢的人生觀，是耶？非耶？曹雪芹在書寫《紅樓夢》前，一打開扉頁，就有

「滿紙荒唐言，一把辛酸淚，都云作者痴，誰解其中味」，沒想到二百年後，來了一個白先勇，一一為他細說《紅樓夢》中的「味」，所有曹雪芹未說的，想說的，白先勇都用更清楚明白的白話文，替他說得明明白白，這一部如白先勇所說的「天書」也好，或如龔鵬程所說的「妖書」也好，它其實是中華民族源遠流長祖先遺留下來的寶貝。柯慶明說，它應列為「才子書」之集大成者；而所謂才子書，係金聖嘆以《莊子》、《離騷》、《史記》、《杜詩》、《水滸傳》、《西廂記》為六大才子書。

王鼎鈞・七月十三日，所有王鼎鈞著作，因合約到期，將版權交還作者，爾雅停止增印，至於庫存各書及已發行上市者，鼎公允諾可繼續銷售，以兩年為期。

齊邦媛・七月二十日，繼二〇〇九年記憶文學《巨流河》出版八年之後，齊邦媛教授以九三高齡，一年內又整理出版新書兩種——《一生中的一天》，以二〇〇四年的老版本，加上新的日記，此書也等於是《巨流河》的背景音樂，讓我們知道一本偉大的傳記文學，在出版之前，原來在幕後還有許許多多動人感人的故事。

> 對於我最有吸引力的是時間和文字。時間深邃難測，用有限的文字去描繪時間真貌，簡直是悲壯之舉。

齊老師這樣說，你就知道《一生中的一天》是一本多麼難能可貴的書。

齊老師另一本重新整理的書，是將一九九〇年交給九歌的評論集，改成新的版本，書名《霧起霧散之際》，改由遠見出版社印行，一生奉獻給文學的齊老師，以此書證明：

> 為什麼說人生苦短？是因為看不夠這千變萬化的人生。

陳義芝・二〇一七年，是詩人陳義芝大有斬獲的一年，七月和九月，他分別在書林和允晨出了《所有動人的故事——文學閱讀與批評》以及《風格的誕生——現代詩人專題論稿》，兩書均大有看頭，展現詩人離開報社副刊主編，換跑道到杏壇教書，左右開弓，不但教詩創作，也對現代小說和散文鑽研著墨下了工夫，兩書都是他教書生涯的成績單，內容龐雜精深，但均能以平易之筆娓娓道來，是文學批評和論述的兩塊寶玉。

李永平●九月二十二日，著有《拉子婦》、《吉陵春秋》、《海東青》等書的國家文藝獎得主，臺大傑出校友李永平（一九四七—二〇一七）辭世。

阿　鏜●十一月，集作曲、演奏、指揮、教學、理論於一身的音樂人黃輔棠（阿鏜），在大地出版了一冊《我一生的貴人》——阿鏜說，這不是他的自傳，而是他的成長成材史與幫助他成功的一群「貴人」之傳記。知恩不忘，飲水思源，當然是人的美德。但我認為「貴人」難覓，一生能遇到三、五，誠屬難得，阿鏜把曾經對他伸過手、幫過忙的人，全稱為「貴人」，有點太超過了。

余光中●十二月四日，「創作生涯六十年，成詩千首的當代最受矚目的宗師型詩人」（陳義芝語）余光中（一九二八—二〇一七）教授辭世，享年八十九歲，他左手寫詩，右手散文，對西洋文學、藝術的涉獵，均在學人之前，七十年在臺灣，最出名的十位文人，余光中一定是在前五名的名單中，也因為名氣太響亮，難免招忌，所以反余派的人也不少，但無論敵人友人，都承認他在詩、散文、評論、翻譯四度空間中的位置和成就，是一位全方位頂梁柱作家。

張春榮●十二月，張春榮出版極短篇小說集《南山青松》（爾雅）。自小苦讀，張春榮是臺灣師範大學國文系博士，憑著自己努力，終於登上臺北教育大學語創系教授寶座。他「以修辭學理論為基礎，由古典走向現代」，一九九九年，在爾雅出版《極短篇的理論與創作》，由於他在一九八七和一九九〇年最初出版的《含羞草的歲月》（師大書苑）和《狂鞋》（聯經），就是以「極短篇」初試啼聲，後來步上講壇，教的課程剛好又是「小說選及習作」、「文學創作與鑑賞」，十四年中，採擷前賢高論，致力於極短篇研究，進而探究理論。如今成為這一門學科的專家，也是其來有自。

張春榮在《文訊》上發表的〈爾雅極短篇微觀美學〉就是他全方位，將近三十七年來「極短篇」在臺灣從詩人瘂弦於《聯合報》推動小而美的書寫開始，進而，爾雅於一九八七年大量出版「作家極短篇」，並出版由瘂弦等著的《極短篇美學》（一九九二），這股「極短篇」旋風影響深遠，特別是馬來西亞、香港、澳門……凡有華人熱愛寫作的地方，由於「輕薄短小之中又常含哲理」，且易於下手，所以為初習寫作者喜愛，「極短篇」遂成為登上寫作之路的敲門磚。

而張春榮就是這座「極短篇花園」裡最盡職的園丁。如今，學術研究之餘，仍不忘創作，《南山青松》就是他一張最漂亮的成績單。

賴　和•十二月，國立臺灣文學館委託財團法人臺灣文學發展基金會編纂《臺灣現當代作家研究資料彙編》，自二〇一〇年三月開始，至此，共完成自一八九四年出生的賴和，到一九四五年的王拓，出版百位作家研究資料彙編。

2018（民國一〇七年）

《百冊提要》•一月，《百冊提要》出版，此書為國立臺灣文學館「臺灣現當代作家研究資料彙編」出版一百冊的特刊。就像寫序的詩人向陽所說：「八年時光，九千九百多個日夜……」真的是〈金針繡繁花，細筆書大河〉。而總策劃封德屏帶領的《文訊》團隊更是辛苦異常，特別是專案工作小組如沈孟儒、王則翔、林暄燁、黃子恩、陳映傑……煩瑣的聯繫工作非參與者實難想像，可惜文化部給予的預算超低，一切費用都得節省，而所付轉載稿費等，都低得讓作家收到徵求同意函時感到難為情。

李瑞騰•二月，九歌四十周年，出版紀念文集《九歌40》，由李瑞騰主編，除邀請九歌作者群余光中、楊小雲、廖輝英、朱少麟等四十家談和九歌的情緣、書緣，分量最重的一篇係由九歌關鍵人物——總編輯陳素芳執筆的四萬字長文〈關鍵四十——簡史／懷人〉，是九歌的歷史故事，也是半部「文壇回憶錄」。

水　晶•二月十九日，水晶（楊沂，一九三五—二〇一八）病逝於林口長庚醫院，享年八十三歲。水晶是張愛玲的超級粉絲，著有《張愛玲的小說藝術》、《張愛玲未完》。水晶也喜歡三〇年代的老歌，為此他還特地回到上海，專程訪問金嗓子歌后周璇的前夫嚴華及作詞作曲人嚴折西、賀綠汀等人。關於這方面的書有《流行歌曲滄桑記》和《水晶之歌》；而水晶的成名作《青色的蚱蜢》，後來改書名為《沒有臉的人》，在六〇年代，他是臺灣寫「意識流」小說第一人。

李　敖・三月十八日因腦瘤在榮總逝世的李敖（一九三五—二〇一八），以「一個人對抗一個時代」而家喻戶曉，生前曾數度傳說死亡。李敖一生倨傲不遜……自以為金剛不壞，精神不死，如此強悍之人，還是走了……

洛　夫・才隔一天，三月二十日，又突傳來「一代詩魔」洛夫（一九二八—二〇一八）也走了。

洛夫，一九二八年生於湖南衡陽，一九四九年七月來臺，「行囊中軍毯一條，馮至及艾青詩集各一冊，報紙發表之個人作品剪貼一本。」那一年，洛夫二十一歲。

洛夫是大師級的詩人。詩人唐捐，在一篇題為〈一個人的石室，一代人的詩〉，論及洛夫之詩：「漢語之有洛夫，或如德語之有里爾克。」

子　于・三月二十日，子于（傅禺，一九二〇—一九八九）短篇小說選《飄零》出版，這本小說係由殷登國將子于生前交給他未曾發表的遺作，選擇了《風月小品》中的四則小品，以及另選取歷年爾雅「年度小說」中的四個子于短篇，輯成一冊，紀念他一生致力的創作生涯。

汪其楣・五月，汪其楣在允晨出版劇作《謝雪紅》，在未出劇本之前，許多人，其實早在二〇一〇年五月下旬或在臺北或在臺南看過這場獨角戲，編劇這場戲的人是汪其楣，導演是汪其楣，演員也是汪其楣。

一個人的獨角戲真不簡單。汪其楣說：「舞台是千萬個折磨，換取片刻的迷人」，但汪其楣獨自一人，撐了下來；當年，我也是台下的觀眾之一，只是一來我對「謝雪紅」其人的歷史背景不熟悉，所以戲雖看完，對「謝雪紅」的一生仍一知半解，如今讀了劇本，才瞭解謝雪紅其人，同樣是一九四九年，有人從大陸逃出來，有人，譬如謝雪紅，卻在天安門廣場和毛澤東主席一起舉起鐵鍬，為「人民英雄紀念碑」破土奠基，為的就是慶祝建國前夕的一個多重意義的儀式。

臺大中文系畢業的汪其楣，後來到美國奧勒岡大學唸戲劇，得到碩士學位，回國後，教戲劇，桃李無數，自己也經常寫劇本，並上台演戲，她扮演過慎芝和舞蹈家蔡瑞月，台上台下，汪其楣的人生也是充實且豐富的。

楊允達•五月，八十五歲的楊允達，在普音文化出版公司出版了其二十四本書——《四十年記者生涯》。自小熱愛寫作的楊允達，從建國中學初中開始投稿，臺大歷史系畢業後，再讀政大新聞研究所，一九六一年，考入中央社當外勤記者，在漫長四十年時光中，他歷經蕭同茲、曹聖芬、蕭天讚三位董事長，曾虛白、馬星野、魏景蒙、林徵祁、潘煥昆、黃天才、洪健昭、唐盼盼、施克敏、汪萬里十位社長，以「十朝元老」資深記者的身分退休。本書是其自傳，也是他秉春秋之筆，寫他四十年相處過的各方人物，也等於是一部「官場現形記」。以記者正義之眼，寫世間冷暖，凡夫俗子的爾虞我詐。媒體為何墮落，透過此書和另一本媒體人卜大中《我的孤狗人生》（允晨），可以聯想當前社會媒體和知識分子何以墮落至此。

周玉山•六月，三民書局為周南山、周玉山、周陽山各有成就的三兄弟出了一本合集《兄弟情》。

張拓蕪•六月二十九日，一向自稱「毒公」的張拓蕪（一九二八—二〇一八）以高齡九十辭世，「文壇五公」，自此成絕響。

在辛鬱（一九三三—二〇一四）的《我們這一伙人》人可看出五公——張拓蕪、商禽（一九三〇—二〇一〇）、楚戈（一九三一—二〇一一）、秦松（一九三二—二〇〇七）和辛鬱的深厚友情。五人各有個性，因而引來獨特外號，二〇一〇年，辛鬱在商禽的追思會上還曾特為他們外號的由來，作了一番說明：商禽因嘴巴長得歪歪的，於是「歪公」到了他的頭上；楚戈則總是一派什麼都不在乎的溫吞相，被稱為「溫公」，他自己因不慣笑臉迎人，一向外表讓人看了很冷，「冷公」就成了自己的外號；至於秦松稱為「木公」，則是將他那「松」字一拆成兩半，而「毒公」張拓蕪，一向看不慣許多人得意的樣子，他得理不饒人，連他自己也深知，他有時會毒舌噴人，乾脆自封「毒公」——彷彿也發揚了另類正義。

辛金順●六月，白靈編《2017臺灣詩選》（二魚），選了辛金順的一首〈閒餘〉。讀到辛金順的名字，爾雅隱地心有內疚，曾經答應為他出本詩集，始終未能兌現諾言。幸虧讀到了他這一句：「出版了十一本詩集。」稍稍解了心頭不安。

楊　明●七月，小說家楊明繼續寫小說，出版短篇小說集《松鼠的記憶》。八〇年代中期，希代來自校園的「紅唇族」，經過三十年的歲月風霜，楊明再寫小說，有了人世滄桑閱歷，小說寫得老練，讀來如飲老酒。

羅　青●七月，詩人兼畫家羅青出版回憶體散文集《天下第一卷》（九歌），這是他「人才紅利時代」系列之二，前一本為《試按上帝的電鈴》。主要羅青早年住在臺北市敦化南路一段一八七巷，巷中住著作家林海音、羅蘭、王藍、白先勇、蕭蕭等人，這些左鄰右舍，讓他有寫不完的話題。

姜一涵●七月十六日，畫家姜一涵（山東昌邑人，一九二六—二〇一八）辭世，享年九十二歲。姜老師是我新莊實驗中學的國文老師，他從師大國文系畢業，當一個中學老師，但他一生意志堅強，奮發好學，後來重新進入中國文化大學藝研所，修得碩士暨博士候選人，一九七〇年獲洛克斐勒基金會之助赴美，先後於堪薩斯大學及普林斯頓大學研究，一九八〇年返國後擔任文化大學藝研所和美術系主任，之後幾乎年年開畫展，著有《石濤話語錄研究》、《中國書道美學隨緣談》、《詩酒年華》等書，晚年自號「青山不老仙」。老師一顆赤子之心，在人間四處「游於藝」，他的畫中西合一，返璞歸真，老師有一句最令我牢記在心的話：「只追求真理，不佔有真理」。

孟　絲●七月二十日，六〇年代旅美三大女作家之一的孟絲（另兩位是於梨華和吉錚），出版短篇小說集《五月花夫人》。

徐秀榮●九月十八日，里仁館主人徐秀榮，以徐少知之名，又出版《紅樓夢新注》四大冊。為何在如此多的「紅樓」之外，又要再添一部，作者說：「……我感覺過紅學家，似乎專注於作者身世的多，關心文本釋義者少……現有校本……該多關注或該詳注的地方，忽略或不注，特別是後四十回的四柱推命、文王課、揲著、大六壬、古琴、大碁等等，不是語焉不詳，就是太過簡略。」

四十年來，徐秀榮就是有一股傻勁，他一頭栽進古典文學，創辦里仁書局，以整理古籍為樂，經營出版事業有成，他不忘初衷，繼續古書新注，先從《儒林外史》、《老殘遊記》下手，接著展開推廣早年就喜歡的《紅樓夢》，兩次重排紅樓，也編過幾本《紅樓夢》的論文集，早年桂冠的程乙本《紅樓夢》一書的出版前言，就是由他執筆（當初用的署名為徐半痴）。為《紅樓夢》好好出一個細注新本，幾乎是一生的夢想，如今已有年紀，且事業有同仁可代為操理，他就一心一意，終於窮六年二千多個日子，以前後七校完成最終夢想。

張清吉●九月二十八日，六〇年代曾大量將西方經典和新思潮引進臺灣的新潮文庫——志文出版社創辦人張清吉（一九二七—二〇一八）辭世，享年九十一歲。

李　行●九月二十九、三十兩日，臺北國際會議中心大會堂為即將九十歲的李行導演暖壽，特舉辦一場「李行導演音樂會」，把他過去拍的五十二部電影中的流行歌曲，請來鍾鎮濤、殷正洋等歌手，將當年電影中膾炙人口的歌曲重新演唱，配上李行電影中的一些經典畫面，坐在臺下的觀眾感覺，這樣的舞台，歌聲以及星光熠熠的影歌星，如甄珍、胡錦、楊貴媚、彭雪芬、蘇明明、吳秀珠、小百合、方季惟、葉蔻……真的是拉回到彷彿二秦二林的年代，那是文學和電影結合的年代，文學和音樂結合的年代，李行從《街頭巷尾》（一九六三）到《唐山過臺灣》（一九八六），從《秋決》（一九七一）到《原鄉人》（一九八〇），從《養鴨人家》（一九六四）到《汪洋中的一條船》（一九七八）……他交出了無數傲人的成績單，一九九五年獲金馬獎頒贈終身成就獎，確是實至名歸。

荊　棘●十月，荊棘、孟絲……等人返國參加「海外女作家協會雙年會」，孟絲和荊棘剛好今年都有新書出版——荊棘的《柳暗花明又三村》，她要讀者放下一切行李，只要帶著一顆愉快的心跟著她旅遊三個村莊，每到一個村莊，她都會讓我們聽到許多故事，好像一千零一夜，只要跟著荊棘的筆，就會有聽不完的故事，譬如她的童年往事，古老中國的傳說，然後她又到了西方，異國婚姻以及老伴失智，中間穿插邁進文壇，突然生命中出現了詩人瘂弦、洛夫以及白先勇、張曉風……這書，和她以前著名的《荊棘裏的南瓜》，另有一種風情，畢竟走的地方多了，看的人也多了，年齡生智慧，如今的荊棘，進入另一種生命的愉悅，她以淡定之眼，享受生命中最美麗的黃昏……

《百年降生》•十月，由李時雍主編，聯經出版的《百年降生》，是「七年級」生的集體論述，也是一本以「青年之眼」為觀點的臺灣文學百年回顧和臺灣歷史，由李時雍、何敬堯、林妏霜、馬翊航、陳允元、盛浩偉、詹閔旭、楊傑銘、鄧芳婷、蔡林縉、蕭俊毅、顏訥等十二人共同執筆，自一九〇〇年，每年寫一個有關臺灣文學的故事，寫到二〇〇〇年，以文學之眼，觀察臺灣的百年歷史。

十二位作者，其中有四位是臺大臺文所畢業的博士或博士候選人，四位是清大臺文所畢業的博士和博士候選人，他們希望透過自己的筆，寫出他們心目中的臺灣。

何華仁•十月六日，畫家何華仁在臺北市大安森林公園之友基金會舉辦《哇！公園有鷹》新書發表會，何華仁也是鳥類觀察者，他以木刻畫下了大安森林公園的鳥類生態，透過他的版畫和圖說，終於知道就在我們經常走過的公園裡原來除了有臺灣藍鵲、黃頭鷺、小白鷺、夜鷺、五色鳥、赤腹松鼠、翠鳥和白腹秧雞、紅冠水雞之外，還有鳳頭蒼鷹，正如名作家也是畫家雷驤說的：「還有什麼樣的作者，具有鳥類博廣的知識；繪寫木刻鳥圖數十年，能超越如此成績？」何華仁真的是「一刀一鑿雕出猛禽生命力！」

金　庸•十月三十日，金庸過世。大俠查良鏞（一九二四—二〇一八），以他名字的第三個字「鏞」拆開來，作為他的筆名。以「左手寫社評，右手寫小說」舉世聞名的金庸，浙江海寧人，一九五五年寫下第一部武俠小說《書劍恩仇錄》，轟動武林，自此《射鵰英雄傳》、《天龍八部》、《笑傲江湖》、《鹿鼎記》……十五部小說，金庸從此奠定武俠泰斗地位。

金庸還創辦香港《明報月刊》，對全球華人知識分子是更大的功德。金庸留下的名言是「人生就是大鬧一場，悄然離去」，他小說中創造的人物，讓世界熱鬧繽紛，帶給讀者無限歡樂。

向　明・十月三十一日，向明在詩藝文出版社出版詩筆記《詩的偏見》。老當益壯的詩人，已邁入九十大關，但他一如往昔，在詩的活動場所，可以看見他的身影，打開任何詩的園地，永遠讀得到他的詩或詩筆記。《詩的偏見》內容已包羅萬象，舉凡詩壇掌故、逸事，詩的趣味和詩人生活種種，琳瑯滿目，啊，原來向明是詩壇的一隻百寶箱。

童　真・十一月，政大臺文所博士候選人翁智琦，在《文訊》「穿越時光見到你」專欄中，她讓我們一同回到那個烽火連天的一九四九年，新婚夫婦陳森和童真，將祖傳屋田、財產全部留在大陸，逃難到花蓮光復鄉，一切從頭開始。

畢業於上海復旦大學的陳森，任職於台糖公司，閒暇時以翻譯小說賺些外快，童真在幫抄稿、校對時亦種下對創作的興趣，不久就因徵文得到大獎，從此寫作不停，寫作似種花「一字一朵，一行一株」，夫婦二人，視寫作為「思想的鳴唱」，這一對神仙夫妻，讓人想起沈三白和芸娘，可惜二〇〇二年陳森過世，童真頓失依靠，二〇一八年童真過世前，她夢見陳森，彷彿看到繁花三千……童真，浙江慈谿人，享年九十，在世時，她前後完成十七部長短篇小說集，二〇〇五年，出版「童真自選集」六冊，帶著這傲人成績，陳森必然笑容滿面為她鼓掌不已。

胡　遷・十一月，時報文化出版胡遷中短篇小說集《大裂》。胡遷有一個更響亮的筆名——胡波，在五十五屆金馬盛會上，以他原著小說改編的《大象席地而坐》，贏得了金馬獎最佳劇情長片及改編劇本等六項大獎。《大裂》共收〈一縷煙〉、〈婚禮〉等十五個中短篇，胡遷才氣非凡，可惜天妒英才，僅在世上活了短短二十九年，留下一部電影兩部書，就悄悄地往生了。

讀〈大象席地而坐〉，感覺胡遷就像一位臺灣女婿，他顯然是黠慧型的創作者，到臺灣不過三、兩次，就能以臺北、花蓮為場景寫出令我們讀來如此親切的小說。在另一篇〈婚禮〉中，當他晨起搭地鐵上班，看到車廂裡許多昏昏欲睡的人，他會突然冒出這樣一個句子：「每一個清晨都好像步上火葬場。」過於敏感的靈魂，讓他無法在這俗世繼續存活。

張滌生●十一月三日，小說家張滌生繼《六個女人在紐約》之後，又在金石堂信義店舉辦新書發表會，原來他有龐大的寫作計畫，準備以「最後一代外省人系列」寫四部不同時空的長篇小說，第一部《哥兒們》以臺灣眷村為背景，時間自一九四九至二〇一〇年，寫臺灣自克難年代到經濟起飛的進步與變化。隔了一年，張滌生又完成第二部《回家／迴家》，時間是八〇年代初期到二十世紀初期，地點從臺灣寫到美國，主題以「家」為核心，以及文化的傳承。透過一個愛情故事，將外省人漂泊離鄉的心情躍然紙上。張滌生是隱地女師附小的同學，我們這一代隨父母逃難來臺，都是二百萬軍民中的一個小水點，在動盪的年代中，有百年的戰亂，也有千年不遇的盛世，我們都是歷史的見證者；隱地自己以「記錄者留言」寫下了「年代五書」——無非希望留下《五十年臺灣文學記憶》，而張滌生用小說之筆，可謂殊途同歸，無非都想為過去走過的路留下一些痕跡，讓未來的一代知道他們的來時路……

中山堂●十二月二十六日，中山堂正式啟用八十二周年。中山堂管理所主任黃國琴編了一冊《中山堂視野——說不盡的臺北故事》，由爾雅出版社印行；中山堂管理所本身，亦出版了一冊《峻立之光2——黃華安・中山堂攝影專集》。導演蔡明亮，也為中山堂這棟建築，拍了一部《光》，同時在中山堂八十二歲生日這一天放映。幾乎每個中華民國的國民，都對中山堂留有記憶，有人去開會、有人欣賞表演、有人看電影、有人用餐……它是人人去過的國民大會堂和藝文場所。

●二〇一九年，經過了整整七十年，中山堂於十一月十六日，在堡壘廳前方迴廊舉辦「回到一九四九——中華民國七十週年文物展」，讓臺灣民眾知道過去七十年的點點滴滴歷史。

看完蔡明亮電影《光》之後，中山堂主人黄國琴和導演、來賓合影，圖左至右為李乾朗、蘇慶峰、黄國琴、李麗珠、莊永明、隱地、蔡明亮、陳仁德和黄華安。

輯六

增訂版補稿

大哉，李興文！

——又見一個英雄出現

十一月初，藝人李興文大兒子李堉睿潛入並夜宿IKEA，還把當晚惡搞且荒唐露鳥影片貼上網，惹來議論風波延燒數日，其父李興文於十一月四日在臉書貼出一千二百字長文，向社會大眾和IKEA道歉，「認為自己是一個教子無方的父親而感到慚愧！」貼文雖表痛心、無奈，但不卑不亢，表現了一個人父、堂堂漢子的大氣，他說：「我和他的母親管不動他，骨肉雖親，大道為重」，他提到，李堉睿已是二十五歲的成年人，犯錯必須要自己承擔——「那就交給法律教育他，我不會為他出面。」

李堉睿是李興文夫婦的長子，他們育有二子，他承認，從小對兩個孩子管教嚴格，出於望子成龍，高中時期就把李堉睿送到美國念書，或許中美價值觀和認知的偏差，李堉睿從聖荷西大學經濟系畢業回國曾因公開抽大麻經驗，已經惹過麻煩，沒想到沉寂一段時日又脫序演出離經叛道、荒腔走板國外流行的所謂「夜宿IKEA挑戰」戲碼。

李堉睿自認美國教育幽默與開放，何況他做的是一種藝術表演，世界各國自二〇一六年就有比利時兩位青年帶頭在網路上發起「到 IKEA 躲貓貓」，上網後引來百萬人點閱，隨後美國、加拿大、英國、日本、新加坡和馬來西亞均有人跟進，他是臺灣第一人。

「我尊重兒子選擇的生活方式……但法律之前人人平等是普世價值，誰違反法律就得受制裁，也是天經地義的事！」

當今世界，民粹主義當道，價值混亂，我們正處於一個狡猾年代，甚至各國領袖，都以小丑姿態出現，視誠信為無物，嘴上喊著團結，做出的行為都是讓民眾站在對立面，在這樣一個荒謬年代，仍然有人如李興文以大道、正氣為重，不偏不倚，像一聲獅子吼，在悲憫中，讓人人反省，做為一個人的基本價值觀念，我們不該維護嗎?守正不阿，是做人的基本道理。

我也常想，新世紀新人類，為何與老祖宗教育、規範我們的做人處世原則格格不入?放諸天下，不論東西方，人的普世價值觀應當相同，主要現代人從小缺少獨立思考的能力，在成長過程中，人需要接觸良師益友以及優良書籍，閱讀能開拓人的視野，青年人如能具備獨處能力，思考人存在的目標和意義，方能邁向人生正途。

二〇一〇年，我寫過一首僅短短六行的小詩，詩題〈山說〉：

溪水在石塊邊停下來
邀請山去旅行

山說　雲動鳥動人動
總要有些不動
才會讓旋轉飛舞遊動的你們
找得到家

這首詩裡的「家」，就代表「人生價值和意義」，我還在《人啊人》一書裡說過四句話：

少年時候想逃家
青年時候想成家
成年時候想離家
老年時候想回家

家代表一個堡壘，也代表傳統，「家」是人類和祖先的根，最後疲憊的人都會想到回家，李堉睿或許想不通，再給他十年時間，我猜一定會想得通，青年人當然要往前衝，標新立異就是一種創新，創新到某一個點一定要拉回來，這就是傳統，傳統和創新取得平衡，這才是人類文明歷史得以累積而成為一種永恆！

讀董橋

二〇一九年意外收到董橋先生贈書《讀胡適》，這本書看在一個長年做書人的眼裡，真是令我羨慕不已，從外到內、從內到外，無一不美，說來它已經超越了書的極限，成為一件藝術品了。

此書由香港牛津大學出版社印行。白話文學創始人——「播種者胡適」，慶幸於逝世五十七年之後，能有像董橋這樣的才子為他寫傳，而他的傳記特殊又特別，不同於一般人習慣讀到的傳記，董橋以章回小說形式，共八十二回，從四面八方集中，讓我們從一點一線一面全方位感受到胡適的睿智、幽默、博學、寬容和敏慧，他真是百年難得的一代學人，近乎完美，第十七回，寫胡適留美期間和二十四歲的韋蓮司小姐出遊，說是「循湖濱行，風日絕佳，是日共行三小時之久，以且行且談，故不覺日之晚也。」董橋說，那是留過學的人都嚮往的經歷。韋蓮司問過胡適人生倫理繁複難盡，可有一言而蔽之者乎？胡適議論了一大堆，說也許「一致」（consistency）可以概括之：言與行一致，今與昔一致，對人與對己一致。

「一致」就是誠信，不要說一套做一套，所謂言而有信，今天的我，不否定昨天的我，對別人的要求，同樣，自己也該做到，而「一致」其實也是「一以貫之」，人在世上，活著，總要自己尋找一個目標，這定下人生目標的同時，也就是一般人所謂的「初心」，「初心」是最純真的心——真善美兼而有之，一點也不錯，像我自己，少年時候接觸了文學，自此，此心不渝，一生集中心力，向自己當初訂下的目標前進，七十多年了，才能讓我寫出「年代五書」、《大人走了，小孩老了》和《美夢成真》等七本書，其中前六本都是為時代而寫，只有最後一本是為我自己而寫，因為有和無，失去和重現……全是「相對論」呢！

一本裝幀美、紙質佳，配上董橋才氣縱橫的筆，哦，我也何其有幸，擁有這樣一本至善之美的書，我供奉此書在書架上，亦時時日日撫摸之、捧讀之，啊，胡適那個年代回來了，董橋的書人形象，也時在我心中，懷念著，想著自己和他活在同一個時代，一股喜悅之情，自然昇起……

隱地記事

一九三七　浙江永嘉人，農曆十一月十一日，生於上海。父：柯豪（劍侯）母：謝桂芬。

一九四四　（七歲）被送到崑山小圓莊顧家寄養。

一九四七　（十歲）母親催促父親，利用北一女教書放寒假空檔，專程坐船到上海，輾轉接我至臺北寧波西街，和母親、姊姊團聚。由於目不識丁，臨時由父親惡補，隨即入南海路國語實小讀二上，現在只記得當時和夏祖焯（夏烈）為同學。

一九四八　（十一歲）跳級轉學至公園路女師附小，讀三上，導師為從蔭棠。六年級時，讀六禮，導師王聖農；五十五年後，和小學同學張延生、馬立凡、王伯元、卓建廣、林藹庭、許炳炎、張滌生、李欣生、溫念蓉等仍能見面、聊天、聚餐，至為難得。

一九五三　（十六歲）就讀新莊實驗中學，導師妻一涵。和班上王菊楚同學成為好友。

一九五四　（十七歲）首次寫小說〈請客〉，在《新生報》副刊刊出，也是第一次開始用「隱地」的筆名。

一九五六　（十九歲）讀北投育英高中，同學竇克勤，至今為莫逆。

一九五八　（二十一歲）代表育英中學，參加全省大專院校與高一以上在日月潭舉行的文史年會，有來自各縣市的一百零一位學生參加，講課的先生，都是國內外知名的學者，如沈剛伯、錢穆、方豪、蕭一山、李濟、蘇雪林、姚從吾等。

一九五九 （二十二歲）就讀政工幹校九期新聞系。訓導員曹建中，是我當時的精神支柱。

一九六三 軍校畢業（二十六歲）出版第一本書《傘上傘下》。

一九六七 （二十九歲）出版《隱地看小說》（大江）。

一九六八 （三十一歲）擔任林海音《純文學月刊》（第十五至二十二期）助理編輯，同時主編《青溪雜誌》（第十一至五十八期）。

創辦「年度小說選」（民國五十七至八十七年），歷時三十一年。

五月，和林貴真於北投沂水園訂婚，十月十七日，於臺北僑聯賓館結婚，婚後住北投公館街二十九號之三。

一九六九 （三十二歲）長子柯書林生。繼續住北投，前後十年。一九七一年，長女書湘，一九七三年，次子書品，均在馬偕醫院誕生。

一九七三 （三十六歲）退伍。在軍中服役十年，先後編《青溪雜誌》（前任主編魏子雲）《新文藝月刊》（前任主編朱西甯）。

擔任《書評書目雜誌》主編（自創刊號至四十九期）。

一九七五 （三十八歲）創辦爾雅出版社，最初合夥人尚有洪簡靜惠、華景彊，一年後改為獨資。

得到青新大哥資助，前往歐洲遊歷三十八天，回來後出版《歐遊隨筆》。

一九八二 （四十五歲）創辦「年度詩選」。邀請張默、向明、蕭蕭、李瑞騰、

張漢良、向陽輪流主編。前後十年（一九八二—一九九一）。

一九八四　（四十七歲）創辦「年度文學批評選」（一九八四—一九八八）。邀請陳幸蕙主編。

一九八八　（五十一歲）十一月二十一日，與出版同業多人前往香港，並從香港到桂林旅遊三天，相隔四十一年，終於重新踏上故國神州。

開始寫「人性三書」——《心的掙扎》、《人啊人》、《眾生》語錄式小品。其中《心的掙扎》曾獲金石堂暢銷書排行榜榜首。共銷六十餘版。

一九九〇　（五十三歲）五月十七至二十九日，與純文學林海音先生、九歌蔡文甫、大地姚宜瑛、洪範葉步榮、戶外陳遠建、遠流王榮文等出版同業多人前往北京、西安、上海旅遊兩周。

七月二十九至八月十四日，與內子林貴真旅歐十七天，先後到達的國家為奧地利、義大利、荷蘭、德國、瑞士和法國，並在作家呂大明家住宿兩日。

一九九一　（五十四歲）「人性三書」出版韓文版，由韓國國立江原大學中文系副教授尹壽榮翻譯。

一九九二　（五十五歲）出版《愛喝咖啡的人》。

一九九三　（五十六歲）開始寫詩；出版最後一本鉛字排版書——《翻轉的年代》。

一九九四　（五十七歲）二月，出版第一本詩集《法式裸睡》（陳義芝序）。

一九九五　（五十八歲）與詩人陳義芝受邀，前往星國參加「新加坡作家周」活動，並接受王潤華、淡瑩夫婦熱情招待。

詩人焦桐尚在《中國時報》「人間副刊」執編，大量採用我的詩作。這一年，據說，我是「人間副刊」刊出詩作最多的人。

一九九六　（五十九歲）四月，出版詩集《一天裡的戲碼》。

一九九七　（六十歲）因出版爾雅叢書及「年度小說選」連續三十年，獲金石堂文化廣場「一九九七年度特別貢獻獎」。

二〇〇〇（六十三歲）自傳體散文《漲潮日》獲聯合報「讀書人」二〇〇〇年最佳書獎（由許倬雲院士頒獎）。獲「年度詩獎」（由詩人周夢蝶頒獎）。在天下「九三人文空間」舉辦創社二十五周年慶各項活動，也是爾雅出版社的巔峰期，跨入二十一世紀，由於手機和電子書的資訊革命以及整體大環境的改變，紙本書閱讀人口逐年減少，書店一家家關門，爾雅營業額明顯一年不如一年。

二〇〇三（六十六歲）透過陳美桂和駱靜如老師的邀約，擔任「北一女駐校作家」。

二〇〇四（六十七歲）《漲潮日》入選《文訊雜誌主辦專家推薦》「新世紀文學好書60本」。

二〇〇五（六十八歲）出版隱地作品選（之二）《草的天堂》，得大陸文友黎湘萍序，自此視湘萍為知音。十月四日，與張曉風、林清玄（一九五三—二〇一九）、簡媜、蔡詩萍，擔任由《中華日報》副刊主辦的第十八屆梁實秋文學獎散文類評審，會議召集人為羊憶玫，地點在臺北市長官邸咖啡館。

二〇〇六（六十九歲）出版長篇小說《風中陀螺》（陳芳明序）。九月，至山東棗莊學院參加海峽兩岸文學藝術高端論壇暨棗莊筆會，並獲院長張良成聘為棗莊學院名譽教授。

十月，被亮軒兄拉著和一些藝術界的朋友到杭州西湖，參加「相約西子湖」的活動，隨團還有體壇名主播傅達仁，當時他看來健康狀況良好，想不到十二年後成為「安樂死」的新聞人物。

二〇〇八（七十一歲）經同學丁振東將軍推薦，獲中華民國中央軍事院校校友總會，當選九十七年傑出校友，次年畫家王愷，亦獲此榮譽。

二〇〇九（七十二歲）山東大學文學與新聞傳播學院孫學敏專研中國現代新詩，

她的碩士論文《存在與超越——論隱地的詩歌世界》，元月，由爾雅出版。

二〇一〇　（七十三歲）散文〈一日神〉入選九歌出版社《九十八年散文選》（張曼娟主編），並獲「年度散文獎」。

九月二十四日，獲新聞局「第三十四屆金鼎獎」圖書類特別貢獻獎。

二〇一一　（七十四歲）六月四至七日，與詩人鄭愁予夫婦，蕭蕭、白靈、羅文玲、陳憲仁、蘇慧霜等前往湖北省秭歸縣屈原故里，應邀參加兩岸詩人端午詩會朗讀詩作。

六月九日，臺中惠朋國際公司購買爾雅大量圖書，贈送學校圖書館，其中一部分透過明道大學轉送給臺中二十六所學校。明道為此特別舉辦「贈百部書傳萬里情」的贈書儀式，由校長陳世雄博士主持，也邀請惠朋公司總經理王勝瑜、爾雅隱地及二十六所中學校長和圖書館主任蒞臨參加，共襄盛舉。

六月十日明道大學聯合香港大學、廈門大學、徐州師範大學共同舉辦「隱地與華文文學」兩岸三地學術研討會，在彰化明道大學國際會議廳舉行，由校長陳世雄博士和人文學院院長王大延博士及中文系主任羅文玲共同主持開幕式，會場並立即發行包括全部論文在內的《都市心靈工程師——隱地的文學心田》（蕭蕭和羅文玲合編）。

二〇一三　（七十六歲）一個逐漸靠近八十歲的老者，但老天還要苦其心志，看看是否仍能像少年時候，在屢遭挫折中經得起考驗。

這一年，先是自己一向引以為傲的明亮眼睛出了狀況——兩扇靈魂之窗，只剩下一隻「孤獨左眼」，民國一〇二年一月二十八日晚上，洗臉刷牙之後，眼前閃現一把似圍棋的黑子，原來就在那一剎那，「眼中風」找上我。自此從年頭到年尾，馬不停蹄地在臺北市將近六、七家眼科醫院奔走、折騰……由於全副心力放在保護兩隻眼睛——一隻好眼睛和一隻壞眼睛，似乎引起了牙齒不爽，它突然下馬威，讓我立即痛不欲生。

於是二〇一三年，又治眼疾又治牙病，成為《生命中特殊的一年》，若仔細回想，一切均有徵兆——重新翻閱二〇一二年七月二十九日和九月四日兩天的日記——〈突然成了一隻病貓〉和〈痛的跳舞症〉，早有答案，只是自以為有金剛不壞之身，怪誰呢？

二〇一四　（七十七歲）生命有了轉折，改到書田醫院向眼科廖士傑醫師求診之後，眼壓終於穩定。每月向廖醫師報到一次，眼睛雖仍易感疲勞且畏光，但大致說來，較少出現狀況，能平安度日子，心存感激不已；第二位要感謝的是陳嘉恭牙醫師，是他使我重新能咬花生米。此外，也要感謝方隆彰夫人方嫂王黎月，由於她的薦引，認識了馬偕心臟內科劉俊傑醫師，三個月或半年報到一次，在他眼裡，我是他最滿意的健康老人，看來，他的藹然可親和他的鼓勵，連我自己也感覺，啊，健康的活著，人生確實美好！

二〇一五　（七十八歲）爾雅出版社創社四十周年，《文訊雜誌》封德屏與杜秀卿聯合為爾雅編了一本特輯——「爾雅不惑·文學無限」，邀請許多作家朋友寫下對爾雅的回顧和祝福。

平生三大興趣——讀小說、喝咖啡、看電影。《隱地看小說》印行四十八年後，出版《隱地看電影》。

完成兩本談論八百種爾雅叢書的《清晨的人》和《深夜的人》。

二〇一六　創業四十周年，因營業額年年萎縮，不得已自今年起，減少二分之一出書量，每年僅出新書十種，但接受林保寶訪問時，七十九歲的隱地仍舊說：「我的幸福就是可以繼續寫書、編書。」。

開始撰寫「年代五書」第一冊《回到七〇年代》。

白靈著《新詩十家論》出版。論及之十位詩人為周夢蝶、商禽、管管、瘂弦、鄭愁予、隱地、林煥彰、蕭蕭、渡也、羅智成。

二〇一七（八十歲）二月上旬，青泉二哥和二嫂及女兒春萍自家鄉溫州來臺，住青新大哥家。十九日，青新哥在慶城街「潮江宴」宴請柯氏家族。這也是八十年來，二哥和我首次見面。二月二十六日，柯家三兄弟和家人至陽明山父親墓前祭拜。

九月二十日，《回到九〇年代》出版。五十年往事追憶錄——「年代五書」全部完成。

十一月二十日，「年代五書」盒裝套書上市，以《五十年臺灣文學記憶》為總書名。

二〇一八（八十一歲）五月二十五日，在紀州庵，為小說家伍軒宏的長篇小說《撕書人》站台；七月二十日，出版《帶走一個時代的人——從李敖到周夢蝶》。

二〇一九（八十二歲）二月，出版《大人走了，小孩老了——1949中國人大災難　七十年》。

三月八日，應上海商業儲蓄銀行文教基金會和紀州庵文學森林之邀，主講〈從數學白痴到文學記錄者〉，記錄稿刊於四月出版的四〇二期《文訊雜誌》。

四月十九日晚七時半，參加國家圖書館舉辦的朗談夜，由詩人凌性傑主持，和路寒袖、郝譽翔、廖志峰、馮翊綱共襄盛舉，另有紅樓詩社助陣。

七月，出版新書《美夢成真——對照記》。

九月，與哥哥柯青新合出《未末——兄弟書畫集》。

36.敲門 ——爾雅三十光與塵	散　文	二〇〇六年三月	爾雅
37.風中陀螺	長篇小說	二〇〇七年元月	爾雅
38.人啊人 ——「人性三書」合集	哲理小品	二〇〇七年七月	爾雅
39.春天窗前的七十歲少年	散　文	二〇〇八年元月	爾雅
40.我的眼睛	隨　筆	二〇〇八年五月	爾雅
41.回頭	散　文	二〇〇九年元月	爾雅
42.遺忘與備忘 ——文學年記篇	文學史話	二〇〇九年十一月	爾雅
43.朋友都還在嗎？ ——《遺忘與備忘》續記	文學史話	二〇一〇年三月	爾雅
44.讀一首詩吧	讀詩筆記	二〇一〇年九月	爾雅
45.風雲舞山	詩	二〇一〇年十一月	爾雅
46.一日神	散　文	二〇一一年二月	爾雅
47.一棟獨立的臺灣房屋及其他	散　文	二〇一二年四月	爾雅
48.2012／隱地（日記三書之2）	日　記	二〇一三年二月	爾雅
49.生命中特殊的一年	隨　筆	二〇一三年十一月	爾雅
50.出版圈圈夢	論　述	二〇一四年十二月	爾雅
51.清晨的人	書　話	二〇一五年四月	爾雅
52.隱地看電影	電影筆記	二〇一五年七月	爾雅
53.深夜的人	書　話	二〇一五年十二月	爾雅
54.手機與西門慶	書　話	二〇一六年四月	爾雅
55.回到七〇年代 ——七〇年代的文藝風	文壇憶往	二〇一六年七月	爾雅
56.回到五〇年代 ——五〇年代的克難生活	文壇憶往	二〇一六年十月	爾雅
57.回到六〇年代 ——六〇年代的爬山精神	文壇憶往	二〇一七年二月	爾雅
58.回到八〇年代 ——八〇年代的流金歲月	文壇憶往	二〇一七年六月	爾雅
59.回到九〇年代 ——九〇年代的旅遊熱	文壇憶往	二〇一七年九月	爾雅
60.五十年臺灣文學記憶 ——年代五書盒裝	文壇憶往	二〇一七年十一月	爾雅
61.帶走一個時代的人 ——從李敖到周夢蝶	散　文	二〇一八年七月	爾雅
62.大人走了，小孩老了 ——1949 中國人大災難　七十年	散　文	二〇一九年二月	爾雅
63.美夢成真 ——對照記	散　文	二〇一九年七月	爾雅
64.未末 ——兄弟書畫集	札記・水墨 （與柯青新合著）	二〇一九年九月	爾雅

隱地書目

書　名	類　別	出版年月	出版社
1.傘上傘下	小說・散文	一九六三年四月	先：皇冠
	小說・散文	一九七九年四月	後：爾雅
2.幻想的男子	小　說	一九七九年四月	後：爾雅
（一千個世界）	小　說	一九六六年八月	先：文星
3.隱地看小說	評　論	一九六七年九月	先：大江
	評　論	一九七九年四月	後：爾雅
4.一個里程	雜　文	一九六八年六月	華美
5.反芻集	讀書隨筆	一九七〇年十二月	大林
6.快樂的讀書人	讀書隨筆	一九七五年十二月	爾雅
7.現代人生	小　品	一九七六年十月	爾雅
8.歐遊隨筆	遊　記	一九七六年十二月	爾雅
9.我的書名就叫書	隨　筆	一九七八年十二月	爾雅
10.誰來幫助我	隨　筆	一九八〇年七月	爾雅
11.碎心簷	中篇小說	一九八〇年十一月	爾雅
12.隱地自選集	選　集	一九八二年十二月	黎明
13.心的掙扎	哲理小品	一九八四年九月	爾雅
14.作家與書的故事	作家生活	一九八五年十一月	爾雅
15.人啊人	哲理小品	一九八七年三月	爾雅
16.眾生	哲理小品	一九八九年五月	爾雅
17.隱地極短篇	小 小 說	一九九〇年元月	爾雅
18.愛喝咖啡的人	散　文	一九九二年二月	爾雅
19.翻轉的年代	散　文	一九九三年十二月	爾雅
20.出版心事	隨　筆	一九九四年六月	爾雅
21.法式裸睡	詩	一九九五年二月	爾雅
22.一天裏的戲碼	詩	一九九六年四月	爾雅
23.盪著鞦韆喝咖啡	散　文	一九九八年七月	爾雅
24.生命曠野	詩	二〇〇〇年一月	爾雅
25.漲潮日	自　傳	二〇〇〇年十月	爾雅
26.我的宗教我的廟	散　文	二〇〇一年七月	爾雅
27.詩歌舖	詩	二〇〇二年二月	爾雅
28.2002／隱地（日記三書之 1）	日　記	二〇〇三年六月	爾雅
29.自從有了書以後……	散　文	二〇〇三年七月	爾雅
30.人生十感	散　文	二〇〇四年五月	爾雅
31.隱地序跋	序　跋	二〇〇四年七月	古吳軒
32.十年詩選	詩　選	二〇〇四年十月	爾雅
33.身體一艘船	散　文	二〇〇五年二月	爾雅
34.草的天堂	散 文 選	二〇〇五年十月	爾雅
35.隱地二百擊	札　記	二〇〇六年元月	爾雅

隱地　記錄文學一覽表

一、有關記錄爾雅史料部分

①《清晨的人》	220 元
②《深夜的人》	260 元

二、有關微型文學部分

①《遺忘與備忘》	240 元
②《朋友都還在嗎？》	200 元

三、有關「年代五書」

①《回到 50 年代》	250 元
②《回到 60 年代》	250 元
③《回到 70 年代》	250 元
④《回到 80 年代》	300 元
⑤《回到 90 年代》	330 元
《五十年臺灣文學記憶》（五冊盒裝）	1380 元

四、有關七十年文學大小事

《大人走了，小孩老了》	380 元

五、有關自己的過去與現在

①《漲潮日》	260 元
②《美夢成真》	330 元

637・讀書會「共舞」樂(圖文書・全彩) 林貴真 著
638・慢讀王維(散文) 琹涵 著
639・心的流淌(散文) 王幼華 著
640・回到五〇年代——五〇年代的克難生活 隱地 著
641・回到六〇年代——六〇年代的爬山精神 隱地 著
642・安魂天涯路——高秉涵送老兵回家 高艷國・趙方新 著
643・無常歌(新詩) 柳竹・柳岸 著
644・人生畢旅——照亮我人生旅途的光芒 周浩正 著
645・回到電影年代——家在戲院邊 左桂芳 著
647・亮軒書場(書話) 亮軒 著
648・回到八〇年代——八〇年代的流金歲月 隱地 著
649・我給記憶命名(散文・日記) 席慕蓉 著
650・一生中的一天——散文・日記合輯 齊邦媛 著
651・回到九〇年代——九〇年代的旅遊樂 隱地 著
・五十年臺灣文學記憶——「年代五書」盒裝 隱地 著
652・南山青松——張春榮極短篇 張春榮 著
653・2017／林文義——私語錄(日記) 林文義 著
654・飄零——子于短篇小說選 子于 著
655・帶走一個時代的人——從李敖到周夢蝶 隱地 著
656・五月花夫人——孟絲短篇小說集 孟絲 著
657・青田街七巷六號(傳記) 亮軒 著
658・昨日繾綣——林衡茂短篇小說選集 林衡茂 著
659・我們種字，你收書——文訊編輯檯的故事2(全彩) 封德屏 著
660・中山堂視野——說不盡的臺北故事(全彩) 黃國琴 編
661・回望——比雷爾與我(全彩) 江青 著
662・大人走了，小孩老了——1949中國人大災難 七十年 隱地 著
663・詩田長青(詩賞析) 李長青 著
664・古典三寶——《菜根譚》、《小窗幽記》、《圍爐夜話》 琹涵 著
665・我心傷悲，莫知我哀——散文小說合集 甘紹文 著
666・美夢成真——對照記(全彩) 隱地 著
667・日子在飛——2019／貓日記 貓兒花花 著
668・未末——兄弟書畫集(全彩) 柯青新・隱地 著
669・在風聲與水聲之間(散文) 童元方 著
670・魅力開門——漫步「臉書」真有趣(全彩) 林貴真 著

爾雅新書

607・滿江紅——長篇小說（半彩）　姚白芳著
608・荊棘裡的亮光——《文訊》編輯檯的故事（全彩）　封德屏著
609・越界後，眾聲喧嘩——北美文學新視界　姚嘉為著
610・小說大夢——「年度文選」再會　隱地編
611・詩路（新詩）　林明德著
612・早起的頭髮（新詩）　向明著
613・出版圈圈夢（散文）　隱地著
614・六個女人在紐約（長篇小說）　張滌生著
615・讀書會逛「臉書」（圖文書・全彩）　林貴真著
616・清晨的人——爾雅四十周年回憶散章　隱地著
617・臺灣詩人的囚與逃——以商禽、蘇紹連、唐捐為例　夏婉雲著
618・碧娜花園（新詩）　劉道一著
619・就是愛爾雅——賀爾雅創社四十周年　張世聰著
620・隱地看電影（電影筆記）　隱地著
621・千年之淚——當代臺灣小說論集　齊邦媛著
622・觀海——桑恆昌小詩選　桑恆昌著
623・北緯一度新加坡（散文）　衣若芬著
624・胡蘭成・天地之始（評傳）　薛仁明著
625・我存在，因為歌，因為愛（新詩）　鄧禹平著
626・中外名人智慧語（賞析）　張春榮・顏荷郁譯著
627・天清地寧（散文）　薛仁明著
628・小鎮醫生的愛情（長篇小說）　蕭颯著
629・金瓶梅中之富商西門慶（評論）　蕭颯著
630・深夜的人——爾雅四十周年回顧續篇　隱地著
631・說愛蓮（傳記）　江青著
632・熱帶女子迷航誌（散文）　梁金群著
633・孔子隨喜（散文）　薛仁明著
634・順成之路（傳記）　吳順成口述・侯延卿撰稿
635・手機與西門慶——隱地書話選　隱地著
636・回到七〇年代——七〇年代的文藝風　隱地著

小說
「年度文選」再會——隱地編
大夢

感謝

本書從發稿到出版，中途不斷插入新資料，初版前後校對至少十九遍，二印增新版又校對七、八遍，龍虎電腦排版公司從老闆甯凱通起，全體工作同仁和爾雅是超過二十年的合作夥伴，工作辛苦至極，特別是王小姐居間聯繫、協調，安排打字、排版、製版、美工……而封面、內封等設計要感謝大觀視覺顧問公司的曾堯生和嚴君怡，特此感謝，也感謝世輝裝訂廠的梁聰賢老闆，親自搬運，按時交貨；資料供應蒙郭明福、趙燕倡以及爾雅編輯彭碧君的全心投入，作者均感激在心。

一本書的完成，有這麼多幕後英雄，而讚美都給了作者，作者難得有表達機會，在所謂「無淚不成書」的名言之前，作者還要感謝少數又少數仍守在書頁前的愛書朋友……

這本書的紀錄者，所以費盡心力要寫下來，只是想在書被人完完全全遺忘前吶喊最後一聲：「紙本書是珍貴的……」

國家圖書館出版品預行編目資料

大人走了，小孩老了：七十年文學大小事瑣記 /
隱地著. --初版. --臺北市：爾雅,
民 108.02
面； 公分. --（爾雅叢書；662）

ISBN 978-957-639-633-5（平裝）

855　　　　107023427

爾雅題字：王北岳　爾雅篆印：張慕漁

封面設計：嚴君怡

大人走了，小孩老了
七十年文學大小事瑣記（爾雅叢書之662）

著者：隱地
校對：隱地・郭明福・吳穎萍・彭碧君
發行人：柯青華
出版・發行：爾雅出版社有限公司
臺北郵政三〇—一九〇號信箱
臺北市中正區一〇〇八二
廈門街一一三巷三十三之一號一樓
電話：二三六五四〇三六　傳真：二三六五七〇四七
郵政劃撥：〇一〇四九二五—一
網址：http://www.elitebooks.com.tw
E-mail: elite113@ms12.hinet.net
法律顧問：蕭雄淋律師（北辰著作權事務所）
臺北市潮州街一一六號六樓
印刷者：盈昌印刷有限公司
新北市中和區新民街八十三號
二〇一九（民一〇八）年二月十二日初版・二〇一九（民一〇八）年十二月一日二印
行政院新聞局版臺業字第〇二六五號
定價380元（如有破損或裝訂錯誤請寄回本社更換）

ISBN 978-957-639-633-5